무상검

無常劍

무상검 7

일묘 新무협 판타지 소설

초판 1쇄 찍은 날 § 2003년 4월 25일
초판 1쇄 펴낸 날 § 2003년 5월 4일

지은이 § 일묘
펴낸이 § 서경석

편집장 § 문혜영
편집책임 § 장상수
편집 § 박영주 · 김희정
마케팅 § 정필 · 강양원 · 이선구 · 김규진 · 홍현경

펴낸곳 § 도서출판 청어람
등록번호 § 제1081-1-89호
등록일자 § 1999. 5. 31
어람번호 § 제2-0202호

주소 § 경기도 부천시 원미구 심곡1동 350-1 남성B/D 3F (우) 420-011
전화 § 032-656-4452 팩스 § 032-656-4453
E-mail § eoram99@chollian.net

값 7,500원

ISBN 89-5505-395-9 (SET)
ISBN 89-5505-656-7 04810

무사앙귀무

無常劍

일묘 新무협 판타지

FANTASTIC ORIENTAL HEROES

7

◆태산압정(泰山壓頂)

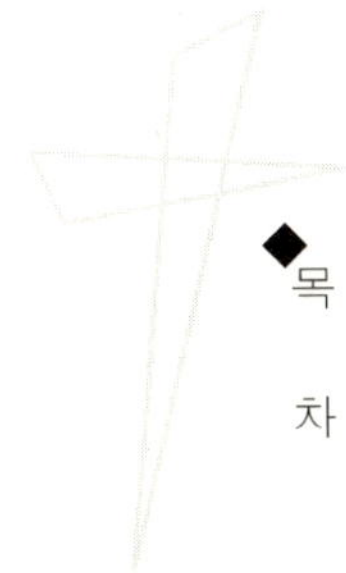

◆목

차

바다를 가르다

우르릉! 꽝!

굉장한 폭발음과 함께 지진이라도 난 듯 지축의 흔들림이 심해졌다. 검은 연기를 내뿜던 분화구에서는 시뻘건 불기둥이 솟아올랐다. 동시에 용암이 분화구를 타고 뭉클뭉클 흘러내렸다.

시커먼 재가 붉은 노을의 하늘을 뒤덮기 시작했다.

아무래도 심상치 않았다.

여태까지처럼 징조가 아니라 바야흐로 본격적인 화산 폭발이 시작된 것 같았다.

장대한 대자연의 변화를 지켜보며 유검은 경이로움을 느꼈다.

천지간의 경계선을 마음껏 넘나드는 그 모습에 순간 화려하면서도 역동적인 검초(劍招) 하나가 뇌리를 스쳐 지나갔다.

유검은 흠칫하며 고개를 저었다.

"안 되지, 안 돼. 검의(劍意)가 더 중(重)한 법이다. 게다가 나는 이제야 겨우 걷기 시작한 몸, 벌써부터 나는 걸 생각해서야……."

유검에 대한 걱정에 잠겨 있던 교주는 먼 하늘로 고개를 들었다.
"강물은 흘러서 천지 밖으로 사라지고, 아득한 산 빛은 있는 듯 없는 듯……."
탄식하듯 두보의 시를 읊조리다 웅성거리며 다가오는 사람들의 인기척이 점차 커짐을 느끼고 눈살을 찌푸렸다.
"일단 이 섬을 탈출하자."
교주는 대답을 기다리지 않고 다짜고짜 유검과 다우를 허리에 안고 바로 신형을 날렸다. 두 사람을 데리고 있음에도 한 걸음에 십여 장씩 쭉쭉 뻗어 나갔다.
유검이 문득 생각난 듯 소리쳤다.
"아, 잠시만 기다려 주십시오. 데리고 가야 할 사람이 둘, 그리고 고철덩어리가 하나 있습니다."
"일단 여기를 벗어나서……."
유검 쪽을 돌아보며 한마디 퉁명스런 대꾸를 내뱉던 교주의 얼굴이 갑자기 기이하게 일그러졌다.
유검이 왜 저러나? 하는 얼굴로 멀뚱히 바라보는데 교주가 잔뜩 의심스런 얼굴로 물었다.
"너, 내공을 잃었다고 하지 않았느냐?"
"음… 현재로는 잃은 것이나 마찬가지죠."
유검이 고개를 끄덕이며 교주의 물음에 긍정하는 듯한 대답을 하자, 교주는 고개를 갸웃거렸다.

"근데 왜 이리 가볍지?"

슈욱—!

교주는 달리던 상황에서 갑자기 거목(巨木)의 꼭대기를 박차고 하늘 높이 수직으로 뛰어올랐다.

높은 곳을 싫어하는 다우는 갑작스런 교주의 행동에 비명을 지르며 가포를 꼭 껴안았다. 가포는 숨이 막혀 끼이익! 소리를 질렀다.

이십여 장 높이에 이르자 교주는 유검을 잡고 있던 손을 놓아버렸다.

그러자 다우는 깜짝 놀라 비명을 질렀고 가포도 덩달아 울음소리를 내었다.

유검도 당황해 소리쳤다.

"대체 왜 이러는 겁니까?"

이십여 장 높이면 지상의 나무나 바위, 사람들이 개미처럼 조그맣게 보일 정도의 높이다. 보통 사람이라면 오금이 저릴 정도.

그런 까마득한 상공에서 유검의 몸은 지상을 향해 급속도로 떨어져 내렸다.

유검은 사지를 사방으로 활짝 벌렸다.

부딪쳐 오는 바람의 결을 타고 유검의 신형은 주르르 옆으로 미끌어졌다.

유검은 목표로 한 온천 위에 이르자 몸을 동그랗게 구부려 공중에서 빠르게 제비를 돌며 온천으로 떨어졌다.

풍덩—!

잠시 후 꼬르륵 물거품이 일며 유검이 온천에서 튀어나왔다. 잉어의 몸놀림을 보듯 자연스럽고도 힘찬 움직임이었다.

유검이 공중제비를 돌며 물가 바위 옆에 착지하자, 하늘에서 교주가 천천히 옷깃을 펄럭이며 가볍게 떨어져 내렸다.

다우는 교주를 뿌리치고 유검에게 달려갔다.

"괜찮아? 안 다쳤어?"

유검은 일단 걱정스러운 얼굴로 묻는 다우에게 안심하라는 미소를 보여주고 나서 곧 교주를 향해 화를 터뜨렸다.

"대체 왜 그러신 겁니까?!"

교주는 입맛을 다시며 말했다.

"어차피 넌 금강불괴라, 혹 일이 잘못되어도 괜찮을 것 같아서… 시험해 봤다."

"…뭘요?"

"네가 저 아이보다 가볍더군. 내공도 없는데 이상하지 않느냐?"

유검은 어처구니없다는 얼굴로 멍하니 교주를 바라보았다. 의심이 가득한 얼굴. 아무래도 납득하게 설명해 주지 않으면 계속 이런 시험이 발생할 것이라 생각되자 길게 한숨을 내쉬며 대답했다.

"그건 제가 몸의 중심을 달리는 방향과 함께 놓아서 그렇습니다. 그리고 단지 공기의 흐름을 거스르지 않아서 그랬을 뿐이에요."

"그렇다면 방금 이십여 장 높이에서 떨어질 때 네가 보인 행동은? 경신술을 익히지 않았다면 그런 몸놀림이 가능할 리가……."

유검은 어이가 없었다.

"대체 뭘 생각하십니까? 내공이 있든 없든, 그래도 한평생 수련을 쌓아왔는데 그 정도야 당연하잖습니까? 내가 언제 경신술을 모른다고 했어요?"

그 말에 교주는 문득 자신이 한 가지 간과한 사실이 있다는 것을 깨달았다.

'그렇군. 이 녀석이 무공을 잃은 건 아니었지?'

대개 무인에게 있어 내공이란, 사실 무공이란 말과 동일한 의미를 지녔다. 내공을 쓸 수 없다면 어떤 무공이든 펼칠 수 없는 것이니까.

그래서 교주는 유검이 무공을 쓸 수 없다고 은연중에 생각해 버린 것이다.

그 점을 깨닫자 교주는 다소 미안한 느낌이 들었지만, 그래도 내심 뭔가 이상하다며 고개를 갸웃거렸다.

유검은 다우의 손을 살며시 잡았다.

"오라버니……."

다우는 혹, 유검이 이상한 행동을 할까 봐 살짝 얼굴을 붉혔다.

유검은 그런 다우의 기대와는 달리 그녀의 손가락에 끼어 있는 반지에 대고 말을 걸 뿐이었다.

"풍환!"

다우의 입술이 삐죽 튀어나왔다.

"쳇……!"

유검은 대답이 없자 다시 반지에 대고 소리쳤다.

"풍환! 왜 대답을 않느냐?"

머리 속으로 풍환의 음성이 들려왔다.

—혹, 제게 말을 거시는 거예요? 저의 주인님이 맞으신가요? 제 목소리가 들리시나요?

"왜 그래? 날 모르느냐?"

—주인님이… 느껴지지 않아요. 얼굴은 제가 기억하고 있는 것과 같은데… 목소리도 같은데… 하지만 느껴지지 않아요. 정말 저의 주인님

이 맞으신가요?

유검은 자신이 느껴지지 않는다는 풍환의 말에 약간 의아함을 느꼈다.

묵묵히 있다가 천천히 고개를 끄덕였다.

"그래, 내가 너의 주인이다. 하지만 앞으로 너의 주인은 여기 이 소녀다. 나와 한평생 함께할 여인이니 부디 너의 온 힘을 다하여 지켜주기 바란다. 알겠느냐?"

그 말에 시큰둥해져 있던 다우의 얼굴이 슬며시 펴졌다.

─그건 불가능하답니다. 주인님이 살아 계시는 한 저의 주인은 오로지…….

유검은 한숨을 쉬며 말했다.

"일단 그건 나중에 다시 의논하기로 하고… 풍환, 그 고철덩어리에게 전해다오. 그 이상한 두 부부를 데리고 해안가로 오라고 말이다."

─예, 알겠습니다.

유검은 풍환의 아름다웠던 모습을 떠올리며 묵묵히 반지를 바라보는데 다우가 꽥 소리를 질렀다.

"그만 봐요!"

"아… 그래."

유검은 멋쩍게 웃으며 머리를 긁적거리다 뭔가 하얀 막대기 모양의 빛살 같은 것이 휙 지나치는 것을 보았다.

"음? 뭐지?"

교주와 다우가 어리둥절해하며 물었다.

"뭘 말이냐?"

"뭘 말이에요?"

유검은 온천에서 숲 쪽으로 손가락을 쭉 그어 보이며 말했다.

"이렇게, 방금 눈앞으로 휙 지나간 것 말입니다."

교주는 눈살을 찌푸렸다.

"헛것을 본 모양이군."

유검도 자신이 잘못 보았나 싶어 고개를 끄덕이는데 또다시 서너 개 막대기 모양의 빛살 같은 것이 좌우로 휙 지나쳐 갔다.

"아, 저기 또!"

교주는 유검이 가리키는 방향으로 시선을 돌렸지만 아무것도 발견할 수 없었다.

곧 그의 안색이 침중해졌다.

'저 녀석이 혹 주화입마(走火入魔)에 든 것인가? 심마(心魔)가 들어 아무래도 정신에 이상이 생긴 것은 아닌가 모르겠군. 스스로 무상검의 경지에 들었다고 자칭하면서도 내공은 사라져 버렸다고 하지를 않나, 그리고 이제는 헛것까지 보는 것을 보니…….'

교주의 근심 어린 얼굴이 무엇을 뜻하는지 대략 짐작하고 유검은 변명하듯 말했다.

"헛것을 본 게 아닙니다. 정말로……."

귀신을 무서워하는 다우는 유검의 말에 두려움을 느꼈다. 곧 유검의 옷자락을 잡아당기며 애원했다.

"오라버니… 무서워. 그러지 마!"

"……."

유검은 머리를 긁적거리며 자신의 말을 철회할 수밖에 없었다.

"그래, 내가 잘못 본 모양이다. 햇빛이 반사된 것을 잘못 본 모양이야. 하하……."

날은 이미 어둑해져 있었다. 당연히 햇빛 따위는 없었다.

유검은 다시 한 무더기 막대기 모양의 빛살 같은 것이 휙 지나친 것을 보았지만 아무 말도 하지 않았다.

다시 교주와 다우, 그리고 유검은 범선이 정박해 있는 해안가로 서둘러 갔다.

분화구에서는 시뻘건 화염이 끊임없이 솟구치고 있었고 붉은 용암이 여전히 흘러내리고 있었다.

허공에서 빛살의 무리들이 서로 의념(意念)을 주고받았다.

―저 인간, 우리를 본 게 아닐까?

―말도 안 되는 소리! 이 세상에 우리를 볼 수 있는 존재는 아무도 없어.

―그야 그렇지만… 어쨌거나 빨리 대책을 세워야 한다. 화산이 폭발하면서 어쩌면 섬이 가라앉을지도 몰라.

어둠으로 물들어가는 밤하늘 아래 소용돌이 너머 돛을 내리고 정박해 있던 범선에서 커다란 불이 솟구쳤다. 분화구에서는 이제 불덩어리까지 튀어나오고 있었는데 하필 그중 하나가 범선에 떨어진 모양이었다.

부우우―

도를 빗겨 찬 한 호위무사가 나각(螺角:소라고둥으로 만든 악기)을 연신 불어댔지만 범선에서는 그 어떤 반응도 없었다.

해안가 백사장에 모여든 기재들은 모두 당황하여 어쩔 줄을 모르는 모습들이었다.

분출된 불덩어리는 간혹 백사장에도 떨어져 내렸고, 지축을 뒤흔드는 지진은 지속적으로 일어나고 있었다.

다들 불안에 떨지 않을 수 없었다.

오늘 낮 풍수지리가들은 당분간 화산은 폭발하지 않을 것이라고 이구동성으로 의견을 모았고 기재들은 그 말을 믿었다. 그런데 그것이 한나절도 지나지 않아 새빨간 거짓말로 들통날 줄이야…….

그럼에도 혼란에 빠지지 않을 수 있었던 가장 큰 이유는 진삼원에 대한 뚜렷한 믿음으로 침착함을 잃지 않고 자리를 지키고 있는 호위무사들 덕분이었다.

곧 진삼원이 일단의 기재들과 호위무사들을 데리고 해안가로 왔다. 마을 안에서 필요한 물품들을 모두 챙겨온 것이다.

진삼원은 범선이 불타는 모습을 보고 난감해했다.

'배는 비에 젖어 있을 텐데 저렇게 쉽게 불타오를 리 없다. 아무래도 누군가 의도적으로…….'

나각을 불어도 반응이 없다는 수하의 말에 의심은 더욱 짙어졌다.

범선은 이미 군데군데 불이 붙어 있었다. 설령 지금 불을 끈다 하더라도 많은 사람들을 태우고 먼 바다를 항해하기에는 불가능해 보였다. 배가 파손되어 있다면 언제 가라앉을지 모르는 형편이고, 또한 누가 어떤 술수를 부려놓았을지도 모른다.

진삼원은 일단 기재들을 진정시키고 나서 사태를 수습하기 시작했다.

경신술이 뛰어난 십여 명의 기재들을 보내어 아직 섬 여기저기에 흩어져 있는 사람들을 이곳 해안가로 불러 모으게 했다. 그리고 손수 호위무사들과 기재들을 진두지휘하여 나무들을 베어오게 시켰다.

백사장에는 빠른 속도로 수십여 개의 뗏목이 만들어져 갔다.

시간이 흘러 날은 더욱 어두워졌다. 화염에 불타오르는 범선은 커다란 횃불이 되어 해안을 밝혔다.

잦은 지진은 여전하였다.

가끔 하늘 위에서 불덩어리가 날아와 힘들게 만들어놓은 뗏목을 파괴시켜 버리기도 했다.

다행히 기재들은 눈치가 빨라 크게 다친 사람은 없었다.

진삼원은 이런저런 지시를 빠르게 내리면서 내심 고민에 빠졌다.

파도가 높기는 하지만 뗏목들끼리 서로 밧줄로 연결해 놓으면 그럭저럭 견딜 만은 해 보였다. 물론 저런 조잡한 뗏목으로 바다를 건너갈 생각은 없었다. 무림맹에 연락해 놓았으니 급히 쾌속선을 급파할 것이다. 그때까지 견디기만 하면 되는 것이다.

하지만 문제는 소용돌이였다.

눈앞에 커다란 벽으로 놓여진 소용돌이를 건너지 못한다면 이 섬에 갇힌 채 분화구에서 흘러나오는 용암에 묻혀 버릴 것이다. 또한 어떤 예측 못할 변고가 생길지 모른다.

혼자서라면 몰라도 많은 사람들과 함께 이 위기를 탈출한다는 것은 참으로 쉽지 않은 노릇이었다.

진삼원은 혼잣말로 중얼거렸다.

“역시… 그 녀석의 힘이 필요해.”

슈우우―!

반 장 크기의 불덩어리가 하늘에서 떨어져 내렸다.

절벽 위에서 해안가를 내려다보고 있던 교주는 아무렇지도 않게 소매를 휘둘렀다.

퍽ㅡ!

불덩어리는 박살이 나서 사방으로 흩어졌다.

교주는 소매를 털고 나서 못마땅한 얼굴로 유검에게 말했다.

"대체 언제까지 이러고 있을 셈이냐?"

유검은 미간을 찌푸리며 답했다.

"생각 중입니다."

교주는 투덜거렸다.

"저놈들은 저희들끼리 알아서 할 게다. 왜 우리가 도와줘야 하는 게냐? 설마 하니 나와 저놈들이 서로 적이라는 사실을 잊은 건 아니겠지?"

말은 그렇게 했지만 같이 걱정하기는 마찬가지였다. 해안가에는 여문의 일행들뿐 아니라 다우의 문도들도 함께 있었으니 유검은 물론 교주 역시 나 몰라라 할 수는 없는 일이었다.

교주의 시선이 힐끔 뒤로 향했다.

걱정스런 얼굴로 해안가를 지켜보고 있는 다우의 옆에는 괴이하게 생긴 부부가 있었다. 머리가 무척 크고 몸집은 자그마한 노인과 하나의 둥근 공처럼 보이는 뚱뚱한 몸매의 부인이었다.

자칭 화룡문의 두 문주 천태부와 지태모였다.

그들은 각기 자기 덩치보다 더 큰 보자기를 울러 메고 뭘 어떻게 해야 할지 몰라 멍하니 서 있는 모습이었다.

우우웅ㅡ

노부부 뒤에는 상화구가 일 장 허공에 떠서 나지막한 울음소리를 내고 있었다.

유검과의 약속 때문에 화를 더 이상 쫓아다니지 못하고 있는 스스로를 한탄하며 내는 울음소리였다. 눈치는 빨라 유검에게 밉보이다가는 화에게 쫓겨날 수도 있다는 위험성을 알고 있었기에 예전처럼 무지막지한 행동은 하지 않았다.

이는 물론 풍환의 정중한 충고를 받아들인 결과이기도 했다.

어쨌든 교주는 이런 떠돌이 약장수 같은 일행의 모습에 내심 한숨이 나오지 않을 수 없었다.

'저 두 부부는 검아 말대로 어떤 특별한 무공을 지녔는지도 모르지. 하지만 경공술도 펼치지 못한다니…….'

이런 위기의 상황에서 경공술조차 펼치지 못한다니 혹인 건 분명했다. 하지만 유검을 신장님이라 부르며 깍듯이 모시니 마냥 무시하고 내쳐 버릴 순 없는 노릇이었다.

유검은 생각을 정리한 듯 천천히 몸을 일으켰다.

"될지 어떨지 모르겠지만……."

몸을 일으킨 유검의 모습에 다우의 두 볼이 볼록해졌다.

종내 킥! 하고 웃음이 새어 나왔다.

유검 역시 머쓱한 얼굴로 머리를 긁적거렸다.

유검은 지태모에게 옷을 몇 가지 얻어 입었다. 천태부의 옷은 전혀 맞지 않기에 할 수 없이 그녀의 옷을 얻어 입었는데, 여인의 옷이라 풍덩하기도 할 뿐 아니라 알록달록 꽃무늬까지 수놓아져 있어 보고만 있어도 웃음이 나올 지경이었다.

유검은 교주에게 말했다.

"제가 아래로 가서 조금 도와주고 오겠습니다."

교주는 어리둥절해하며 물었다.

"뭘 어떡하려고?"

유검은 소용돌이치는 바다를 가리키며 말했다.

"저 소용돌이가 문제인 듯하니, 제가 가서 길을 만들어봐야겠습니다. 될지 어떨지는 해봐야겠지만……."

교주는 아무 말도 못하고 멀뚱멀뚱 유검의 위아래를 훑어보았다.

무슨 뚱딴지 같은 소리란 말인가?

내공도 없는 놈이, 아니, 있다고 한들 저 소용돌이 속에 어떻게 길을 만든다는 말인가?

교주는 내심 걱정이 일었다.

'휴… 역시 심마가 든 것 같군. 환상 속에서 뭐든 자신의 힘으로 된다고 생각하는 게 아닐까?

교주가 말리기도 전에 유검은 절벽을 내려가기 시작했다.

단숨에 절벽을 뛰어내리지도 못하고, 마치 벽호공처럼 온몸을 절벽에 밀착시킨 채 겨우 손발을 상하로 움직여 천천히 백사장으로 내려가는 유검의 모습에 교주는 또다시 탄식을 내뿜었다.

교주는 유검을 강제로 말리지도 못했다.

이런 경우 일단 자신의 뜻대로 하게 내버려 둬야 한다. 강제로 억압하려 들면 자칫 심마가 커져 정말로 미쳐 버릴지도 모르니까.

"휴우… 왜 이런 일이!"

다우는 한숨 쉬는 교주의 모습에 고개를 갸웃거렸다.

그녀는 다시 절벽 아래로 내려가는 유검에게로 눈길을 돌리며 가포를 꼭 껴안았다.

그리곤 입을 가포의 귓가에 대고 속삭이듯 말했다.

“난 말야, 오라버니 말을 믿어. 만약 바다의 물을 모두 퍼 올려서 길을 만든대도 난 믿을 거야.”

진삼원은 수하들과 기재들에게 지시를 내려 일 장 높이의 반원형 제방(堤防)을 만들고 있었다.

흘러오는 용암에 대비하기 위해서라고 말을 했지만, 통나무로 뼈대를 삼고 그 위에 모래를 퍼 올려 만든 급조된 제방으로 무시무시한 기세로 밀려드는 용암을 막을 수 있을 것이라곤 진삼원 스스로도 믿지 않았다.

단지 사람은 아무런 일도 하지 않는다면 온갖 불안한 생각이 일며 혼란에 빠지기 쉬운 법이라 일단 딴생각을 못하게 일거리를 만든 것에 불과했다.

진삼원은 쉴 새 없이 지시를 내렸고 사람들은 분주하게 움직였다. 한쪽은 뗏목들을 다듬고 다른 한쪽은 열심히 삽질하며 제방을 쌓아 올렸다. 간헐적으로 지진이 일고, 가끔 불덩이가 날아오는 것은 여전했다.

그런 혼잡한 분위기 속에 제방 위로 풍덩한 여자 옷을 입은 한 남자가 불쑥 모습을 보이더니 모래사장 아래로 뛰어내렸다.

유검이었다.

유검이 나타나자 불안한 마음을 감춘 채 말없이 일에 열중하던 기재들 사이에 작은 소란이 일기 시작했다. 그 소란은 맑은 물에 검은 먹물을 탄 것처럼 급속도로 번져 갔다.

“뭣들 하느냐? 시간이 촉박하다. 어서 일을 서둘러라!”

진삼원이 내력을 끌어올려 호통을 지르자 그제야 소란이 진정되었다.

진삼원은 자신에게로 다가오는 유검에게 고개를 끄덕여 주었다. 기재들의 반응은 신경 쓸 것 없다는 의미였다.

"잘 외주었다. 고맙네."

진삼원은 포권을 취해 보이는 유검에게 미소 지으며 그렇게 말을 건네다 내심 고개를 갸웃거렸다.

유검 뒤로 나 있는 발자국을 본 것이다. 온 체중을 그대로 실은 듯 푹푹 파여진 발자국이었다.

어지간히 경신술을 연마한 무인이라면 아무렇게나 걷는다 할지라도 저렇게 모래사장 위에 깊은 발자국을 남기진 않는다.

하물며 유검은 눈 위에서도 흔적을 남기지 않는 답설무흔(踏雪無痕)의 경지를 훨씬 뛰어넘어 산보하듯 육지비행이나 어검비행을 펼쳐 허공을 날아다니는 놈이다. 그런데 마치 무공을 모르는 보통 사람처럼 저렇게 깊은 발자국을 남기니 의아스럽지 않을 수 없었다.

다시 유검을 살펴보니 눈빛이 흐릿했다.

바로 얼마 전까지만 하더라도 안광이 형형하지는 않았지만 깊이를 알 수 없는 무엇이 있었다. 그런데 지금은 마치 무공을 모르는 보통 사람처럼 흐릿하기만 했다.

'그새 뭔가 또 변했나? 하여간 신기한 놈이군.'

유검이 바다의 소용돌이를 가리키며 말했다.

"일단 제가 바닷길을 만들어보겠습니다. 그사이 뗏목들로 여기를 빠져나가는 게 어떨까요?"

진삼원은 어리둥절하다 곧 고개를 끄덕였다.

소용돌이치는 바다를 어떻게 잠재워서 바닷길을 만들겠다는 것인지 전혀 예상할 수 없었지만, 유검이 허튼소리를 하는 것은 아닐 것이라 믿었다.

이때 기재들 중에서 턱이 뾰족하고 눈매가 날카로운 한 청년이 불쑥 앞으로 나섰다.

"총교두님, 저놈의 도움을 받으시겠다는 것입니까?"

진삼원은 무표정한 얼굴로 고개를 끄덕였다.

"그렇다."

청년의 눈빛이 날카로워졌다.

"모르십니까? 저놈은 마교의 무리와 결탁했습니다. 그런데도 저놈의 도움을 받으시려는 것입니까? 후일 생명의 빚을 어떻게 갚으시려고요?"

진삼원은 눈살을 찌푸렸다.

청년의 음성이 더욱 높아졌다.

"강호는 은원이 분명한 법, 저는 설령 여기서 죽는 한이 있더라도 절대 저놈의 도움은 받을 수 없습니다!"

기재들은 그의 말에 웅성거렸다.

후일 목숨의 빚을 내놓으라면 무엇으로 갚아야 한단 말인가?

유검이 만약 마교에 들어오라고 한다면 어떻게 거절할 수 있겠는가?

설령 아무런 조건도 달지 않는다 할지라도 후일 어떻게 그에게 검을 겨눈단 말인가?

그런 모든 것을 떠나 명문의 제자로서 마교의 무리와 결탁한 유검에게 도움을 받았다는 것이 강호에 알려지게 되면 대체 어떻게 고개를 들고 다니겠는가.

더 나아가 사문과 가문의 명예까지 실추시키는 죄인이 되고 마는 것이다.

여기저기 청년의 말에 찬동을 하는 기재들이 늘어났다.

유검은 천천히 그들을 둘러보았다.

그들의 심정이 이해가 되었다.

지금은 파문당했지만 그래도 한평생 무당파의 제자로 지내왔으니 그들이 무엇을 걱정하는지 선하게 눈에 잡혔던 것이다.

하지만 위급한 시기에는 임기응변이 필요한 법이다. 너무 정해진 세속의 틀에 얽매어 있는 그들이 조금은 어리석게 보였다.

유검은 주위를 향해 포권을 취해 보이며 말했다.

"제가 말을 실수했군요. 저는 단지 제가 하고 싶은 일을 할 뿐 어떤 도움을 주는 것도 아닙니다. 오히려 제가 하고 싶은 일이 있는데, 부디 방해하지 말아주십사 여러분에게 부탁하는 것입니다."

청년은 코웃음을 쳤다.

"흥! 말은 번시르르하다만, 네놈 말을 어떻게 믿으라고?"

여기저기서 한마디씩 터져 나왔다.

"꺼져라! 네놈의 도움 따윈 필요없다!"

"변장을 하고 우리의 교두 노릇까지 해먹었으면서 또 뭘 더 속이려고?"

"마교의 교주가 저놈 아버지라는 소문도 있다구!"

"일단 저놈을 때려잡고 보자! 설령 이 자리에서 죽는다 할지라도 우리의 자존심과 명예는 보전되는 것이 아닌가!"

혼란과 불안은 광기(狂氣)로 치달아 상황은 극단적으로 변해갔다.

당장이라도 모두 검을 들고 우르르 유검에게 달려들 태세였다.

다만 진삼원이 무표정한 얼굴로 아무런 지시를 내리지 않고 있기에

참고 있는 것 같았다.

유검은 여문과 눈빛이 마주쳤다.

그녀는 뭔가 결심한 듯 아랫입술을 깨물고 한 걸음 나서고 있었다.

유검은 그녀의 행동이 무엇을 뜻하는지 깨달았다.

자신을 옹호하기 위해 나서려는 것이다. 지금 분위기로 그런 행동을 했다가는 자칫 모두에게 마교의 주구로 낙인찍힐지도 모르는데.

유검은 씁쓸히 웃으며 그녀에게 고개를 저어 보였다.

여문은 그런 유검의 태도에 입술을 깨물었다. 뭔가 결심한 얼굴로 입을 여는데, 순간 누군가 그녀의 아혈과 혼혈을 제압해 버렸다. 그녀의 할아버지 여강이었다.

여강은 쓰러지는 여문을 받아 안으며 냉정한 눈으로 유검을 쏘아보았다. 괜히 아는 척해서 우리에게 피해 주지 말라는 뜻이 담겨 있었다.

기재들 가운데 오룡삼봉도 있었다.

그들은 내심 유검의 편을 들고 싶었지만 기재들의 분위기가 워낙 흉흉해 누구도 말을 쉽게 꺼내지 못했다.

또한 그들 역시 문파의 얼굴을 책임지는 입장이라 유검이 마교의 무리와 관련되었다는 사실이 밝혀지고 난 후 편을 들기는 어려웠다.

유검은 주위를 둘러보다 먼 하늘로 시선을 돌렸다.

얽히고설킨 세상사, 아무리 홀로 초연해지려 한들 그 그물에서 벗어날 수 있을까.

우르릉—

지진은 계속되고 있었다.

용암이 이곳까지 흘러오려면 어느 정도 시간이 걸릴까? 그사이 뗏목을 타고 바다로 피신하지 않으면 정말 위험할 것이다.

이렇게 서로 아웅다웅하며 시간을 보내다니 정말 헛되기 그지없었다.

'지금 현재로는 내공을 쓸 수 없으니 흐르는 용암을 막기는 힘들다. 어떻게라도 바다의 소용돌이를 멈추고 저들을 피신시켜야 할 텐데…….'

내심 군자연한 생각을 하고 있지만, 사실 유검은 도덕적으로 그렇게 결백하지는 않았다.

순수하게 기재들을 걱정하는 마음이 일 푼이라면 저들 일행 중에 있는 여문을 구하기 위해서라는 이유가 그 나머지 대부분을 차지했으니까.

만약 여문과 저들 일행 중에 있는 다우의 문도들이 아니었다면 이런 식으로 기재들이 자신을 거부하는 상황에서 이렇게 마음씨 좋은 군자처럼 어떻게든 도움을 주려고 고민하며 남아 있지는 않았을 것이다.

어떻게 해야 할까 고민하는데 귓가에 교주의 천리전음이 들려왔다.

―이놈아! 저놈들이 저리도 너를 싫어하는데 왜 아직도 그 자리에 있는 게냐? 여문이라는 아이와 다우의 수하들은 내가 몰래 빼돌릴 테니 염려 말고 어서 오거라.

잠시 쉬었다가 다시 천리전음이 들려왔다.

―생각해 봐라. 너도 할 일이 많지 않으냐? '화' 라는 아이는 지금 본 교에 납치되어 갔다. 서둘지 않으면… 어쩌면 강제로 겁탈당할지 모른다. 여기서 뭉그적거리고 있을 시간이 없단 말이다! 네놈 마누라가 걱정되지도 않느냐!

유검은 팔짱을 낀 채 고개를 끄덕여 교주의 말에 동의를 표해주었다.

이때 월음괴의 전음이 들려왔다.

―주인님, 저희들이 나서서 저놈들에게 겁을 주면 어떨까요? 강호는 힘이 무조건 최고지요. 그걸 인식시켜 주는 겁니다요. 그러니까 우리가 저놈들을 막 두들겨 팰 때 주인님이 짠! 나서서 저희들을 물리치는 겁니다. 그렇게 되면 저놈들의 마음이 조금은 달라지지 않을까요? 이왕 도움받은 거 물릴 수도 없을 테고, 그렇게 되면 뭐 은자 한 냥을 빚지나 백 냥을 빚지나 마찬가지라는 심정이 들 테니…….

유검은 곰곰이 생각해 보다 고개를 저었다.

일월쌍괴와 자신의 관계는 이미 강호에 소문이 나 있다.

그런 상황에서 둘이 아무리 잘 변장하고 나온들 워낙 독특한 용모라 들키지 않을 리가 없고, 괜히 오해만 가중시킬 것이다.

무엇보다 굳이 그런 연극까지 할 마음이 들지 않았다.

월음괴는 입맛을 다셨다.

―쩝, 싫으시다니 그럼 지켜만 보고 있겠습니다. 아, 그리고…….

월음괴는 헤헤 웃으며 말했다.

―헤헤… 이미 말씀드린 대로 주인님의 마누라는 저희가 잘 모시고 있습니다. 교주가 납치된 척 그 아이를 숨기고 있으라 했지만, 저희의 마음은 오로지 주인님에게 있을 뿐이니 어찌 감히 속이겠습니까?

그리고 약간 숨을 돌리고 나서 말을 이었다.

―하지만… 부탁드린 대로 교주에게는 속아 넘어가는 척해 주십시오. 안 그럼 저희들의 입장이… 헤헤…….

유검은 고개를 끄덕여 승낙을 표하고 나서 천천히 허리에 두른 한천검을 풀었다. 더 이상 고민이나 생각할 시간적인 여유가 없다고 판단해 일단 행동으로 움직여 보기로 결심한 것이다.

유검은 살기 어린 눈으로 자신을 쏘아보는 기재들을 쭉 둘러보며 입을 열었다.

"밤바람이 제법 상쾌하군요. 이런 날은 뗏목을 타고 나가 밤 낚시를 하는 게 최고지요. 원컨대 제 취미를 방해하지 말아주시길……."

턱이 뾰족한 청년이 버럭 소리를 질렀다.

"대체 무슨 허튼수작을 부리려고!"

그리고 진삼원을 향해 목청을 높였다.

"총교두님! 빨리 지시를 내려주십시오! 저흰 목숨 따위는 아깝지 않습니다! 만약 저놈을 계속 옹호하신다면 총교두님도 의심할 수밖에 없습니다!"

여태껏 관망하고 있던 진삼원이 한 걸음 앞으로 나섰다.

기재들은 두 눈을 반짝이며 그의 지시를 기다렸다.

"흠… 나를 의심할 수밖에 없다라……."

그렇게 중얼거리며 청년에게 뚜벅뚜벅 걸어갔다.

"네가 나를 참으로 깨우쳐 주었구나. 네 덕분에 나의 할 바를 깨우쳤다. 고맙군."

청년은 진삼원의 칭찬에 반색해 말했다.

"총교두님에 대한 저의 충정을 알아주시는군요. 저의 조그만 말이 도움이 되었다니, 저로서는 그저 감읍할 따름입니다. 게다가 저의 무례함조차 하늘 같은 관용을 베풀어 아랑곳 않으시니……."

진삼원은 고개를 갸웃거렸다.

"누가 용서를?"

픽―!

진삼원의 주먹이 청년의 복부를 파고들었다.

청년의 몸은 허공에 뜬 채 기역 자로 고부라졌다. 그의 두 눈은 대체 왜? 라는 의문으로 부릅떠져 있었고, 입으로는 위액을 토해내고 있었다.

땅으로 쓰러지는 그의 몸은 다시 진삼원이 차올린 발길질에 의해 허공을 붕 날았다. 거의 이 장여나 뒤로 날아가 데굴데굴 굴렀다.

난데없는 진삼원의 돌연한 행동에 기재들은 헛바람을 들이켰다.

진삼원은 뚜벅뚜벅 청년에게로 걸어가더니 그의 옷깃을 잡고 위로 끌어 올렸다.

그리고 다시 청년의 턱을 향해 주먹을 날렸다.

퍽—!

수박 깨지는 소리와 함께 청년의 고개가 획 돌아갔다.

퍽—!

또다시 진삼원의 주먹이 그의 턱을 강타했다.

청년의 두 눈은 흰자위만 드러내고 입으로는 게거품을 물고 있었는데 이미 의식을 잃은 것 같았다.

그럼에도 진삼원의 주먹질은 멈추지 않았다.

보다 못한 한 기재가 나서서 말렸다.

"그만 하세요! 그러다 진짜 죽이고 말겠……."

퍽—!

진삼원의 내지른 뒷발길질에 기재는 뒤로 퉁겨져 날아갔다. 타격이 심했는지 그는 땅바닥에 쭉 드러누운 채 일어설 기미가 보이지 않았다.

진삼원은 무심한 얼굴로 주위를 돌아보며 말했다.

"누구든 날 방해하면 죽이겠다."

기재들은 오싹함을 느끼고 주춤 뒤로 물러섰다.

퍼퍽—! 퍼퍼퍽—!

아무도 입을 열지 않는 고요한 정적 속에 무차별 난타가 이뤄졌다.

때리는 주먹질 하나하나가 기재들의 마음속을 공포로 채웠다. 어느 누구도 말리지 못하고 그냥 지켜만 보고 있었다.

꽤 오랜 시간이 흐른 후에야 진삼원은 멈추었다. 숨결조차 흐트러지지 않은 모습이었다.

그는 청년을 기재들에게 던져 주며 말했다.

"치료해 줘라. 살 수 있을지 모르겠지만……."

그리고 시선을 유검에게 돌렸다.

"자, 이제 하고 싶은 대로 하게나. 누구도 자네의 취미 생활을 방해하진 못할 걸세."

창—!

말이 끝남과 동시에 철검을 뽑아 들었다.

이제는 주먹이 아닌 검으로 말하겠다는 의미.

차차차착—

호위무사들이 도를 빼 들고 기재들을 에워쌌다. 진삼원의 명이 떨어지면 언제든지 기재들을 향해 도를 휘두르며 달려들듯 한 태세였다.

진삼원은 무심한 얼굴로 기재들을 주욱 둘러보았다.

입은 있었지만 모두들 질린 얼굴로 아무도 감히 한소리 하지는 못했다.

유검은 머리를 긁적거렸다.

"그참… 간단하군."

여러모로 생각을 굴려본 자신이 멍청해 보일 지경이었다.

유검은 내심 진삼원에게 감탄했다.

　단순한 행동 하나로 뭇 사람들을 굴복시키는 위엄이란 아무나 가지는 것이 아닌 것만은 분명하니까.

　유검은 뭇 사람들의 시선이 집중된 가운데 여기저기 돌아다니기 시작했다.

　하늘에서 떨어지는 불덩이는 차츰 그 수가 많아져 갔고, 지진의 강도도 점차 높아졌다.

　푹―

　유검은 한천검을 모래사장 깊숙이 꽂아 넣고 눈을 감은 채 뭔가를 음미하더니 다시 열 발자국 떨어진 곳으로 걸음을 옮겼다. 그리곤 다시 한천검을 모래사장 깊숙이 꽂아 넣었다.

　그렇게 몇 번을 반복하더니 바다 쪽으로 걸음을 옮겼다.

　대략 바닷물이 무릎 정도 깊이에 이르자 유검은 그 자리에 멈춰 섰다. 그리고 한천검을 바닷물 속에 담그더니 그 상태로 쭉 해안가를 따라 걷기 시작했다. 때로는 고개를 끄덕이기도 하고 때로는 갸웃거리기도 했다.

　기재들은 물론 진삼원도 대체 유검이 무엇을 하려는지 이해할 수가 없었다.

　유검이 걸음을 멈추자 진삼원은 자신도 모르게 두 눈에 힘을 주고 마른침을 꿀꺽 삼켰다.

　'대체 소용돌이를 무슨 수로 멈추겠다는 걸까?

　유검은 밀려오는 파도를 멍하니 바라보다 혼잣말로 중얼거렸다.

　"대충 여기서 시작하면 될 듯한데……."

　그리고는 마치 낚싯대를 드리우듯 한천검의 끝 부분을 바다 속으로 집어넣었다. 그 후 유검은 망부석이라도 된 듯 꼼짝 않고 바다 속을 들여다보며 그렇게 가만히 있었다.

진삼원은 미세한 변화라도 놓치지 않으려 두 눈을 부릅뜨고 지켜보고 있었는데, 귓가로 모깃소리 같은 천리전음이 들려왔다.

―나는 유검, 저 녀석의 아비일세. 세상 사람들은 나를 마교 교주라고 부르더군.

진삼원은 흠칫했다.

그도 기재들 사이로 빠르게 퍼져 가는 하나의 소문을 이미 알고 있었다. 마교 교주가 나타났다는 것, 그리고 그가 유검의 아버지였다는 소문을.

'설마 소문이… 사실이었다는 건가?'

천리전음을 펼치려면 이 갑자 이상의 내공이 필요하다. 그런 천리전음으로 말을 걸어온 것으로 보아 보통 사람은 아닐 것이다.

당연히 허튼소리로 치부하긴 어렵고, 어느 정도 그의 정체에 대해 믿을 수밖에 없었다.

그럼에도 소문을 있는 그대로 믿기에는 너무도 큰일이라 의심의 빛을 지우지 않고 있는데 돌연 등 뒤로 암경(暗勁)이 밀려들었다.

뭔가 재빨리 대응하려는 순간 암경은 흔적도 없이 사라져 버렸다.

진삼원은 빠르게 주위를 훑었지만 수상쩍은 사람은 보이지 않았다. 최소한 자신의 이목이 미치지 않는 곳에서 암경을 흘려보냈다는 이야기였다.

진삼원의 안색이 딱딱하게 굳어졌다.

그의 귓가로 교주의 천리전음이 들려왔다.

―강호가 넓다고는 하지만 수십여 장 떨어진 곳으로 몰래 암경을 흘려보낼 만한 무공은 본 교의 교주와 그 후계자들만이 익힐 수 있는 응

취기공뿐이지. 알아보겠는가?

진삼원은 몰래 사방을 훑어보며 천천히 고개를 끄덕였다. 아직 상대의 위치를 파악하지도 못한 처지라 신중하게 행동했다.

교주의 전음에 장탄식이 섞여 나왔다.

─휴… 너무 의아하게 생각지 말게나. 나는 교주이기 이전에 저놈의 아비일세. 저놈의 아비로서 심히 걱정되는 바가 있어 자네에게 부탁을 하나 하려는 것일세.

교주는 잠시 호흡을 멈추고 다시 말을 이었다.

─우선 이 말을 하게 되어 자네에게 정말 미안하다네. 아무래도 저 녀석에게 뭔가를 기대하고 있는 듯한데… 저 녀석, 사실 심마에 걸린 것 같아. 자네도 이미 눈치 챘겠지만 내공도 없는 상태지. 다시 말해… 주화입마지. 현재 그 결과 정신이 조금 이상해져서 자신이 어떤 것이든 해낼 수 있다는 착각에 빠져 있다네.

진삼원의 검미가 잔뜩 찌푸려졌다.

진삼원은 유검에게 뭔가 막연히 기대하는 정도가 아니라 당연히 뭔가를 보여줄 것이라 믿고 있었다. 그런 상황이니 교주의 말은 참으로 당혹스럽기 그지없었다. 아니, 믿을 수가 없었다.

─저 녀석이 저렇게 헛짓거리를 하고 나면… 휴… 세상 사람들이 모두 내 자식이 미쳤다는 사실을 알게 될 것이 아닌가? 모두 비웃고 다니겠지. 나로선… 참으로 두고 볼 수가 없다네.

비록 전음이긴 했지만 자식을 생각하는 진정을 느낄 수 있었다. 머리 속에 고뇌하는 아버지의 모습이 자연스레 떠올랐다.

─부탁하네. 부디 자네가 나서서 강제로 말려주게. 헛짓거리라는 것이 들통나기 전에 말일세. 만약 모든 사람들이 눈치 채고 만다면…….

음성이 돌연 만년빙굴의 한기를 담은 듯 차가워졌다.

―할 수 없지. 소문 낼 입들을 모조리 없애 버리는 수밖에.

모조리 죽여 버리겠다는 의미.

결코 허튼소리로 들리지는 않았다.

진삼원의 안색은 돌덩어리처럼 딱딱하다 못해 철판이 되어 있었다.

그의 눈짓에 호위무사들은 흠칫하며 조용히 움직이기 시작했다.

기재들은 어떤 변화가 일어나는지도 모른 채 유검의 행동을 주시하고 있었다.

진삼원의 시선도 유검에게로 다시 향했다.

유검은 여전히 한천검을 낚싯대처럼 파도치는 바다 속에 드리운 채 꼼짝 않고 있었다.

믿는 마음이 가늘게 흔들렸다.

'만약 말린다면… 지금인가?'

그는 천천히 걸음을 떼어놓기 시작했다. 그리고 유검을 향해 무거운 발걸음을 옮겼다.

바다 속의 변화를 세심하게 살피던 유검은 이제 두 눈을 감고 있었다. 검으로 느껴지는 감에 모든 감각을 집중하여 뭔가 변화를 일으키고 있었다.

검끝을 중심으로 새로운 조그만 소용돌이가 일고 있었다. 조그만 변화는 흘러드는 파도와 합쳐져 더 큰 변화를 일으키고, 그것은 유검의 의지에 의해 일정한 변화의 규칙을 형성해 가고 있었다.

밀려오는 파도는 소용돌이 속으로 흡수되어 썰물과 함께 떠내려갔다. 그런 소용돌이가 몇 개 생기고, 그것은 또 다른 소용돌이를 만들어

내었다. 겉으로는 밀려오는 거친 파도에 의해 감지하기 어려운 미묘한 변화들이었다.

유검의 검끝에서 비롯된 소용돌이는 극히 작았지만, 그것이 바다로 흘러들면서 점차 커지고 커져 그 영향력을 사방으로 뿌리기 시작했다. 강력한 의지를 지닌 일정한 변화의 맥을 타지 않았다면 절대 있을 수 없는 현상이었다.

사실 바다의 해안선을 따라 해류가 소용돌이치는 것처럼 보였지만, 그 근본적인 원인은 남국의 따뜻한 바닷물과 섬에서 흘러나온 차가운 한류가 만났기 때문이었다.

차갑고 따뜻한 상이한 두 성질의 바닷물이 서로 만나다 보니 자연스레 태극(太極)의 모양으로 소용돌이치기 시작한 것이다.

소용돌이에서 흘러나온 끝 자락은 다시 조금 더 큰 원을 그리는 소용돌이가 되어 파도치며 해안가로 흘러들었다.

유검이 검끝을 가져다 댄 곳은 그렇게 흐려지는 소용돌이의 끝 자락, 한류와 온류가 만나는 자리였다.

뿌리에서 가지로 흘러나온 한 끝 자락에 유검은 검으로 조그만 변화를 집어넣었다. 그리고 그것은 전혀 다른 흐름의 소용돌이를 가지고 다시 근본을 향해 되돌아갔다.

이는 마치 '손 부채를 부쳤더니 태풍이 일었다' 라는 것처럼 어떤 이의 의지를 담은 조그만 행동 하나가 복잡하고 다단계적으로 불규칙적인 변화에 변화를 거듭하여 끝내 거대한 대자연의 이번을 일으킨 것이다. 그럼에도 행동의 의지는 변형되지 않고 그대로 자연계에 반영된 것임을 의미했다.

정녕 천지신명의 조화가 아니라면 도무지 가능해 보일 것 같지 않은 이러한 현상은 아무도 이해하지 못했다. 아니, 약간이라도 눈치 챌 수 있는 사람조차 없었다.

유검은 역류의 흐름이라는 폭탄을 실은 수십여 개의 소용돌이가 점점 세력을 키워 본류를 향해 흘러가는 모습을 감지하곤 고개를 끄덕였다.

검끝에 인 나비는 태풍을 일으키고…….

"일단 여기는 이 정도로 하고……."

유검이 뒤돌아서서 모래사장으로 다시 걸어오는데 진삼원이 검을 가슴에 품은 채 우뚝 서 있었다.

그가 먼저 입을 열었다.

"누가 그러더군, 자네가 미쳤다고 말이야. 그리고 제발 자네를 말려 달라고 부탁하더군.

유검은 그 누군가가 교주라는 사실을 뻔히 짐작했다.

교주가 일단 말을 꺼낸 이상 단지 간곡히 부탁한 정도는 아닐 것이다.

혹, 자신이 미쳤다고 생각하고 말리리 온 것일까?

그런 생각이 인 것도 잠시, 유검은 진삼원이 여태껏 자신을 방해하지 않았다는 사실을 바로 떠올렸다.

곧 미소 지으며 물었다.

"절 믿습니까?"

진삼원의 입가에도 흐릿한 미소가 지어졌다.

"내가 말하지 않았나? 그 누구도 자네의 취미 활동을 방해하진 못할 거라고."

"하하……."

"내가 여기로 온 까닭은, 혹 그 누군가가 자네의 취미 활동에 훼방을 놓을까 봐서지."

유검은 웃으며 말했다.

"곧 재미난 구경거리를 하나 보여 드리죠."

유검은 모래사장 위로 올라가더니 잠시 멈춰 섰다.

그리곤 하늘 위로 날아다니는 불덩어리를 구경하나 싶더니 천천히 한천검을 위로 치켜들었다.

우르릉—!

또다시 지진이 일었다. 땅이 흔들리는 그 순간,

푹!

유검은 모래사장 속으로 한천검을 찔러 넣었다.

흔들리는 땅과 함께 검도, 유검의 신형도 함께 부르르 흔들렸다.

지진이 끝나기도 전에 유검은 검을 뽑으며 진삼원에게 말했다.

"슬슬 준비를 하십시오."

흔들흔들 팔을 흔들며 유검은 절벽가로 걸어갔다.

지켜보던 기재들은 하나같이 안색을 일그러뜨렸다.

"뭐야? 대체 뭔 짓을 하고 온 거야?"

"쳇, 그냥 노닥거리기만 한 것 같군."

"제기랄, 아까운 시간만 헛되이 소비한 거야."

"흥, 어차피 믿지도 않았다. 이제 와서 새삼스레……."

"하여간 저 미친놈의 도움을 받지 않았으니 우린……."

이때 한 명이 바다를 가리키며 고개를 갸웃거렸다.

"어라? 저기……."

바다는 변화하고 있었다.

소용돌이는 거센 파도를 일으키며 좌우로 요동 치고 있었다. 출렁출렁 미친 듯 춤을 추는 듯했다.

그 변화에 미처 놀라기도 전에,

쩌억―

갑자기 땅이 갈라졌다.

유검이 검을 꽂았던 그 부위부터 시작된 갈라짐은 쭈욱 바다로 이어져 갔다.

땅이 갈라지고 해류가 그 안으로 흘러들었다.

바다가 둘로 갈라지고 있었다.

사람들은 돌연한 이 대자연의 변화에 모두들 입을 벌린 채 아무런 소리도 내지 못했다.

갈라지는 바다, 해류는 대격변을 일으켰다.

한쪽으로 몰려가는 바다의 흐름에 거세게 일렁이던 소용돌이는 마치 양 떼처럼 한쪽으로 밀려갔다.

소용돌이는 서로 좌충우돌하며 부딪치더니 어느 순간 모조리 사라져 버리고 말았다.

바다는 다시 합쳐졌고, 출렁이는 파도만이 남았을 뿐 소용돌이는 어느 곳에도 없었다.

평화로운 바다.

소용돌이라는 벽이 사라져 있었다.

사람들은 어느 누구도 감히 입을 열지 못했다. 다만 외경의 눈으로 그것을 지켜보기만 했을 뿐이다.

아들의 헛짓거리를 지켜본 기재들을 모조리 살인멸구(殺人滅口)시키고 말겠다며 이를 갈던 교주조차 멍하니 그 광경을 지켜보기만 했다.

그리곤 바다가 평온을 되찾을 무렵, 유검이 소용돌이를 없애 길을 만들겠다는 말을 떠올릴 수 있었다.

교주는 눈살을 찌푸리며 혼잣말로 중얼거렸다.

"설마… 우연이겠지."

기재들 중 누군가가 감격에 차 부르짖었다.

"오오… 하늘의 도우심이다!"

사람들은 환호성을 질렀다.

마침내 이 섬을 빠져나갈 길이 생긴 것이다.

물론 당연한 이야기지만, 어느 누구도 이러한 대자연의 신비가 유검에 의해 비롯되었다고는 믿지 않았다. 믿는다면 그의 정신이 이상한 것이다.

진삼원조차 고개를 갸웃거렸다.

'설마… 천기를 읽은 것일까? 때에 맞춰……?'

이때 유검은 절벽가에 이르러 '대체 어떻게 올라가나?' 하고 난감한 표정을 짓고 있었다.

일단 꽃을 수놓은 풍덩한 여자 옷이 아무래도 절벽을 오를 때 거치적거릴 것 같아 소매와 바지 자락을 위로 걷어붙였다. 그리고는 팔다리를 놀려 힘겹게 절벽을 오르기 시작했다.

대자연을 움직여 소용돌이를 없앴으면서도 그 흔한 경신술 하나 펼치지 못하고 힘겹게 사지(四肢)를 놀려 절벽을 오르는 그의 모습은 참으로 상반되지 않을 수 없었다.

기재들 중에서 유검을 발견한 이가 있었지만 전혀 아랑곳하지 않았다. 못 본 척 무시했다. 오직 생명의 구원 줄을 놓치지 않기 위해 진삼원의 지시에 따라 서둘러 뗏목을 옮기는 데 열중할 뿐이었다.

사라진 기재들

유검이 힘겹게 절벽을 올라왔을 때, 다우가 달려와 폴짝 뛰어 품에 안겼다.

"우와~ 오라버니! 진짜 멋져요!"

유검은 달려오는 그녀의 몸무게를 감당 못해 하마터면 절벽 뒤로 떨어질 뻔했다.

천태부와 지태모는 신장의 권능을 두 눈으로 똑똑히 확인한 기쁨 속에 경건하기 짝이 없는 태도로 유검에게 연신 절을 올리기 시작했다.

유검은 가까스로 중심을 잡고 나서 멋쩍게 웃어 보였다.

"그래? 내 생각에도… 조금은 그럴 듯해 보였을 것 같긴 했는데……."

"정말 대단했다구요! 정말요!"

유검은 머리를 긁적거렸다. 애써 표정을 관리하려 했지만 은연중 흘러나오는 기쁨을 제대로 감추지는 못했다.

"음… 이번에 무상검의 초입에 들며 약간 깨달은 바가 있었어. 그걸 시험해 봤는데… 다행히 성공했구나."

유검은 시선을 바다로 돌렸다.

수십여 개의 뗏목이 띄워지고 있었다. 그 위에 기재들이 올라타고 먼저 섬을 떠났다.

그 후 호위무사들은 진삼원의 지시에 의해 남은 뗏목들을 옮기기 시작했다. 맹석천을 비롯한 다른 무림맹 고수들이 오면 바로 떠날 수 있게 하기 위해 미리 백사장 끝으로 끌어다 놓은 것이다.

유검은 자신이 한 일이 쓸모없지는 않았던 것 같다며 혼잣말처럼 중얼거렸다.

조금 전 소용돌이가 단번에 사라지던 모습이 떠오르자 재차 가슴에 뿌듯한 기쁨이 옹달샘처럼 솟구쳤다.

만약 예전이었다면 무지막지한 천지간의 기운을 끌어다 강제로 소용돌이를 없앴을 것이다. 아니면 풍환의 힘으로 거대한 태풍을 일으켜 소용돌이를 잠재웠을지도 모른다.

어쩌면 무식하게 사람들이 탄 뗏목을 어검술로 일일이 옮겨놓았을 지도……

그렇게 자신이 지닌 힘을 이용하여 자연을 움직이고 상황을 바꿔놓았을 수도 있었다.

하지만 지금은 전혀 의미가 달랐다.

비록 시간이 걸렸지만 검을 매개체로 하여 대자연의 변화에 자신의 의지를 전할 수 있었다. 단순히 힘으로 자연을 굴복시켜 의지를 관철시킨 것이 아니라, 대화를 통해 하나의 성과를 일궈낸 것이다.

궐음력을 통해 바람의 힘을 마음대로 쓸 수 있다 할지라도 그것은 어디까지나 일방통행이었다.

신무룡처럼 그 경지가 극한에 이르러 설령 육경천의 힘으로 바다를 모두 얼린다 할지라도 강한 자가 약한 자를 누르는 상극(相剋)의 세계를 벗어나지는 못한다.

하지만 지금은 다르다.

자연과 친구가 되어 대화를 나눈다. 상극을 벗어나 서로 조화를 이룰 수 있는 상생(相生)의 세계로 접어든 것이다.

그로 인해 바라보는 세상의 모든 것이 완전히 새롭게 재구성되었다.

그것이 바로 무상검 초입에 들며 일어난 가장 커다란 변화였다.

물론 실질적으로는 오히려 예전보다 월등히 약해졌다.

그 흔한 경신술 하나 발휘할 수 없게 되었고, 맨손으로는 나뭇조각 하나 단숨에 자르기 힘들게 되었다.

이는 깨알 같은 문자를 발견하면서 한순간 궐음력을 깨달았을 때 일반적인 진기(眞氣)는 전혀 소용되지 않았던 것처럼, 지닌 바 내공과 천지간의 기운이 부도난 어음 조각처럼 전혀 쓸모없게 되어버린 탓이다.

물론 극밀(極密)의 진기는 전신의 십이경락(十二經絡)과 기경팔맥(奇經八脈)은 물론 팔만 사천 모공까지 하나하나 가득 채우고 있었기에 금강불괴의 신체는 여전했다.

하지만 그뿐, 역시 쓸 수가 없는 소용없는 기운이었다.

궐음력을 깨달았을 때처럼, 이제 이 경지에 이르러 새로운 힘의 원리를 발견해 내야만 한다.

무한한 금맥이 숨겨진 금광을 발견했지만 어떻게 캐내어 써야 할지는 지금부터의 숙제인 것이다.

유검은 서둘지 않았다.

"나는 이제 막 첫걸음을 내디뎠다고 할 수가 있다. 앞으로 걸어가야 할 길은 참으로 까마득하기 그지없어 만 리 길도 더 되는 것 같다. 서둘러 봤자 멀리 가지 못하지."

유검의 아득한 시선이 수평선 너머 어둑한 밤하늘 위를 좇았다. 날아다니는 불덩어리들 사이로 보이는 별빛들이 마치 보석처럼 빛나고 있었다.

현현(玄玄)하기 그지없는 우주의 바다 속에서 진리의 보석을 캘 날은 언제일까.

유검은 문득 감상에 젖어 혼잣말처럼 중얼거렸다.

"어쨌든 처음 검을 쥐었을 때, 그 초발심으로 묵묵히 길을 걸어가다 보면 언젠가는……."

사실 그 언젠가 도달하게 될 지고무상(至高無上)의 단계보다 어쩌면 지금이 더 행복한지도 모른다.

그 누구도 가보지 못했던 무상검이라는 전인미답의 경지를 애써 디뎌 도달했다. 이제부터는 그 누구의 도움 없이 미지의 세계를 홀로 모험해 가야 한다.

가슴 떨리는 설레임과 막연한 두려움이 교차하며 첫걸음을 내딛는 지금이야말로 무인이라면 누구나 느껴보고 싶은 그런 심정이 아니겠는가.

다우는 두 눈을 반짝이며 유검이 무슨 말을 하든 무조건 고개를 끄덕이고 있었다.

유검의 손을 꼭 쥐며 다우는 조그만 소리로 중얼거렸다.

"어딜 가는지 몰라도 걸을 땐 함께… 알았지?"

유검이 올라왔을 때부터 혹시나 발작을 하지 않을까 걱정하며 지켜
보던 교주는 괴이쩍다는 얼굴로 다우에게 다가가 조그맣게 물었다.

"너… 저 녀석 말을 알아듣느냐?"

다우는 커다란 두 눈동자를 데구루루 굴리더니 오히려 되물었다.

"뭘요?"

"……."

일행은 섬을 떠나기 위한 준비를 했다.

교주가 몇 개의 거목을 통째로 잘라와 검으로 잔가지를 치고 밧줄로
묶자 순식간에 하나의 뗏목이 만들어졌다.

그 위에 하나의 돛대를 세우고 몇 개의 옷가지를 엮은 다음 두 개의
노도 함께 만들었다.

식량과 물은 천태부와 지태모가 준비를 해왔지만 싱싱한 과일들도
세 부대 더 준비했다.

어느 정도 준비가 끝난 듯하자 유검이 교주에게 말했다.

"먼저 이 섬을 떠나십시오. 저는 아직 혼자 남아서 할 일이 있습니
다."

교주의 얼굴이 일그러졌다.

제정신이 아닌 아들놈을 화산이 폭발하는 곳에 놔두고 맘 편히 그러
마 하고 떠날 부모가 어디 있겠는가.

"허락 못하겠다면?"

교주의 퉁명스런 대꾸에 유검은 곤혹스러운 얼굴로 천천히 설명했
다.

"이 섬은 기이한 점이 있습니다. 화산 섬인데 차가운 물이 흘러나오

다니… 뭔가 비밀이 숨겨져 있는 게 틀림없어요. 그리고 믿지 못하시겠지만 정말로 뭔가 하얀 빛덩어리 같은 게 날아다녔습니다. 그것도 역시 조사를 해봐야…….”

유검은 온순히 이야기했지만 절대 고집을 꺾을 것 같지 않아 보였다.

교주는 유심히 유검의 얼굴을 들여다보다 불쑥 물었다.

“납치된 네 마누라는 어쩌고?”

유검은 모른 척해 달라는 일월쌍괴의 당부를 잊지 않았기에 멀뚱한 얼굴로 조심스럽게 대답했다.

“아마… 당분간은 괜찮지 않을까요?”

교주의 안색이 침중해졌다.

그는 어느 정도 아들의 성격을 파악하고 있었다.

만약 정신이 온전했다면 화가 납치된 것을 말해 준 즉시 구하러 간다고 방방 날뛰었을 놈이다.

그런데 저렇게 태연한 얼굴이라니?

전혀 걱정하는 빛이 보이지 않았다.

어떨 때는 정상으로 보이기도 했지만, 역시 심마가 든 게 분명하다고 교주는 확신했다.

교주가 불쑥 물었다.

“너… 나하고 싸우면 이기냐?”

유검은 갑작스런 교주의 질문이 무엇을 의미하는지 몰라 멀뚱한 얼굴로 있다가 고개를 저었다.

“아뇨.”

교주는 안도의 한숨을 내쉬며 고개를 끄덕였다.

"다행히 알고 있구나. 그 정도면 아직 희망은 있다."

휘리릭—

교주의 손에 들린 밧줄이 어느새 유검의 전신을 휘감았다. 뗏목을 묶고 남은 밧줄이었다.

"어라?"

유검이 미처 저항을 하기도 전에 옷가지로 입을 막아버렸다. 두 팔은 물론 두 발까지 밧줄로 꽁꽁 묶어버려 마치 하나의 커다란 누에처럼 보였다.

유검은 발버둥 쳤지만 내공을 쓸 수가 없어 밧줄을 끊을 수 없었다. 축골공을 발휘해 빠져나갈 수도 없었다.

교주는 유검을 땅바닥에 내려놓고 만족한 듯한 얼굴로 손을 탈탈 털었다.

"내공이 없다는 말은 일단 사실인 것 같군."

다우는 유검 곁으로 다가가 호기심 어린 눈으로 여기저기 밧줄 사이로 손가락을 찔러보고 있었다. 그리고 가포도 덩달아 유검의 얼굴을 핥으며 장난을 쳤다.

유검은 간지러웠지만 긁지도, 웃지도 못했다.

우우우우웅—! 웅!

다우는 웅웅 소리를 내는 유검의 부릅뜬 눈과 마주치자 슬며시 눈길을 돌렸다.

'혼자 남겠다고? 쳇, 어딜 가든 함께! 라고 했잖아!'

이번에는 아예 겨드랑이 쪽을 겨냥했다. 손가락을 밧줄 사이로 넣어 손가락 돌리기를 했다.

유검은 간지러움을 견딜 수 없어 눈물을 찔끔 흘렸다.

천태부와 지태모는 안절부절못하며 어찌해야 할지 갈피를 잡지 못했다.

유검이 하늘에서 내려온 신장이라고 철썩같이 믿고 있지만, 교주에게 공대하는 것을 보았던 터라 이럴 때 대체 어떻게 행동해야 할지 도무지 알 수가 없었던 것이다.

상화구는 여전히 우웅거리며 투덜거리고만 있었다.

이때 전신에 넝마를 걸친 듯한 중년인 하나가 어둠 속에서 헐레벌떡 뛰어오고 있었다. 총관이었다. 그는 숲에서 빠져나와 개울물을 건너고 언덕을 건너 일행이 있는 곳에 당도했다.

교주는 희한하다고 중얼거렸다.

"용케도 찾아왔군."

총관은 울상을 지었다.

"정말 너무하십니다."

일행이 모두 모이자 본격적으로 섬을 탈출하기 위해 움직였다.

방향은 기재들과는 꽤 떨어진 해안가였다. 괜히 귀찮아질까 봐 멀찍이 그들과 떨어진 것이다. 그곳도 소용돌이는 이미 사라져 있었다.

뗏목이 바다로 옮겨지고, 그 위에 여러 가지 짐도 함께 올려졌다.

용암이 근처까지 이르렀는지 숲 여기저기 하얀 연기가 피어올랐고, 놀란 짐승들이 날뛰며 해안가로 달려왔지만 일행은 이미 뗏목을 타고 바다로 나간 뒤였다.

상화구는 일 장 허공에 뜬 채로 뒤를 졸졸 따랐다.

바람을 타고 방향을 육지 쪽으로 잡아가다 보니 밤하늘 아래 저 멀리 먼저 뗏목을 타고 나간 기재들 일행이 보였다.

교주는 잠시 고민했다.

자신이 바다를 훌쩍 건너뛰어 그들에게 다가가 손을 쓴다면 기재들 대부분을 물에 빠뜨려 죽일 수 있을 것이다.

그러나 그는 곧 고개를 가로저었다.

아들에 대한 걱정이 심중을 온통 차지하여 그들의 생사 따윈 귀찮게만 여겨졌다.

그의 시선이 누에처럼 밧줄에 친친 매어져 뗏목 위에 눕혀져 있는 유검에게로 향했다. 그 옆에서 다우가 가포와 합세하여 고문인지 장난인지 알 수 없는 짓을 하고 있었다.

"일단 의원부터 찾아봐야겠군. 그리고 저놈의 사부도 만나봐야겠어."

흔히 무공이 고심막측한 경지로 갈수록 심마가 걸릴 가능성은 증가한다. 교주는 유검이 그런 경우가 아닐까 하는 의심이 들었다.

화산에서 뿜어져 나오는 검은 연기는 밤하늘을 더욱 짙게 물들이고 있었고, 교주의 장탄식도 함께 깊어져 갔다.

데구르르―

유검은 최대한 눈동자를 좌우로 굴려 주위 상황을 살폈다.

온몸 여기저기서 여전히 터져 나오는 간지러움은 여전했다. 얼마나 가렵던지 전신이 찌릿찌릿하고 정신이 몽롱해질 정도였다.

경지에 든 이후 전신의 감각은 예전에 비할 바 없이 예민해졌다. 그랬기에 다우의 장난은 그냥 간지러운 정도가 아니라 정말 미칠 정도로 간지러웠다.

유검은 연신 속으로 애원했다.

'휴… 다우야, 제발 좀 그만 해다오. 그냥 혼자 남아서 잠시 조사해

보겠다고 했지, 언제 내가 널 떼어놓으려 했냔 말이다!'

다우의 긴 머리카락이 코끝을 간지른다. 재채기를 하고 싶었지만 옷자락으로 입이 막혀 도무지 시원하게 할 수가 없다.

코만 벌렁거리고 있는데 불쑥 다우의 얼굴이 눈앞에 나타났다.

가슴이 덜컥 내려앉았다.

'또 무슨 장난을 치려고……!'

다우는 아무 말도 하지 않고 맑은 눈동자로 자신의 두 눈만 들여다보았다.

얘가 대체 왜 저러나 의아해하다 문득 그녀의 커다란 두 눈동자에 자신의 얼굴이 비치고 있는 것을 발견했다.

그것을 깨닫자 이상하게도 가슴에 잔잔한 파도가 일었다.

다우의 눈에 자신이 있다. 지금 이 순간 그녀가 바라보는 세상은 오직 자신으로만 가득 차 있는 것이다.

그런 점들을 깨닫기도 전에 이미 가슴은 그것을 먼저 느끼고 뭉클함으로 가득 채워져 있었다.

다우가 조용히 고개를 숙이더니 귓가에 대고 속삭였다.

"너무 간질러서 미안해. 사실 나보단 가포가 더 많이 했다구. 음…
그리고……."

다우는 힐끔 먼 하늘로 시선을 둔 채 뒷짐지고 서 있는 교주 쪽을 훔쳐보고는 다시 속삭였다.

"밧줄은 나중에 기회 봐서 몰래 풀어줄게. 조금만 참어, 알았지?"

말의 내용은 하나도 귀에 들어오지 않았다. 귓가에 다우의 따뜻한 숨결이 흘러 들어오자 온몸이 절로 비틀어질 듯 간지러워 견딜 수가 없었던 것이다.

"우우웅—!"

다우는 그런 유검의 몸부림을 지금 당장 풀어달라는 것으로 오해했다.

"바보! 조금만 참으란 말야. 나중 풀어준다니깐!"

속삭이는 듯한 그녀의 말, 물론 간지러워 미칠 지경이었다.

유검은 눈물을 찔끔 흘리며 애써 고개를 끄덕였다. 몸부림을 치다가는 다우가 계속 귀에 대고 속삭일지 모른다.

다우는 생긋 웃으며 유검의 입을 막고 있는 옷가지 위로 살짝 입술을 가져다 대었다.

그리고 길게 기지개를 켜며 하품을 했다.

밤도 늦었거니와 여태껏 장난친다고 힘들었기에 무척이나 졸렸다.

가물거리는 눈으로 교주가 잠들기를 기다리다 다우는 유검의 가슴에 얼굴을 묻고 먼저 잠이 들고 말았다. 가포도 졸린 듯 그녀의 품을 파고들었다.

'다우야, 나 안 풀어줘? 자면 어떡하니? 제발 나 좀 풀어주라! 응?'

유검은 간절히 소리쳤지만 우웅거리는 소리는 자장가 이상 되지 못했다.

평화스러운 얼굴로 잠든 다우의 얼굴을 멍하니 바라보다 밤하늘로 눈길을 돌렸다.

'할 수 없지.'

유검은 오히려 그녀의 잠이 깰까 봐 꼼짝하지 않고 그대로 있었다.

'그나저나 이런 밧줄 하나 내 힘으로 풀지 못하다니……'

유검은 조용히 호흡을 가다듬고 조식(調息)을 통해 내공을 운기해 보았다.

하지만 곧 내심 한숨을 쉴 수밖에 없었다. 전혀 소용이 없었던 것이다. 단전(丹田)에 거대한 기운이 잠자는 호랑이처럼 웅크리고 있다는 것은 느낄 수 있었지만 내식(內息)이나 의지로는 전혀 움직일 생각을 하지 않았다.

'뭔가 다른 방도를 찾아봐야 할 텐데……'

밤하늘을 올려다보며 기운을 움직일 만한 여러 가지 무공요결을 떠올려 보았지만 한결같이 소용에 닿지 않았다.

오로지 은자로만 받는 주루에 가서는 전표 따윈 아무리 액수가 크다 한들 전혀 쓸모가 없는 것이나 비슷했다.

무상검의 경지에 올라 어떤 힘이 필요한지도 모르고, 그나마 있는 내공마저도 전혀 써먹지를 못하는 형편이지만 별달리 조급한 마음은 들지 않았다.

'천천히 생각하자. 언젠가는… 아마도……'

내심 그렇게 중얼거리다 유검도 곧 잠이 들고 말았다.

수평선 너머 둥근 태양이 온 누리를 불그스름하게 물들이며 천천히 떠오르고 있었다.

풍랑이 거칠었지만 맹석천과 무림맹의 고수들을 태운 뗏목은 서로 밧줄로 연결되어 있기에 파도에 휩쓸려 사방으로 흩어지는 일 따윈 없었다.

진삼원은 가운데 뗏목에 서서 잠도 자지 않고 일행을 진두지휘하고 있었는데 안색이 밝지 못했다.

한 호위무사가 날렵한 경신술로 진삼원이 있는 뗏목으로 날아오더니 무릎을 꿇고 부복(仆伏)한 채 보고를 올렸다.

"밤새도록 화섭자에 불을 붙여 연락을 취해봤지만 앞서 떠난 뗏목의 일행으로부터는 아무런 신호가 오지 않았습니다. 날이 밝은 지금 우선 눈이 밝은 놈들로 사방을 살펴보게 하는 중이지만……."

"알았다. 물러가도록……."

진삼원은 무겁게 고개를 끄덕이며 그의 보고를 끊었다.

'대체 어디로 사라졌단 말인가? 시간적으로 따져 볼 때 우리와의 거리는 삼 리(三里)가 채 넘지 않을 텐데…….'

이때 누군가 날카롭게 소리쳤다.

"앗! 저기……!"

쿵―!

몇 개의 통나무가 파도에 휩쓸려 다가와 부딪쳤다.

진삼원은 재빨리 다가가 통나무를 살폈다. 곧 그의 안색이 더욱 무거워졌다.

잔가지를 다듬은 흔적이며 밧줄을 맨 자국 등으로 보아 분명 섬에서 만든 뗏목의 잔해였다.

시간이 흐를수록 앞선 일행의 것으로 추정되는 뗏목의 잔해가 많이 발견되었다. 어떤 뗏목은 본래의 형태를 그대로 유지하고 있었는데 밧줄로 고정시켜 놓은 짐까지 있는 것도 있었다.

하지만 사람이 타고 있는 뗏목은 하나도 발견되지 않았다.

수하 한 명이 고개를 갸웃거리며 자신의 추측을 말했다.

"혹시… 상어 떼에게 당한 것은 아닐까요?"

진삼원은 아무 말도 하지 않았지만 내심 그럴 리는 없다고 생각했다.

아무리 상어 떼가 흉포하다 할지라도 상당한 무공을 지닌 기재들이 최소한 한꺼번에 모두 몰살당할 리는 없는 것이다.

그리고 앞선 일행에는 어린 기재들만 보낸 것이 아니었다. 경험이 풍부한 자신의 수하들도 함께 있었다.

만약 예상치 못한 최악의 경우가 발생했다면 무슨 방법을 강구해서라도 자신에게 연락을 취했을, 믿을 만한 수하들이었다.

'대체 무슨 일이 벌어졌단 말인가?'

뇌리에 범선이 불타오르는 모습이 떠올랐다. 역시 자연스럽지 못한 발화였으며, 범선에 타고 있던 수하들 중 생존자는 발견하지 못했다.

생각을 정리하던 진삼원은 마교의 짓임을 확신했지만 또 다른 의혹이 일었다.

본래 무림맹은 마교를 적대시하고 있고, 다른 강호의 문파도 이에 호응을 해주기는 하지만 그다지 적극적이지는 않았다.

이런 상황에서 만약 마교에서 기재들을 해치거나, 혹은 납치했다면 당장 커다란 반발을 불러일으킬 것이다.

마교가 단일 세력으로는 아무리 거대하다 하나 전 무림의 뭉쳐진 힘을 감당해 낼 리가 만무한데 이런 어리석은 짓을 하다니?

이 일의 저변에는 무언가 숨겨진 내막이 있으며 자신이 알지 못하는 또 다른 의지의 흐름을 감지했지만, 그것이 수밀지체와 연관되어 있다는 사실까지는 알지 못했다.

진삼원은 만일을 대비하여 수하들에게 지시를 내려 만반의 임전태세를 갖추게 했다.

맹석천은 일행 중 가운데 위치한 뗏목 위에서 가부좌를 틀고 앉아 호위무사와 짐꾼들에게 들었던 이야기를 곰곰이 되씹고 있었다.

소용돌이가 사라지고 지진이 일어난 등의 이야기였다.

'흥, 뭐가 하늘의 조화인가? 그놈이라면 가능하지. 그놈이라
면……'

맹석천은 그렇게 중얼거리다 힐끔 뒤를 돌아보았다.

세 노인이 서로 진중한 얼굴로 상화구에 대한 이야기를 나누고 있었
는데, 맹석천과 눈이 마주치자 슬그머니 입을 다물고 시선을 옆으로 피
했다.

무림맹 금역을 지키던 세 노인이었다.

그들은 끝까지 분화구 곁을 지키며 상화구가 나타나기만을 기다리
고 있었는데, 결과적으로 헛짓이 되고 말았다. 그래서 맹석천에게 참
으로 면목이 없어 고개를 돌린 것이다.

맹석천은 혀를 찼다.

'아무짝에도 소용이 없겠군.'

유검을 죽이거나 포획하는 데 저 세 노인은 아무 쓸모도 없을 깃 겉
았다.

맹석천은 일차 부딪쳐 본 바로 무공으로 유검을 제압한다는 것은 거
의 불가능함을 깨닫고 있었다. 인질극 역시 그다지 효과저이지 못힌
것 같았다.

맹석천은 길게 한숨을 내쉬었다.

"휴… 방법은 역시 미인계뿐인가?"

그 정도가 맹석천이 꾸밀 수 있는 계략의 한계였다. 한평생 도검(刀
劍)의 숲에서 살아온 무인이었기에 보다 간교하고 복잡한 음모를 꾸미
지 못하는 것이다.

미인계를 결심한 순간 맹석천은 미녀라고 소문난 자신의 손녀딸을

떠올리고 있었다.

일행의 맨 끝에 자리한 뗏목은 다른 것들보다 몇 배는 컸다. 짐을 싣기 위해서였다.

몇 명의 호위무사들과 짐꾼들이 여러 가지 짐을 싣고 타고 있었는데 그중에는 도포를 푹 뒤집어쓴 두 노인과 아름다운 한 명의 소녀도 포함되어 있었다.

일월쌍괴와 화였다.

일월쌍괴는 열심히 화를 달래고 있었다.

"항주에 도착하면 몰래 만나게 해주마. 조금만 참아다오. 응?"

"계속 그 말만 되풀이하시네요. 그건 그렇다 치고 제가 묻고 있는 것은 우리가 왜 숨어 있어야 하는가예요, 왜……."

"쉿! 목소리 낮춰. 아직은 들키면 안 돼!"

"휴… 좋아요. 그럼 옷이라도 구해줘요. 이렇게 계속 담요 하나만 걸치고 있으란 거예요? 대체……."

서로 아옹다옹하고 있는데 갑자기 커다란 환성이 울려 퍼졌다.

바다 저편 몇 척의 커다란 배가 모습을 드러내고 있었다. 천천히 다가오고 있는 그 배의 돛대 위에는 무림맹의 표식이 뚜렷한 깃발이 바람에 나부끼고 있었다.

유검은 천천히 잠에서 깨어나며 기이한 감각을 느꼈다.

귓가로, 아니, 전신으로 참으로 아름다운 음악이 흘러 들어오고 있었다.

눈을 떠보니 바다 저 멀리 태양이 천천히 떠오르고 있었다.

　태양은 세상을 온통 주홍빛으로 물들이고 있었는데, 그 빛의 물살이 아름다운 음악처럼 전신을 두들기고 있었던 것이다. 그리고 살랑이는 바닷바람이 반주를 돕고 있었다.

　유검은 반쯤 눈을 감고 태양과 바닷바람이 연주하는 음악을 조용히 감상했다.

　"흐으음~ 음~!"

　음악은 아름답기 그지없었고, 흥이 났기에 콧노래가 절로 나오고 몸이 움찔움찔 들썩거렸다.

　돌연 다우의 음성이 조그맣게 들려왔다.

　"오라버니… 싸우지 마. 다친단 말야."

　속삭이는 듯한 그 목소리에 눈을 떠 바라보니 다우는 가슴에 얼굴을 묻고 잠을 자고 있는 모습 그대로였다.

　아마 잠꼬대였던 모양이다.

　다우는 잠을 자는 동안 본래의 모습으로 되돌아와 있었다. 아미를 잔뜩 찌푸리고 있는 것을 보아 악몽이라도 꾸는 것 같았다.

　유검은 미소를 지었다.

　'꿈속에서 내가 다른 누구랑 싸우고 있나보지? 내가 다칠 일은 없으니 걱정 안 해도 된단다. 그러니까 싸우지 말라고 하기보다는 차라리 내가 이기도록 응원해 주려무나. 그리고… 에, 그러니까……'

　내심 중얼거리던 말이 갑자기 어물거려지게 되었다.

　언뜻 태양 빛을 받은 다우의 자는 얼굴은 신비로울 정도로 아름다웠다. 청순함 속에 성숙미가 깃들고, 이에 천진난만해 보이는 백치미까지 한데 어우러져 있어 뭐라 형용하기 힘든 감성을 불러일으켰다.

　평상시에는 그녀의 얼굴을 오랫동안 바라보지 못했다. 처음 보았을 때처럼 마음이 크게 요동 치는 것을 겁내서이기도 하지만 그보다는 왠지 부끄러운 마음이 들어서였다.

이제 무방비 상태로 잠들어 있는 그녀의 얼굴을 이렇게 오랫동안 바라보니 정말로 예쁘구나 하는 감탄을 금치 못했다.

오히려 낯설어 보일 정도였다.

도저히 자신과 똑같은 인간 세상에 사는 여인으로 보이지 않았다. 마치 이슬과 꽃만으로 이루어진 세계에서 온 존재처럼 보였다.

그렇게 넋을 잃고 바라보다, 문득 약간 벌어져 있는 그녀의 도톰한 입술을 보니 입을 맞추고 싶은 충동이 일었다.

"……."

유검의 두 눈이 돌연 동그래졌다.

자는 동안 몸부림이라도 쳤는지 다우가 걸치고 있는 흑포장삼의 가슴 부위가 약간 풀어헤쳐져 있는 것을 발견한 것이다. 부드럽게 융기한 가슴의 계곡이 언뜻 보였다.

"……."

강력한 의지력을 발휘하여 애써 시선을 돌리고자 했지만 못으로 박아놓은 듯 두 눈동자는 요지부동 꼼짝도 하지 않았다.

두 팔로 그녀를 으스러지도록 껴안아보고 싶은 충동 속에 유검은 순간 속에서 울화(鬱火)가 치밀어 올랐다.

'젠장! 이놈의 밧줄만 아니라면!'

움찔—!

힘주어 몸을 뒤틀다 유검은 순간 자신을 묶고 있는 밧줄이 헐렁해져 있음을 깨달았다.

혹시나 싶어 더욱 힘을 줬다.

하지만 밧줄은 더 이상 느슨해지지 않았다. 교주가 특수한 방법으로 묶어놓았기에 움직일수록 오히려 더 죄어왔다.

몸부림을 친 때문인지 다우가 잠에서 깨어났다.

그녀는 눈을 비비적거리며 걱정스러운 말투로 물었다.

"어디 아파?"

유검은 숨을 몰아쉬다가 지친 얼굴로 길게 한숨을 내쉬었다.

"휴……."

한숨조차 입을 막고 있는 옷가지에 가로막혀 그냥 부웅 하는 소리로 나왔다.

유검은 멍하니 다우의 얼굴을 바라보다 슬며시 시선을 돌렸다.

다우는 힐끔 교주 쪽을 살펴보다 유검의 입을 막고 있는 옷가지를 풀어주었다.

"정말로 아픈 거야?"

고개 숙이며 그렇게 물어왔다.

머리카락이 코끝을 간질였다.

바싹 닿을 듯 가까이 온 그녀의 얼굴.

자신에 대한 걱정을 가득 담은 커다란 그녀의 두 눈동자와 마주친 순간 유검은 가슴이 두근거렸다.

그녀의 도톰한 입술이 두 눈에 콱 박혀왔다.

또다시 그녀를 안고 입을 맞추고 싶은 충동이 강하게 일었다.

유검은 내심 한숨이 나왔다.

'휴… 대체 내가 왜 이러는 거야?'

하루 전만 하더라도 선실 안에서 다우를 껴안고 입을 맞췄다. 물론 더 나아가고 싶은 충동이 없지는 않았지만 충분히 스스로의 감정을 자제할 수는 있었다.

그런데 지금은 그런 여유가 전혀 없는 것이다.

'그때와는 상황이 달라서인가?

사람의 감정과 느낌이 항상 같을 수는 없다. 그리고 자신에게 커다란 깨달음의 변화가 있었으니 특히 예민해진 탓이라고 생각했다.

"아픈 데는 없어. 난 괜찮으니 걱정하지 말아라."

그렇게 대꾸하며 시선을 멀리 먼 하늘로 두었다.

태양은 이미 모습을 다 드러내고 있었는데 강렬한 햇살을 온 누리에 뿌리고 있었다.

구름은 하얀 옷으로 바꿔 입었고 출렁이는 바다는 은빛으로 잘게잘게 쪼개졌다.

멍하니 그 모습을 바라보던 유검은 또다시 귓가에, 아니, 전신으로 음악이 흘러드는 것을 느꼈다. 이번에는 아름답기보다 아주 힘찬 느낌이었다.

"흐흐흠~ 흠흠~"

콧노래를 흥얼거리며 몸을 움찔거리다 유검은 문득 깨달았다. 온몸을 묶고 있는 밧줄이 또다시 느슨해져 있었던 것이다.

'혹시……'

어떤 영감의 빛줄기가 뇌리를 번개처럼 스쳐 지나갔다.

순간 기쁨이 샘물처럼 솟아났다. 덩실덩실 춤이라도 추고 싶은 기분이었다.

다우는 걱정스런 얼굴로 그런 유검을 지켜보고 있었다.

유검은 속삭이듯 작은 목소리로 다우를 불렀다.

“다우야.”

“응, 말해.”

유검은 고개 숙여 가까이 다가온 그녀의 얼굴을 멍하니 바라보다 미소를 지으며 말했다.

“입맞춰 줄래?”

다우의 두 눈이 동그래졌다.

그녀는 살며시 주위를 힐끔거리더니 조용히 고개를 숙여왔다.

더없이 달콤한 입맞춤 속에 유검은 손가락을 꼼지락거려 밧줄의 한 부분을 쥐고 있었다.

강력한 햇살은 음악이 되어 유검의 전신을 두드렸고, 그것은 밧줄의 미묘한 출렁임으로 이어졌다.

불쑥—!

밧줄의 틈 사이로 유검의 손이 숫아 나왔다. 그리고 다우의 허리를 꼭 껴안아갔다.

뺨에 와 닿는 그녀의 피부 감촉은 봄날 나른한 햇살보다 더 부드러웠고, 한 손 가득 느껴지는 그녀의 존재는 바닷바람보다 더 가볍고 싱그러웠다.

그녀를 그렇게 안고 있노라니 바다 속을 유영하는 것인지, 아니면 구름을 타고 노니는 것인지 꿈과 현실을 분간하기 어려울 정도였다.

햇살의 강렬함과 바닷바람의 상큼함을 온몸으로 음악처럼 느낄 수 있을 감각이 생겨 있으니 사랑해 마지않는 다우를 품에 안으며 지극한 희열에 빠지는 것은 당연했다. 보통 사람보다 몇 배나 예민한 감각으로 그녀의 존재를 느끼는 것이다.

이는 한 가닥 영감을 잡은 기쁨과 어우러져 더할 나위 없는 행복감을 만끽하게 했다.

돌연 다우가 키킥 웃더니 품속을 빠져나갔다.

"뭐예요?"

다우는 유검의 귀를 쥐어 잡고 비틀며 입술을 삐죽 내밀었다.

"아픈 것처럼 해서 엉큼한 짓이나 하구!"

다우의 얼굴은 빨갛게 달아올라 있었다. 그리고 두 팔로 가슴을 감싸며 전신을 부르르 떨었다.

유검은 자유롭게 된 한 팔로 허우적거리며 그녀를 잡으려 했다.

다우는 훌쩍 뒤로 물러나 피하며 소리쳤다.

"쳇, 내가 간지럼을 태웠다고 복수하는 거예요?"

유검은 웃으며 물었다.

"복수라니?"

"뭘 그렇게 궁리하나 했더니 간지럼을 태우는 신공(神功)을 연마하셨네요? 쳇!"

"음?"

다우는 가포를 안아 유검의 손바닥 위에 떨어뜨렸다.

가포는 잠에서 덜 깨었는지 잠시 눈을 떴다가 다시 고개를 떨구고 잠들려 했다.

하지만 셋을 헤아리기도 전에 끼이익! 끼이익! 거리며 난리를 피우기 시작했다. 전신을 비틀고 그 자리를 맴돌더니 훌쩍 날아올라 바다 위로 풍덩 뛰어들었다.

다우는 역시나! 하는 얼굴로 투덜거렸다.

"그 봐요. 날 골탕 먹이려 한 거 맞죠?"

유검은 어리둥절해하다 곧 무언가를 깨닫고 자신의 손바닥을 들여다보았다.

'혹… 햇살과 바람의 힘이?'

유검은 호기심을 담은 눈으로 그녀에게 물었다.

"그런데… 어떤 식으로 간지러웠지?"

다우는 재차 얼굴을 새빨갛게 물들이더니 꽥! 소리를 질렀다.

"몰라요!"

이런 소동에 돛대에 몸을 기대고 자던 총관이 깨어났다.

하늘을 향해 기도를 올리고 있던 천태부와 지태모는 두 남녀 간의 아옹다옹하는 모습을 울 듯 말 듯 묘한 얼굴로 몰래 훔쳐보았다.

상화구는 바다에 둥실 몸을 띄운 채 뗏목 위에서 벌어지는 일에는 전혀 아랑곳하지 않고 있었다.

뒷짐을 진 채 하늘을 올려다보며 상념에 젖어 있던 교주가 이런 소동에 뒤를 돌아보았다.

한 팔이 자유로운 모습의 유검을 보고 고개를 갸웃거렸다.

위이잉—!

조그만 돌개바람이 유검의 손바닥 위에서 생겨났다.

이러저리 떠돌더니 다우의 장삼을 짓궂게 슬쩍 들어 올리고, 다시 교주의 수염을 심술궂게 잡아당기고는 위로 사라져 버렸다.

"…이거냐?"

시큰둥한 교주의 물음에 유검은 머리를 긁적이며 말했다.

"이런 것도 있습니다."

유검은 밧줄을 집어 들었다.

곧 밧줄은 빙글빙글 나선형을 그리며 위로 솟아올랐다.

다우는 호기심 어린 눈으로 그것을 지켜보았지만 교주의 반응은 냉담하기 그지없었다.

"약장수를 할 셈이냐?"

"……."

교주는 시큰둥한 얼굴로 말했다.

"근데 너, 내공이 없다더니 거짓말이었구나."

"아… 거짓말이 아니에요. 이건 내공과는 다릅니다. 그러니까… 순수한 태양과 바람의 힘이지요."

"순수한? 태양과 바람의 힘? 육경천의 힘과 비슷한 거냐?"

유검은 곧 난감한 표정을 지었다.

뭐라고 설명해야 할지 도무지 감이 잡히지 않았다. 지금처럼 바람을 일으킨다 할지라도 궐음력과는 다르다. 내력을 끌어올려 장풍을 내쏘는 것과도 물론 다르다.

하지만 뭐가 어떻게 다른지 설명할 수가 없었다.

서로 태양을 볼 수 있다면 손가락으로 가리키기만 해도 알아들을 수 있다. 하지만 태양을 한 번도 보지 못한 장님이라면 어떤 식으로 설명해 줘야 할까?

환하게 온 누리를 비추는… 이라고 해도 장님은 빛을 아예 보지 못한다. 따사로운 감각을 비유해도 그것만으로는 온전히 설명했다고 볼 수가 없다. 모닥불과 같냐고 되물었을 때 고개를 끄덕일 순 없으니까.

유검 역시 뭔가 단서를 얻었을 뿐 모두 깨달은 것은 아니었다. 끝없이 넓은 진리의 모래밭에서 겨우 모래 한 알을 주워 든 것에 불과했다.

그러니 뭔가 교주에게 납득할 수 있는 설명을 내놓기란 불가능했다.

유검은 아무래도 현실적으로 설명해야겠다고 생각했다.

"생각해 보세요. 서로 검을 맞대고 싸웁니다. 검이 부딪치는 순간 상대방은 간지러움을 참지 못하고 하하하 웃으며 몸을 비틀겠지요. 그 허점을 노려서……."

"……."

"혹은 웃게 됨으로써 살기가 누그러지게 될 겁니다. 그러면 서로 웃으면서 싸우지 않고 좋게 해결을……."

"……."

"아참, 이런 것도 가능할 겁니다. 서로 검을 맞대고 싸우는데 갑자기 바람이 일어 상대의 치맛자락을 들어 올리면… 아, 여자와 싸우겠다는 게 아니라……."

"……."

썰렁하다 못해 얼어붙은 분위기.

유검은 입맛을 다시다 머리를 긁적거리며 말했다.

"그냥… 이 아들이 뭔가 멋진 걸 터득했다, 그렇게 뵈주십시오."

교주는 뚫어져라 유검의 얼굴을 살펴보다가 무뚝뚝한 얼굴로 고개를 끄덕였다.

"그렇게 봐주지."

"…고맙습니다."

교주는 다시 유검을 밧줄로 묶지는 않았다. 지금에 와서 다시 섬으로 돌아간다 어쩐다 난리를 피울 것 같진 않아서였다.

교주는 묵묵히 하늘을 올려다보다 문득 생각난 듯 물었다.

"그런데… 싸울 때 정말로 그런 수법을 쓸 생각은 아니겠지?"

"…물론이죠."

강한 적이 필요하다

강한 적이 필요하다

태양이 중천에 이를 무렵 뗏목은 어민들이 사는 조그만 섬에 도착했다. 그곳에서 새로이 조그만 배를 구해 항주로 향했다.

교주가 지닌 바 능력을 발휘한다면 반나절 만에도 항주에 도착할 수 있었으나 그러지 않았다. 그럴 필요성을 느끼지 못한 이유도 있었고, 유검을 조금 더 세밀하게 살펴보기 위해서였다.

며칠간 살펴본 끝에 생각했던 것보다 그 증세가 심한 것 같지는 않아 보여 다행이라고 여겼지만, 그래도 역시 안심할 수는 없다고 생각했다.

유검은 햇빛과 바람의 힘을 내공처럼 몸에 쌓아보겠다며 하루 종일 갑판에 드러누워 있다가 결국 '안 되는 건가?' 라며 투덜거리곤 했다.

교주는 그런 정도의 행동은 나름대로 이해할 수 있었다. 인시(寅時)에 태양이 떠오를 동쪽을 바라보며 운기조식하는 따위의 수련법은 많았으니, 유검이 뭔가 나름대로 새로운 내공심법을 연구하려나 보다고 여겨줄 수 있으니까.

하지만 새로운 검초를 만들어보겠노라고 밤새도록 검을 휘두르는 모습은 좀체 이해하기 힘들었다.

일견 잠시도 검을 놓지 않는, 노력하는 무인(武人)의 모습처럼 보일지 모른다. 하지만 이미 초식의 구애받지 않는 경지에 올랐던 녀석이 새삼 이제 와서 무슨 검초를 만들겠다는 말인가?

그리고 유검은 내공이 있든 없든 마음만 먹는다면 단숨에 수십여 개의 절묘한 검초를 만들 수 있는 녀석이다. 그런 녀석이 밤새도록 검을 휘두르고 나서 '안 돼, 안 돼!' 중얼거리다 '정말 어렵구나' 하고 한탄을 내뱉는 모습은 정말 기이하기 짝이 없는 것이었다.

그런 모습들을 지켜보노라니 다소 유검이 멀쩡해 보인다고 해서 교주는 마냥 안심할 수는 없었다.

하지만 가끔 어쩌면 자신이 오해를 하고 있는 것이 아닐까 하는 생각도 했다.

혹, 정말로 본인이 말한 것처럼 더할 나위 없이 높은 무상검의 경지에 오른 것은 아닐까? 땅이 갈라지고 소용돌이가 사라진 것이 정말 저 녀석의 능력이었던 것은 아닐까?

사실 유검의 사부에게서 들었던 낙양의 일을 되새겨 본다면 마냥 불가능한 것 같지는 않아 보였다.

만약 그렇다면 내공이 없어 흔한 경신술조차 펼치지 못하고 낑낑대며 절벽을 오르던 모습은 뭐란 말인가? 몸에 묶인 밧줄조차 끊어버리지 못하는 그 모습은 또 뭐란 말인가?

설마 하니 땅을 가르고 소용돌이를 없앨 수는 있어도 절벽을 오르고 밧줄을 끊을 힘은 없다는 말인가?

평소 유검의 성격을 보건대 일부러 연극을 하는 것 같지는 않았다.

그렇게 여러 가지 생각을 떠올려 보다 결국 교주의 결론은 하나로 귀일되곤 했다.

어쩌면 백 번 양보하여 본인이 말한 대로 유검이 무상검의 경지에 올랐는지도 모른다. 하지만 두서없는 행동을 보건대 주화입마를 당하여 심마에 걸린 것만은 틀림없는 사실이라고.

교주는 당금 전 무림을 통틀어 다섯 손가락 안에 꼽을 수 있는 무공의 소유자였지만, 자신이 이해하지도 못할 이질적인 힘의 세계가 있다는 사실은 전혀 상상하지 못했다.

이는 교주의 견식이 낮거나 상상력이 부족해서는 결코 아니었다. 다만 전에도 없었고 앞으로도 없을 전혀 새로운 경지에 대한 지식이 전무했을 뿐이었다.

사흘이 지나 태양이 중천에 이르렀을 무렵 유검 일행을 태운 이 장 크기의 조그만 어선은 드디어 항주(杭州)에 도착했다.

상화구는 사람들의 눈을 피해 까마득한 상공에 떠올라 있었다.

일행을 태운 어선은 전단강 어귀를 거슬러 올라가다가 인적없는 조그만 나루에 도착했다.

여름은 지나간 듯한데 햇살은 여전히 따가웠다.

어선에서 내린 유검은 풍덩한 여자 옷을 입은 자신과 단벌의 흑포장삼을 걸친 다우, 넝마나 다름없는 누더기를 걸친 총관, 시대에 뒤떨어진 촌스런 옷을 입고 있는 천태부와 지태모 등을 돌아보며 중얼거렸다.

"이대론 개방(丐幫)으로 오인받겠군. 은자가 필요하겠구나. 옷을 구해야 할 테니…….”

유검은 힐끔 교주에게로 시선을 돌렸다. 일행들 중 은자가 있을 듯해 보이는 유일한 대상이었으니까.

교주 역시 일행을 돌아보며 눈살을 찌푸리고 있었다.

‘나까지 거지나 떠돌이 유랑민으로 오인받겠군. 그보다 관졸들이 수상쩍다고 잡아 세우겠다.’

이대로는 안 되겠다 싶었다. 어쨌든 남의 이목을 끌어서 좋을 것 하나 없는 한 무리의 난동꾼 일행이었으니까.

“날 따라오거라.”

교주는 일행을 데리고 숲으로 들어갔다.

자신만만하게 앞장서서 걷는 교주의 뒷모습을 보고 유검은 어디 은자를 빌릴 곳이 있나보다고 생각하며 뒤를 따랐다. 다우와 총관, 천태부, 지태모 일행도 아무 생각 없는 얼굴로 그 뒤를 따랐다.

빈 공터가 나오고, 길을 따라 조그만 언덕을 돌아서자 하나의 장원이 보였다.

우우웅―!

허공에 떠 있는 상회구가 갑자기 울음소리를 토해내었다.

“왜 저러지?”

유검은 검미를 찌푸리며 다우가 차고 있는 반지 풍환에게 이유를 물었다.

―주인님의 흔적이… 갑자기 멀어지고 있다고 합니다.

“화가?”

―예, 여태까지는 대략 십여 리 정도의 거리를 유지하고 있었는데, 갑자기 빠른 속도로 멀어지고 있다는군요. 아! 벌써 삼십여 리나…….

"그것참 이상하군. 화는 일월쌍괴가 안전하게 지키고 있을 텐데……."

유검은 중얼거리다 흠칫 자신이 말을 잘못 꺼냈음을 깨달았다. 교주는 자신이 화의 흔적을 모르는 것으로 알고 있으니까.

유검은 혹 자신의 말을 들었나 싶어 교주 쪽으로 고개를 돌렸다.

이때 교주는 대문 앞에 이르러 있었는데, 위의 '풍월장(風月莊)'이라는 편액을 힐끔 쳐다보고는 가볍게 일장을 뻗고 있었다.

펑―!

대문이 박살나고 교주는 거침없이 안으로 들어섰다. 곧 안에서 누구냐! 라는 고함 소리가 터져 나왔다.

"설마 강도 짓을?"

유검은 설마 하면서도 교주라면 그게 당연하다는 생각도 들었다.

어린 모습으로 되돌아가 있는 다우의 두 눈도 동그래졌다.

"아는 사람 집 아니었어?"

총관은 곤혹스러운 얼굴을 하고 있었다.

"교주님의 신분은 그야말로 지고(至高)하기 짝이 없는데 어떻게 강도 짓을 하겠습니까? 차라리 제게 강도 짓을 시키겠지요. 다만 저 집은……."

풍환이 갑자기 소리쳤다.

―앗, 더욱 빨리 멀어지고 있답니다. 더 지체하다가는 놓치겠다고…….

그녀의 말이 끝나기도 전,

슈아앙―

상화구는 갑자기 북쪽을 향해 쏜살처럼 날아갔다. 초절정무인이 펼치는 경공술보다 더한 빠르기였다.

유검은 뭔가 일이 생겼음을 직감했다.

장원 안에서는 꽝! 우지직! 거리며 부서지는 소리와 함께 비명 소리가 연신 터져 나오고 있었다.

"누가 좀 말려요!"

일행을 향해 한마디 그렇게 던지고는 다우를 향해 다급히 말했다.

"다우야, 여기서 기다리고 있거라. 결코 널 떼어놓는 게 아니야."

그리고는 상화구가 날아간 방향을 향해 급히 신형을 날렸다.

헉헉 숨을 몰아쉬며 달려가는데,

"바빠?"

"묻지 마라. 달리는 것만으로도 숨차."

"근데… 그렇게 달려서 쫓아갈 수 있겠어?"

"그야……."

무심코 대답하다 고개를 돌려보니 다우가 여유있는 모습으로 옆에서 같이 달리고 있었다.

"……."

유검은 그 자리에 멈춰 섰다.

무릎에 두 손을 얹고 허리를 굽혀 거친 숨을 몰아쉬며 그제야 자각했다. 자신에게는 상화구를 뒤쫓을 만한 경신술이 없음을.

상화구가 날아간 방향을 보니 이미 까마득한 점으로 변해 있었다.

유검은 현재 뒤쫓기엔 불가항력임을 깨닫고, 일월쌍괴가 뭔가 화에 관한 소식을 가져오길 기다리기로 결정했다.

'검초보다는 경신술을 먼저 연구했어야 했을까?'

그런 후회가 일어 약간 기분이 침울해졌다.

유검의 안색을 살피던 다우가 변명하듯 말했다.

"이 반지가 없으면 저 구슬을 못 쫓잖아. 그래서 반지를 건네주려고……."

다우는 손가락의 반지를 빼려고 했지만 아무리 애를 써도 빠지지 않아 낑낑대었다.

"참, 왜 안 빠지지?"

투덜대는 그 모습이 귀엽기 짝이 없어 보여 유검은 자신도 모르게 히죽 웃고 말았다.

"바보, 그렇게는 절대 안 빠진다."

"칫, 그럼 어떻게 해야 빠지지?"

"주문을 외워야 해."

"주문? 주문이 뭔데?"

유검은 입술을 오므려 다우의 목소리를 흉내 내어 말했다.

"난 이제 오라버니가 싫어졌어! 그러니까 너도 빨리 기비리런 밀야!"

호기심에 차 있던 다우의 두 눈이 서서히 가늘어졌다.

다우는 곧 시큰둥한 얼굴로 하늘을 올려다보고는 다시 땅이 꺼져라 한숨을 내쉬었다.

"휴……."

어깨를 으쓱거리며 도리도리 고개까지 저었다.

"오라버니가 언제 저렇게 유치해졌지?"

"……."

"마냥 내가 어리게 행동하니 정말로 어린 줄 아는 게 아닐까?"

유검은 묵묵히 생각에 잠겨 있다 물었다.

"그럼… 어른 대접을 해줄까?"

다우는 반색하며 외쳤다.

"응!"

유검은 고개를 끄덕였다.

"좋아, 앞으로는 그렇게 하지."

유검은 진지한 얼굴로 말했다.

"일단 돌아가서 아버지가 강도 짓 하는 거나 말리자꾸나. 아들 된 도리로 차라리 주루에 점소이로 취직해서 돈 버는 게 낫지……."

유검의 오른손이 슬쩍 다우의 어깨에 올려졌다.

"그래, 은자를 구하려면 내게도 생각이……."

진지하게 고개를 끄덕이며 대꾸하던 다우는 곧 간지러움을 참지 못하고 전신을 비틀며 이리저리 방방 뛰어다녔다.

"치사하게! 어른 대접 해준다는 게 이거야?"

꽝! 꽈광—!

진천뢰가 연이어 터지고 곧 쫓고 쫓기는 치열한 추격전이 벌어졌다.

유검은 날아오는 진천뢰를 피하며 소리쳤다.

"당연하지. 피의 복수는 아무나 받나?"

"쳇, 그깟 말 한마디에 삐치고! 철 좀 들어! 남자가 좀스럽게 말야!"

"너나 철 많이 들려무나. 그럼 안을 때 무거워서 힘들겠는걸? 안 그래도 요즘 꽤 무거워졌던데……."

"헛소리! 난 살 안 쪘어!"

"철 들었다메?"

"그건 이거 때문이라구!"

꽝! 꽈광—!

또다시 터지는 진천뢰.

경신술로는 상대도 되지 않았지만 다우는 말대꾸하느라, 혹은 가끔 유검의 손에서 이는 돌풍에 말려 올라가는 흑포장삼을 고정시키느라 멈칫거렸기에 추격전은 금방 끝나지 않았다.

누군가 그 광경을 훔쳐보았다면 두 남녀의 간지러운 대화에 닭살이 돋아 전신을 부르르 떨어야 할지, 아니면 위험천만해 보이는 추격전을 흥미진진하게 지켜봐야 할지 갈등에 휩싸였을 것이다.

다우와 함께 장원으로 돌아와 파괴된 대문 안을 들어서니 수십여 명의 무사들이 땅바닥에 널브러져 있었다. 어떤 이는 혼절해 있었고, 어떤 이는 낑낑 신음 소리를 흘리고 있었는데 다행히 죽은 사람은 없어 보였다.

유검은 한숨이 나왔다.

"강도 짓을 하더라도 좀 사정을 봐주면서 해야지, 이거야… 완전 녹림도(綠林徒)들보다 더하잖아."

"감히—!"

자갈을 깐 소로 끝에 하나의 웅장한 전각이 세워져 있었는데, 그곳에서 호통 소리가 터져 나왔다. 내력을 실었는지 전각의 지붕이 털썩거릴 정도였다.

"감히 못 내놓겠다는 게냐?"

유검은 재차 한숨을 내쉬었다. 적반하장도 유분수지, 몰래 은자를 슬쩍 훔쳐 가는 정도가 아니라 아예 주인에게 보물을 내놓으라고 윽박지르는 것 같았다.

유검은 허리를 감싸고 있는 한천검을 스르릉 뽑아 들었다.

‘휴… 이럴 땐 말려주는 게 도리겠지.’

크게 심호흡을 하고 나서 유검은 전각 안으로 뚜벅뚜벅 걸어갔다.

다우는 깡총 뛰면서 유검의 뒤를 뒤따라가다 옷섶이 풀어헤쳐진 채 혼절해 있는 한 장한의 모습을 보고 고개를 갸웃거렸다.

다우는 장한에게 다가가 조심스럽게 옷섶을 풀어헤쳤다. 울퉁불퉁한 근육이 선명한 가슴에는 지상에서 하늘로 역류하며 치솟는 역번개의 문신이 빨간 주사로 뚜렷하게 새겨져 있었다.

유검이 전각 안으로 들어서니 교주가 근엄한 얼굴로 태사의에 앉아 있었고 총관과 천태부, 지태모가 그 옆에 기립해 있었다.

그리고 이 장원의 주인으로 보이는 오십 대의 화복 중년인과 몇 명의 무사들이 교주 아래 오체복지(五體伏地)하여 엎드려 있었다.

화복 중년인은 보기에도 불쌍해 보일 정도로 비굴한 모습으로 애원하고 있었다.

“제발, 제발 그 명만은… 그걸 내놓으시라면 그냥 제 목을 가져가겠다는 말과 같습니다. 다른 재물 보화는 모두 내놓을 테니 제발 그것만은……”

교주의 안색이 차가워졌다.

“목을 가져가는 것과 같다고? 좋아, 가져가지.”

쿵!

교주의 손에 들린 일월신검이 검집째 바닥을 두들겼다. 그 충격에 묵광(墨光)의 검신을 드러내며 검이 튀어 올랐다.

교주의 오른손이 검의 손잡이를 낚아채는 순간 유검은 잠시라도 지체하면 장주의 목이 당장 허공으로 튀어 오를 것임을 알았다.

재물을 빼앗는 것은 몰라도 살인까지 저지르는 것을 묵과할 수는 없었다.

유검은 다급히 달려가며 외쳤다.

"그만두세요!"

검은 이미 휘둘러지려 하고 있었다.

전력을 다해 달려가던 유검은 이미 늦었다고 판단되자 들고 있던 한 천검을 던졌다.

챙—!

일직선으로 날아간 한천검이 휘두르던 일원신검과 부딪쳤다.

별다른 내력은 깃들지 않았기에 한천검은 맥없이 뒤로 퉁겨났다. 하지만 교주는 멈칫할 수밖에 없었다. 기이한 간지러움이 검의 손잡이를 통해 파고들었던 것이다.

그사이 유검은 달려가는 기세 그대로 장주의 몸을 감싸며 우당탕 쓰러졌다.

유검은 잽싸게 몸을 일으켜 장주의 앞을 가로막아 서며 회난 목소리로 외쳤다.

"너무하지 않습니까? 재물을 빼앗는 것도 모자라 사람을 해치려 하다니요?"

교주는 눈살을 찌푸리며 말했다.

"네가 간섭할 일이 아니다. 비켜라!"

유검은 땅에 떨어진 한천검의 손잡이 부위를 차올려 허공에서 검을 낚아채며 단호히 고개를 저었다.

"안 됩니다!"

장주가 감동한 표정으로 말했다.

"공자! 뉘신지는 모르겠지만 목숨을 걸고 저를 구해주시다니 참으로 감읍할 따름입니다. 하지만……."

유검은 고개를 저으며 말했다.

"걱정할 필요 없습니다. 저희는 녹림도가 아닙니다. 결코 아무렇게나 사람을 죽이지는 않습니다."

곧 여자 옷을 입고 있는 자신과 거렁뱅이보다 더한 몰골의 총관 등을 훑어보며 조그맣게 덧붙였다.

"…약간의 은자는 챙길지 몰라도."

교주는 눈빛을 기이하게 빛내며 물었다.

"네가 정녕 이 일에 끼어들어야만 하겠느냐?"

유검은 한천검을 고쳐 쥐고 힘차게 고개를 끄덕였다.

"물론입니다."

여차하면 힘으로라도 맞서 살인은 막을 생각이었다. 교주를 아버지로 인정한 이상 최소한 살인의 죄업을 쌓는 것만은 그냥 두고 볼 수 없었던 것이다.

교주는 선선히 고개를 끄덕였다.

"흠… 그래? 그렇다면 할 수 없지."

태연히 인정하는 듯한 교주의 태도에 유검은 왠지 불안해졌다.

교주는 옆에 시립해 있는 총관을 불렀다.

"총관."

"예, 교주님."

"본 교의 규칙은 어떠한가?"

"교주님께 맞서 의견을 올릴 수 있는 자는, 그리고 일단 일월신검으로 내린 하명을 거둬들이게 할 수 있는 자는 오로지 후계자의 자격을 지닌 자뿐입니다."

“그렇다면… 나의 일에 반드시 간섭하겠다니, 어찌 받아들여야 하는가?”

“물론 이는 스스로… 후계자임을 인정한 것입니다.”

“자격은 충분한가?”

“물론입니다. 교주님의 후사(後嗣)이신데 어느 누가 감히 반대하겠습니까?”

“그렇군.”

유검은 약간 얼떨떨했다. 이야기가 갑자기 이상한 분위기로 흐르는 것 같았다.

교주는 장주에게 소리쳐 물었다.

“보았는가?”

장주는 갑자기 일어서더니 감격 어린 얼굴로 유검에게 소리쳤다.

“목숨을 구해주신 이 은혜, 설령 목이 잘리고 배가 갈라지더라도 어찌 잊겠습니까?”

그리고는 돌연 유검을 향해 무릎을 꿇고 크게 부복하며 소리쳤다.

“앞으로 이 미천한 목숨, 모두 주군께 맡기겠습니다. 끓는 기름 솥에 들어가라 하신들, 활활 타오르는 불 속으로 뛰어들라 하신들 추호라도 망설이지 않을 것입니다.”

양 옆에 부복해 있던 무사들은 그제야 얼굴을 들었다.

그들은 결연한 표정으로 소리쳤다.

“저희 목숨을 오로지 주군께 바칩니다!”

그와 함께 밖에 널브러져 있던 무사들이 대청으로 우르르 들어왔다.

그들도 무릎을 꿇으며 일제히 소리쳤다.

“저희 목숨을 오로지 주군께 바칩니다.”

목소리는 우렁차기 그지없어 대청이 떠나갈 듯했다.

장주의 손에는 이미 준비해 둔 듯 커다란 대접이 들려져 있었다.

무릎을 꿇은 채 유검을 향해 대접을 들어 보이며 조그만 소도(小刀)로 자신의 새끼손가락 끝을 잘랐다.

선연한 핏줄기가 대접 안으로 뚝뚝 떨어졌다.

옆의 무사들도 한 걸음 다가와 자신의 새끼손가락을 베어 대접 안에 피를 떨어뜨렸다.

그 뒤를 이어 안으로 들어선 무사들도 따라서 피를 대접 안에 흘렸다.

뭐가 뭔지 대체 알 수가 없어 유검은 멍하니 지켜볼 수밖에 없었다.

모든 무사들의 피를 모으자 장주는 정중한 태도로 대접을 유검에게 바쳤다.

"저희 목숨을 오로지 주군께 바칩니다."

유검은 얼떨떨한 얼굴로 그것을 받아 들었다.

모두 교주와 짜고 한 연극임은 이미 눈치 챘지만, 하나같이 비장한 얼굴들이었으며 엄숙한 예식을 행하는 듯하여 어쩐지 거부하기 힘들었다.

유검은 곤혹스런 얼굴로 교주를 돌아보았다.

교주는 엄숙한 얼굴로 말했다.

"너는 이제 저들의 심장이 되었다. 수족(手足)같이 부리도록 하거라."

"혹, 만약 이 대접을……."

"아, 물론 그럴 리야 없겠지만… 네가 거절한다면 저들은 심장을 잃은 수족, 홀로 움직일 수는 없다. 당연히 스스로 심장을 찔러 자결할 것이다.”

유검은 정신이 몽롱해졌다.

대청 안을 둘러보니 무사들의 눈빛은 하나같이 비장하기 이를 데 없었고, 또 한 손에 소도를 들고 당장이라도 자신의 심장을 찌를 태세였다.

유검은 한숨을 내쉬며 교주에게 물었다.

“휴… 이들은 대체 누굽니까?”

“여기는 본 교의 절강성 항주 지부다. 나머지는 저기 네 수하들에게 보고받거라.”

이미 쌀이 익어 밥이 되어버렸다는 식의 말투였다.

교주는 턱짓으로 어서 대접 안의 피를 마시기를 종용했다.

유검은 대접 안 가득 차 있는 선혈을 바라보며 길게 한숨을 내쉬고는 두 눈을 질끈 감고 마셨다.

“와아아―!”

대청 안에 함성이 울려 퍼졌다.

교주는 일월신검을 치켜들고 엄숙하게 소리쳤다.

“신령스런 일월시검의 신물(信物)을 빌어 너를 정식으로 후계자로 임명한다. 이제부터 너는 반역을 일으킨 신무룡과 싸워야 한다. 최소한 여기 항주 지부의 전폭적인 지지를 얻었으니 싸울 수 있는 후계자의 자격은 충분하다. 승자는 모든 것을 가질 것이며, 패자는 모든 것을 잃을 것이다. 너는 나의 아들, 내가 그랬던 것처럼 너 역시 최후의 승리자가 될 것임을 믿어 의심치 않는다.”

대청 안의 함성은 더욱 커져 갔고, 그칠 줄을 몰랐다.

유검은 쉽게 거절하지 못하는 자신의 유약함을 탓하고 있었는데 신무룡의 이야기가 나오자 눈빛이 반짝거렸다.

승자는 모든 것을 가질 것이며, 패자는 모든 것을 잃을 것이다.

그 말을 되새기자 어쩐지 가슴이 울렁거렸다.
흐릿하다 못해 아예 없는 것으로 알았던 승부욕이 불쑥 치솟았다.
신무룡, 그에게는 절대 지고 싶은 마음이 없었다.
짜여진 연극임을 알면서도 그런 감정이 이는 것을 막을 수가 없었
다.
대청이 떠나갈 듯 이는 함성이 피를 들끓게 만들었다.
유검은 스스로의 기분을 헤아리기 힘들어 곤혹스러운 표정만 지었
다.
분위기에 휩쓸려 이끌려 가는 듯한 느낌과 뭔가 속박받는 듯한 기분
에 탐탁지 않았지만, 그럼에도 알 수 없는 그 무엇이 무인의 피를 들끓
게 만들고 있었다.
묘하게도 그 기분은 결코 싫지 않았다.
억지로 붙들려 기루에 갔는데 절세가인이 있어 가슴이 절로 두근기
릴 때와도 비슷했다.
교주는 내심 씨이익 미소 지으며 말했다.
"뭐 하나? 저렇게 네 녀석을 기다리고 있는데?"
그 말에 유검은 얼떨결에 무사들을 향해 손을 들어주었다.
"와아아아—!"
조금 전보다 몇 배나 큰 함성이 울려 퍼졌다.
여기저기서 흥분에 찬 목소리가 터져 나왔다.

"이 목숨은 오로지 주군의 것!"

"견마지로를 다하겠습니다!"

"우리에겐 오직 승리뿐!"

"우린 아무것도 모릅니다. 오직 주군의 명에 따르겠습니다!"

천태부와 지태모는 흐뭇한 미소를 짓고 있었다.

'우리 화룡문은 출발부터 심상치 않구나. 벌써부터 이렇게 많은 문도들이 몰려들다니 말야.'

대청 끝에서 이 광경을 지켜보던 다우는 짧게 한숨을 내쉬었다.

"근데 오라버니는 마교의 절대 목표가 뭔지는 알까? 일통강호라는 걸 말야."

대청에는 연회 준비가 한참이었다.

묵은 술을 꺼내오고 소와 돼지를 잡는가 하면 항주의 이름난 주루(酒樓)에서 특별히 안주를 주문해서 가져오기도 했다.

어느 정도 자리가 마련되었을 때, 유검은 멋들어진 청색 장삼으로 옷을 갈아입고 나왔다.

곧 유검을 중심으로 장원의 장주와 무사들은 술잔을 주거니 받거니 하면서 떠들썩하게 놀았다.

천태부와 지태모는 어디에서 만들었는지 화룡문이라 적힌 황금 빛 편액을 가져왔다.

연회는 저녁 늦게까지 이어졌다.

무사들이 주는 술잔을 거절하지 않고 모두 마셔 버린 유검은 엉망으로 취해 버렸다.

시녀 둘의 부축을 받아 유검은 침실로 옮겨졌다.

유검은 바로 코를 골며 잠이 들었다.

잠시 후, 조심스럽게 문이 열리며 다우가 얼굴을 삐죽 내밀었다. 그리곤 침실 안을 두리번거리더니 가포와 함께 쪼르르 침대 안으로 들어가 누웠다.

유검의 가슴에 얼굴을 묻고 만족한 표정으로 잠을 청했다.

창문 사이로 달빛이 새어 들어왔다.

얼마나 시간이 지났을까.

유검은 두 눈을 뜨고 있었다. 눈빛은 서늘하기 그지없었고 취기는 한 점도 보이지 않았다.

새어 들어오는 달빛을 막연히 바라보다 눈길을 품속의 다우에게로 돌렸다.

잠이 들었는지 본모습으로 돌아와 있었는데 달빛에 비친 그녀의 얼굴은 평화스럽기 그지없었다.

유검의 두 눈은 망설임으로 짧게 흔들렸다.

곧 한숨을 내쉬고는 조용히 그녀의 뺨에 입을 맞추었다.

'내일로 미루자. 오늘이면… 너무 미안하니.'

그리고는 다시 몸을 바로 눕히고 잠을 청했다.

다우의 어깨가 가늘게 떨리고 있었다.

연회가 끝난 대청 안은 어둠에 잠겨 있었다.

창문을 통해 새어 들어오는 달빛은 탁자 위를 비추고 있었는데, 술병은 어지러이 널려 있었고 먹다 남은 요리들은 지저분하게 흩어져 있었다.

조금 전의 밝고 즐거웠던 잔치 분위기는 온데간데없었다. 오히려 처량해 보이기까지 했다.

이에 적막이 겹겹이 싸여져 그 무엇도 뚫고 들어갈 수 없을 듯한데, 무거운 고독이 강물처럼 소리없이 흐른다.

부엉―

갑자기 저 멀리서 부엉이 울음소리가 들려와 창가로 새어 들어오는 달빛이 깜짝 놀란다.

대청 위쪽에 있는 태사의 쪽에 무언가 반짝거렸다.

술잔이었다.

교주는 달빛도 비춰지지 않는 어둠 속에 홀로 앉아 조용히 술잔을 비우고 있었다.

잔이 비자 어둠 속에서 통통한 손이 나와 술잔을 채웠다. 총관이었다. 그는 술잔을 채우자 말없이 교주 옆에 시립하며 다시 어둠 속에 동화되어 갔다.

잔이 몇 차례 채워지고 비워졌다. 다시 부엉이 울음소리가 들려올 무렵 교주는 길게 한숨을 내쉬며 말했다.

"이대로 밤을 샐 것 같군. 자네는 들어가 쉬게나."

총관은 깊이 허리를 숙이더니 한참을 머뭇거리다 겨우 입을 열었다.

"여쭤… 봐도 되겠습니까?"

반응은 한참 후에야 나왔다.

"뭘 말인가?"

"애당초 후계자로 만들 생각은 없지 않으셨습니까? 그런데 왜……."

교주는 침묵을 지켰다.

총관은 혹여나 자신이 교주의 심기를 건드린 것은 아닐까 걱정하며 이대로 조용히 물러나려 했다.

그가 한 걸음 뒤로 물러서려고 할 때 혼잣말 같은 교주의 음성이 흘러나왔다.

"무공이 강해지려면 무엇이 필요할까?"

대답을 구하려는 것이 아님을 알고 총관은 조용히 다음 말을 기다렸다.

"지켜야 할 누군가가 있을 때지, 그건."

교주는 다시 술잔을 비웠고 총관은 조용히 술병을 기울여 채웠다.

총관은 교주의 말에 문득 떠오른 의심이 일어 자신도 모르게 불쑥 묻고 말았다.

"혹시… 의도적으로 납치당하게 만든 것은 아닙니까? 최소한 방관을 하셨군요."

교주는 희미하게 미소 지으며 말했다.

"자네 생각을 들어볼까? 나에 대한 추측 말일세."

"오늘 호교쌍노에게서 수밀지체가 납치되고 말았다는 연락을 받고서도 교주님은 태연하기 그지없었습니다. 최소한 그리될 것을 예측하고 계셨다는 거지요. 사실 호교쌍노라 할지라도 신무룡이 마음만 먹는다면 수밀지체를 보호해 내지 못합니다. 그걸 알고 계실 텐데 왜 일부러 떼어놓으셨는지 저는 이해할 수가 없었지요. 이제 와 생각해 보니 교주님께서는 의도적으로……."

교주는 시인하듯 고개를 끄덕였다.

"본래는 그 녀석과 부부 관계를 맺었으면 했지. 그 후에 납치되어야 좀 더 극적이지 않겠는가? 노력했지만 일이 급박하게 돌아가는 바람에 실패해 버렸지. 조금 아쉬운 부분이라네."

총관의 얼굴은 곤혹으로 물들었다.

"수밀지체의 힘을 얻게 되면… 신무룡의 힘은 엄청나게 강대해질 것입니다. 아무리 유검 공자님을 자극하기 위해서라지만 그렇게까지 할 이유가……."

교주는 담담히 말했다.

"본래 수밀지체, 그 아이를 호교쌍노에게 맡길 때는 유검 그 녀석이 분노하길 바랬기 때문이었지. 하지만 전법륜의 권능에 힘입어 되살아나며 섭혼술이 깨어지고 나서야 나는 비로소 알게 되었지. 그 아이를 납치되게끔 해야겠다고 애당초 마음먹고 있었던 것을 말이네."

총관의 머리 속은 복잡해졌다.

애당초 수밀지체가 납치되게끔 마음먹었다면, 이는 단순히 유검을 자극하는 것 이외에 신무룡의 힘을 더욱 강하게 만들려는 의지가 이미 있었다는 것을 의미했다.

총관은 교주의 행동을 되새겨 보다 갑자기 안색이 창백해졌다.

믿기 힘든 하나의 가설이 떠올랐던 것이다.

"혹… 신무룡이 반란을 일으키게 일부러 조장하신 것은 아닙니까? 교주님께서 마음만 먹었다면 그가 무슨 수단으로 장노들을 포섭하고 본 교를 장악할 수 있었겠습니까? 교주님께서 일부러 도와주시지 않은 다음에야……!"

총관의 음성이 고조되자 교주는 웃으며 말했다.

"내가 말하지 않았나? 교주 자리는 어차피 그 녀석에게 물려줄 생각이었다고 말이야."

"그게 아니라… 일.부.러. 반란을 일으키게 만드신 겁니다. 그렇지 않습니까?"

"편한 대로 생각하게."

총관의 얼굴은 온통 '왜?' 라는 의문으로 가득했다.

교주 자리를 물려주려고 했다면 왜 신물인 일월신검은 건네주지 않는가? 그리고 오늘처럼 굳이 연극을 펼쳐서까지 유검을 후계자로 만들 까닭이 없지 않은가?

교주는 술잔을 기울이다 문득 생각난 듯 말했다.

"아참, 조금 전 한 가지를 빼먹었군. 강해지려면 반드시 필요하지. 강한 적이 말이야."

총관은 순간 망치로 머리를 맞은 것 같았다. 혹시나 했던 의혹이 맞았음을 깨달은 것이다.

교주는 시인한 것이다. 신무룡으로 하여금 일부러 반란을 일으키게 만든 것을.

게다가 어처구니없게도 그렇게 한 이유가 오로지 유검에게 보다 강력한 적을 만들어주기 위해서라고 둘러 말하는 것이지 않은가.

이에 수밀지체까지 건네주어 그의 힘을 더욱 강성하게 만들어주려 한다. 그리고는 겨우 항주 지부 하나의 세력만을 가지고 그와 싸워 이기라니…….

"공자님은 현재 내공을 잃은 상태라 하지 않으셨습니까? 게다가 심마까지 걸린 상태라고… 그런데 어떻게… 계란으로 바위를 치는 것보다 더한……."

총관은 교주의 황당한 심사(心思)에 갈피를 잡지 못해 횡설수설 말을 제대로 잇지 못했다.

교주의 안배는 마치 갓난아기를 사자 우리에 내던져 주는 것이나 다름없는 것. 총관은 대체 제정신이냐고 교주에게 따져 묻고 싶을 지경이었다.

교주는 또다시 술잔을 비우고는 혼잣말처럼 중얼거렸다.

"그놈이 무상검이란 걸 터득하면 돼. 모든 일이 잘되었다면 이런 항주 지부조차 필요없었겠지만… 녀석이 아무래도 주화입마에 든 것 같으니 좀 도와줘야지."

항주 지부는 세인들이 마교라 부르는 일월교의 전체 세력 중 백 분의 일에도 못 미친다.

이걸 억지로 떠맡겨 놓고 과연 도움을 줬다고 할 수 있을까? 오히려 짐을 떠안긴 꼴인데 말이다.

게다가 총관이 더욱 이해할 수 없는 것은 수밀지체를 통해 얻을 수 있는 육경천의 힘조차 안중에도 두지 않은 듯한 교주의 태도였다.

대체 무상검이란 게 무엇이길래?

총관은 뭐가 뭔지 몰라 속에서 화까지 치밀어 올랐다.

감히 내색은 하지 못하고 있는데, 교주가 그의 생각을 읽은 듯 히죽 웃으며 말했다.

"가르쳐 줄까?"

"예?"

"사실은 나도 잘 몰라. 하지만 여차할 경우 일검에 도시 하나 정도는 단번에 두 조각 낼 수 있다고 하더군."

"……."

총관은 멍하니 교주의 얼굴만 바라보았다.

'혹, 교주님이 심마에 든 건 아닐까? 이십여 년 전 사랑하던 부인을 잃은 충격에 혹시……'

절대 그럴 리 없다고 내심 고개를 저었다. 수십 년간 교주를 믿고 따라온 충심(忠心)이 그런 의심을 애써 떨쳐 버리게 했다.

어처구니없는 내막을 알고 나서도 총관의 얼굴에는 여전히 '왜?' 라는 의혹의 빛이 남아 있었다.

'왜 유검 공자님을 그토록 강하게 만들고 싶어하는 것일까? 아마도 그 무상검이란 걸 터득하게 만들고 싶은 모양인데… 왜……?

총관은 감히 더 묻지 못했고, 교주 역시 더 이상 입을 열지 않았다.

명에 의해 총관은 물러나고, 교주는 여전히 홀로 남아 자작했다.

교주는 술잔을 기울이다 문득 새어 들어오는 달빛이 꽤 길어진 것을 보고 묵묵히 회상에 잠겼다.

두 눈이 아련함에 젖어갔다.

탄식하듯 혼잣말을 내놓았다.

"검아, 너의 사부는 네가 무상검을 터득하길 간절히 바라더구나."

교주는 천천히 몸을 일으켰다.

창가로 다가가 기운 달을 바라보며 재차 탄식을 내뿜었다.

"나도… 부탁하마."

달에 어리는 하얀 얼굴.

교주는 애써 그 얼굴을 떠올리려 했지만 오랜 세월이 지난 탓인지 희미하기 그지없었다.

그의 두 눈에 안타까움이 어렸다.

밤은 깊어지고 새벽이 다가오고 있었다.

돌고 돌고…

문지방 사이로 들어오는 아침 햇살에 유겸은 눈을 떴다.

두 팔을 쭉 뻗어 길게 기지개를 켜다 하얀 다리 하나가 왼쪽 어깨를 가로질러 올려져 있는 것을 발견했다. 햇살이 눈부셔 보였다. 가슴이 두근거렸다.

'아… 다우였지, 참.'

몸을 일으켜 보니 다우는 거꾸로 누워 있었는데, 두 팔과 두 다리는 제멋대로 벌린 채였고, 주먹이라도 들어갈 듯 크게 입을 벌린 모습으로 잠을 자고 있었다.

'잠버릇이 꽤나 나쁘구나.'

어젯밤에는 자세히 보지 않아 알 수 없었지만, 이제 보니 다우는 평소의 흑포장삼이 아니라 은은히 몸매가 비치는 엷은 나삼(羅衫)을 입고 있었다.

고약한 잠버릇 탓에 잠옷으로 입고 있던 나삼은 무릎 위까지 말려 올라가 있었다.

유검은 흐트러진 채 잠을 자고 있는 다우의 모습을 내려다보다 머리를 긁적거렸다.

"뭔가… 이상하군."

훔쳐보면 몰라도 너무 당당하게 보려니 어쩐지 어색하기 그지없었다.

장난기가 동한 유검은 양손의 엄지, 검지를 모아 창을 만들었다. 그리고 그 창을 통해 다시 흐트러진 모습으로 잠을 자고 있는 다우를 훔쳐보았다.

"흠, 이제야 뭔가 제대로 된 것 같군."

히죽 웃으며 그렇게 중얼거리는데,

"으음……."

다우가 몸을 뒤척거렸다.

몸을 옆으로 뉘이자 나삼의 끝 자락이 허벅지까지 말려 올라갔다.

"……."

유검의 얼굴에 어려 있던 장난기가 서서히 사라져 갔다.

다우는 항상 천진난만한 어린 모습으로 각인되어 있었다. 그래서 가끔 아름답기 그지없는 그녀의 본모습을 보거나, 심지어 그런 그녀를 안고 입맞춤을 나누더라도 은연중 성숙한 여인으로 여기는 것을 억제해 왔다.

이제 평소의 헐렁한 흑포장삼이 아닌 나삼을 입은 채 자고 있는 다우의 모습을 보고 있노라니 자신이 모르는 다른 아름다운 여인을 보는 듯한 생소한 느낌이 들었다.

'내가… 너무 어린아이 취급을 해온 건 아닐까?'

문득 그런 생각이 들었다.

유검은 시선을 창밖으로 돌렸다.

햇살이 눈부셔 눈이 절로 찡그려졌다.

"어쩌면……."

태양이 중천에 떠 있어도 쉽게 바라보긴 힘들다. 있는 것은 알지만 눈이 부셔 똑바로 쳐다보기 힘든 것이다.

어쩌면 다우도 그런 존재일지 모른다.

항상 곁에 있지만 똑바로 바라보지 못하는…….

팔짱을 끼고 곰곰이 생각에 잠겨 있던 유검은 천천히 몸을 일으켰다.

침상에서 내려와 의복을 갈아입고 난 뒤 이불을 끌어 올려 다우의 몸을 덮어주며 혼잣말처럼 중얼거렸다.

"넌 나와 함께야."

입가에 미소가 걸렸다.

"설령 사지(死地)로 향할 때라도……!"

그리고 몸을 돌려 문밖으로 나가려는데 조그만 중얼거림이 들려왔다.

"당연하잖아, 바보……."

흠칫하여 몸을 돌려보니 다우는 여전히 두 눈을 감은 채 자고 있었다.

"잠꼬대였나?"

유검은 고개를 갸웃거리다 문을 열고 밖으로 나갔다.

쿵—!

닫힌 문 위로 베개가 날아와 부딪쳤다.

"바보!"

반쯤 몸을 일으킨 다우는 유검이 나간 문을 향해 식식거렸다.

"바보같이! 자는 척하는 거랑 진짜 자는 것도 구분 못해?"

곧 그녀의 얼굴이 시무룩해졌다.

다우는 창가 옆에 세워져 있는 커다란 동경(銅鏡) 앞으로 걸어가서 여러 가지 요염한 모습을 취해 보았다.

"쳇, 내가 그렇게도 매력이 없나?"

살짝 몸을 비튼 다음 한 손은 허리에, 다른 한 손은 머리를 쓸어 올린 모습을 취해 보았다.

다우는 자신이 보기에도 이상하고 어색하기 그지없는 모습이라 절로 한숨이 나왔다.

푸드덕—

이때 창가로 전서구 한 마리가 날아 들어와 다우의 어깨 위에 내려앉았다.

다우는 전서구의 다리에 매달린 조그만 은색 통에 번개 문양이 서로 엇갈린 채 음각(陰刻)으로 새겨져 있는 것을 보고 아미를 찌푸렸다.

"문주 지급(至急)이라니… 대체 무슨 일이 생겼기에?"

다우는 서둘러 은색 통을 풀고는 그 안에 꼬깃꼬깃 넣어진 서찰을 펼쳐 읽었다. 그녀의 얼굴은 곧 경악으로 물들어갔다.

"모두 실종되다니… 게다가……!"

그녀의 시선이 천천히 창밖으로 향했다.

눈부신 햇살에도 그녀의 두 눈동자에 어린 깊은 우려는 조금도 밝아지지 않았다.

하시면 전 재산을 털어서라도 근사한 곳으로 모셔 대접해 드리십시오. 제가 모두 보상해 드리겠습니다. 그리고 혹시… 엉큼한 눈으로 주책을 부리더라도 그냥 그러려니 너그럽게 생각하세요."

무사들은 '오른팔 하나가 없는 노인'을 떠올리며 힘차게 대답했다.

장주는 이번에도 어떤 심오한 이치를 찾아내려 했지만, 이번만은 대체 어떤 의미가 담겨 있는지 어림조차 하기 힘들었다.

'혹, 주군의 사부를 가리키는 것일까? 하지만 현풍, 그분이 본 교의 싸움에 간여할 리는 없다. 그것도 단지 술 한잔 얻어 마셨다고 해서… 혹, 어쩌면 어떤 암약이 맺어져 있어 대접해 드리는 게 하나의 신호가 되는 것일까? 그렇다면 대체 어떤 암약이?'

여러모로 생각해 보다 한숨을 쉬었다.

'휴… 아둔하기 짝이 없는 나의 머리로 쉽사리 짐작해 낼 수 있다면 어찌 신기묘산이라 할 수 있으랴?'

한탄하듯 내심 그렇게 중얼거렸지만 자신이 전혀 짐작도 할 수 없다는 사실이 오히려 기쁘기 짝이 없었다.

무사들은 당장 떠날 준비를 하느라 부산스럽게 움직이기 시작했다. 유검의 첫 번째 명을 따라 모두 히죽히죽 웃고 있었다.

장주 역시 장원 안의 모든 것을 정리해서 팔기 위해 바삐 돌아다녀야 했다.

애당초 떠나면 돌아오지 못할 것이라 여겼기에 반드시 필요한 물품들만 챙겨 연무장으로 급히 모였지만 이제는 다르다. 낙양 내로 장기간 숨어들어야 하니 준비해야 할 것이 많은 것이다.

장주 역시 장원을 급히 처분하기 위해 바삐 움직여야 했다.

아침 연공을 마치고 검을 손질하고 있던 교주는 유검이 사람들을 불러 모으자 먼 곳에서 모든 것을 지켜보고 있었다.

계란에서 뼈를 찾는 장주와 달리 교주는 유검의 속셈을 단번에 파악했다.

'사람들을 뿔뿔이 흩어놓고 더 이상 신경 쓰지 않겠다는 거군.'

교주는 코웃음을 쳤다.

'수하들을 낙양으로 보내놓고 넌 어디로 가겠다는 거냐? 몰래 도망칠 속셈이 아니더냐?'

일단 수하들을 유검에게 맡긴 이상 그 일에 시시콜콜 간섭할 수는 없었다. 하지만 그렇다고 그냥 도망치게 내버려 둘 수도 없었다.

고명한 의원을 찾아 심마를 치료할 방법을 찾아야 하고, 또 영약을 구해 내공도 회복시켜야 한다. 그렇게 최소한 제 한 몸 간수할 수 있을 때라야 맘 편히 지켜볼 수 있을 것이다.

그리고 하나의 단체를 이끈다는 것은 무공을 익히는 일과는 또 다른 것이라 해보지 않고서는 능숙해지기 어려운 법이다.

그래서 장차 후일을 생각해 항주 지부를 맡겼는데 저런 식이라니!

최소한 수하들 곁을 도망 못 치게 감시해야겠다고 판단했다.

이때 시끌벅적하던 장원 내에 갑자기 고요한 정적이 내려앉았다.

유검의 명에 의해 히죽 웃는 얼굴로 분주히 일하고 있던 무사들이 하나둘씩 걸음을 멈춰 섰다. 모두 말을 잃어버린 채 멍한 얼굴로 한곳으로 돌아보았다.

다우가 본래의 아름다운 모습을 유지한 채 발끝까지 내려오는 하얀 비단옷을 나풀거리며 천천히 연무장으로 걸어오고 있었다.

장원 내 무사들은 물론 장주까지 멍하니 넋이 나간 얼굴로 그녀를 바라보고 있었다.

교주는 수하들의 그러한 모습에 검미를 찌푸렸다.

'저 정도였나?'

물론 다우가 아름답기 그지없는 데다 소음력까지 갖추고 있다는 것은 알고 있었지만 저렇게 중인들이 넋을 잃고 쳐다볼 정도일 줄은 미처 그로서도 예측하지 못했던 것이다.

'흠… 저 정도면 미인계로만 한 문파를 집어삼킬 수도 있겠는걸?'

다우는 유검에게 다가가 아미를 찌푸린 채 뭔가를 이야기하고 있었다.

듣고 있던 유검이 돌연 버럭 소리를 지르며 화를 내었다.

다우의 커다란 두 눈에 눈물이 그렁그렁 맺혔다.

그녀의 그런 모습에 멍하니 넋을 잃고 쳐다보던 무사들은 모두 얼굴이 험악해졌다. 유검을 쏘아보는 눈빛에 살기까지 어렸다.

교주 역시 눈매가 매서워졌다.

'에엣! 고얀 놈 같으니라구! 감히 내 며느리에게 화를 내다니!'

유검은 심상치 않은 주위의 분위기를 감지했는지 황급히 그녀를 전각 안으로 데리고 갔다.

교주는 훌쩍 창문을 뛰어나와 유령 같은 신법으로 그 뒤를 쫓았다.

잎이 무성한 한 나뭇가지 위에 몸을 숨긴 채 창문을 통해 안을 들여다보니 유검이 다우에게 뭐라고 귓속말로 속닥거리고 있었다.

대체 무슨 이야기를 하나 싶어 청력을 끌어올리는 순간, 유검이 또다시 버럭 소리를 질렀다.

"그건 절대 안 돼! 너 혼자 행동하게 내버려 둘 순 없어!"

다우는 소매로 눈물을 훔치며 말했다.

"하지만… 제 문도들이 모두 실종되어 버렸어요. 어떻게… 어떻게 저 혼자 편히 지낼 수 있겠어요?"

"휴… 그건 내가 알아볼 테니 넌 절대 경거망동하지 말고 가만히 있거라. 이 오라버니를 못 믿겠니?"

"못 믿는 게 아니에요. 다만 저로서도 책임이 있으니까… 이렇게 가만히 지켜만 보고 있을 수는 없다는 거예요. 그리고 오라버니는 이런 저런 일로 바쁘시잖아요? 여기 장원 내 사람들도 돌봐야 하고… 또, 화 언니도 실종되었다면서요? 그것도 알아보셔야 하잖아요. 어떻게 제 일부터 먼저 신경 써달라고 말하겠어요?"

"괜찮아. 화의 일과 네 문도들이 사라진 일은 무관치 않아 보인다. 아무래도 마교… 아니, 일월교의 짓 같아 보여. 이젠 본 교의 짓이라고 해야 하나? 하여간, 그러니 같이 알아보면 돼. 그리고… 여기 장원 내의 일은 생각이 있다."

다우는 머뭇거리다 말했다.

"그리고… 문 언니도… 기재들과 함께 소식이 끊어진 거 아세요?"

여문의 이야기가 나오자 유검은 잠시 흠칫했다.

"정말이냐?"

다우는 유검의 얼굴이 굳어지는 모습을 바라보다 천천히 창문 너머로 시선을 돌렸다. 마치 다른 여인으로 괴로워하는 유검의 모습을 보고 싶지 않은 듯.

교주는 창문 밖에서 그런 슬픈 눈동자를 하고 있는 다우의 모습을 정면으로 똑똑히 지켜볼 수 있었다.

'못난 놈! 남자라면 항상 미녀에게로 눈이 돌아가는 법이다. 하지만 당장은 네 눈앞의 여인에게 최선을 다해야지! 그게 일기일회(一機一會)라는 거다! 미녀의 눈에 눈물을 맺히게 해서야… 쯔즛……!'

교주는 연신 혀를 찼다.

다우는 한 손바닥으로 턱을 괸 채 창문 밖을 멍하니 바라보다 입을 열었다.

"저도 더 이상 어린아이가 아니에요. 저 혼자서도 여태껏 잘 해왔는 걸요? 그리고 사라진 문도뿐 아니라 본 문 내에 다른 일도 함께 일어났어요. 그러니 바쁜 오라버니에게 모두 기대기엔……."

애써 담담한 투로 말을 잇던 다우는 자기 말에 스스로 놀란 듯 흠칫하며 고개를 저었다.

"아니, 기대서는 안 돼요. 본 문의 일을 외인에게 맡겨서는 문주로서의 자격이 없으니까요."

교주는 눈살을 찌푸렸다.

'설마 하니 못 알아듣는 건 아니겠지? 저 말은 네게 모든 걸 기대고 싶다는 뜻이다. 외인에게 맡겨서는 안 된다고 했지? 하지만 넌 이미 외인이 아니잖느냐. 제발 알아들어라, 응?

그렇게 교주는 조바심을 내며 지켜보았다.

유검은 아무 말도 하지 않았다.

다만 천천히 그녀에게 다가가 어깨 위로 손을 올릴 뿐이었다.

유검은 그녀의 머리카락을 쓰다듬더니 귓가에 입을 대고 속삭인다.

다우는 간지러운지 까르르 웃는다.

'엥? 대체 뭐라고 말한 거야?

교주는 호기심을 금치 못하면서도 잠시 망설였다.

아무리 아들이지만 어찌 남녀 간에 나누는 비밀스런 이야기를 훔쳐 듣겠는가?

라고는 하지만, 그런 생각 따윈 잠시 스쳐 지나간 바람일 뿐, 바로 내력을 귀로 끌어올렸다.

둘이서 조그맣게 속삭이는 소리가 들려왔다.

"정말?"

"물론!"

"으음… 근데 어렵지 않겠어? 아버님은 눈치가 무척 빠르시잖아."

"괜찮다니깐. 나만 믿어!"

"하지만……."

훔쳐 듣던 교주의 얼굴이 확! 일그러졌다.

'역시 둘이서 도망칠 셈이군!'

혹시나 하던 의혹이 확신으로 바뀌는 순간이었다.

당장 방으로 뛰어들어 가 한 대 갈기고 싶은 욕망을 애써 자제해야만 했다.

이때, 유검은 다우의 겨드랑이를 간질이고 있었다.

다우는 간지러움을 참지 못해 키킥! 웃으면서 유검의 머리를 마구 두들겼다.

교주는 다우를 응원했다.

'잘한다! 좀 더 세게 쳐!'

하지만 다우는 유검의 손에서 나오는 기이한 간지러움을 이기지 못한 듯 훌쩍 몸을 날려 방 끝으로 도망쳤다. 긴 치맛자락이 허공에 펄럭였다.

유검이 둔탁한 몸놀림으로 그녀의 뒤를 쫓았다.

유검은 두 손을 허공에 대고 그냥 허우적거렸을 뿐인데도 다우는 그 손놀림을 피하지 못했다. 아니, 애당초 피할 생각이 없는 듯 너무 쉽게 잡혀 버렸다.

한 손으로 그녀의 허리를 낚아챈 유검은 만족한 얼굴로 히죽 웃었다.

다우는 긴 속눈썹을 낮게 드리우며 두 눈을 천천히 감았고 둘의 신형이 함께 침상으로 쓰러져 갔다.

유검의 한 손이 그녀의 가슴 자락 속으로 파고드는 것을 지켜보며 교주는 팔짱을 끼고 검미를 찌푸렸다.

'아직 혼례도 치르지 않았는데 벌써 부부 관계를 맺으려 하다니!'

따위의 고리타분한 의식은 없었다.

단지 좀 더 지켜봐야 할지, 아니면 이대로 잠시 자리를 피해줘야 할지 그게 고민이었던 것이다.

돌연 다우의 가냘픈 비명이 들려왔다.

"아……!"

뭔 일이 일어났는가 싶어 황급히 방 안을 훔쳐보니, 다우는 긴장된 얼굴로 전신을 가늘게 떨며 흐트러진 옷차림을 추스르고 있었고 유검은 반쯤 몸을 일으킨 채 머리를 긁적거리고 있었다.

"미안하구나. 아직 넌 준비가 덜 되었을 텐데……."

유검은 더듬거리며 그렇게 사과했다.

"아뇨. 괜찮아요, 전……."

괜찮다고 말했지만 그녀의 목소리는 떨려 나왔다.

유검이 머뭇거리다 몸을 일으키는 모습을 보고 교주는 내심 울화가 치밀어 올랐다.

'이런 밥통 같으니! 본래 처녀는 그런 일에 두려워하는 법이다. 그렇다고 물러서면 어떡하느냐, 이 바보 녀석아!'

유검은 한숨을 내쉬면서 말했다.

"휴… 잠시 경신술 연마를 위한 물건들을 몇 가지 사 와야겠다."
다우는 머뭇거리다 고개를 끄덕였다.
"…응."
유검은 방문 밖으로 나서다 잠시 돌아서서 확인하듯 말했다.
"그리고… 내가 말한 것 절대 잊지 말아. 알았지?"
"…응."

◆第五章

묵지(墨池)

묵지(墨池)

　전각 밖을 나온 유검은 새파랗기 그지없는 하늘을 보고 크게 호흡을 들이켰다.

　빛의 알갱이들이 폐부 깊숙이 들어와 사지백해(四肢百骸) 구석구석 퍼져 나가는 것을 느낄 수 있었다. 새벽 이슬처럼 청량하면서도 맑디맑은 기운이라 전신이 상쾌하기 그지없었다.

　파란 하늘이 그대로 몸에 들어와 투명하게 내비췄다. 한순간 육신은 사라져 버린 듯했다.

　이 정도라면 하늘하늘 피어오르는 아지랑이를 타고 하늘 끝까지 날아오를 수 있을 것 같았다.

　유검은 훌쩍 땅을 박차고 뛰어보았다.

　하지만 보통 사람처럼 겨우 몇 척(尺)도 뛰지 못하고 다시 땅을 밟아야만 했다.

기분과 현실은 전혀 다른 것이다.

유검은 머리를 긁적거리며 중얼거렸다.

"차츰 좋아지겠지."

그리고 주위를 두리번거렸다.

숨어 지켜보던 교주는 혹 자신을 발견할까 싶어 움찔 나뭇가지 잎 사이로 몸을 움츠렸다.

유검은 교주가 머물던 서재 쪽을 향해 천천히 절을 올리기 시작했다.

'죄송합니다. 다음에 다시 찾아뵙겠습니다.'

삼배(三拜)를 올린 후 유검은 장주를 찾아 몇 가지 지시를 내렸다.

그리고 은자를 천 냥이나 얻어 장원 밖으로 나섰다.

교주는 냉소를 터뜨리곤 몰래 그 뒤를 쫓았다.

유검은 숲을 나와 밭을 가는 농부에게 항주로 가는 길을 물었다.

농부의 말대로 관도를 따라 반 시진 정도 걸으니 항주 시내로 들어설 수 있었다.

유검은 다시 지나가는 사람들에게 물어 솜씨 좋은 대장간을 찾았다.

대장간은 서호변을 끼고 한적한 곳에 자리하고 있었다.

유검이 그곳으로 들어가자 교주는 내심 고개를 갸웃거렸다.

'대체 뭘 하려고 대장간을 찾는 거지?'

몰래 훔쳐보려는데 유검이 다시 밖으로 나왔다.

유검이 길 모퉁이를 돌아서는 순간 교주는 잽싸게 대장간 안으로 들어갔다.

대장간 안에는 화로 옆에서 늙은이와 청년이 열심히 담금질을 하고 있었다.

교주는 대뜸 은자 한 덩어리를 내놓으면서 물었다.

"방금 나간 청년이 뭘 요구했는가?"

울퉁불퉁한 근육의 더벅머리청년이 멀뚱한 얼굴로 대답했다.

"쇠로 만든 신발을 몇 개 만들어달라던데요?"

교주는 내심 의아해했다.

'정말로 경신술 연마를 위해 물건을 사러 왔단 말인가?'

곧 고개를 저었다.

'아니지. 혹, 내가 몰래 미행할지 모른다는 생각을 하고 안심시키기 위해 저런 행동을 하는 것인지도 모른다.'

서둘러 밖으로 나와 다시 유검의 뒤를 쫓았다.

유검은 다시 항주 시내로 돌아와 여기저기 돌아다니기 시작했다.

비단 집에 들러 선금을 내주며 몇 벌의 장삼과 꽃을 수놓은 하얀 비단옷을 주문하기도 했고, 보석상에 들러 몇 가지 장신구를 바로 구입하기도 했다.

그리고 다시 시장을 돌아다니다 입이 심심한지 조그만 사과를 꼬치에 꿰어 설탕을 입혀 굳힌 빙당호로를 사서 먹기도 했다.

날이 어둑해질 무렵 유검은 서호 근처 주루로 들어가 간단한 요리와 술을 시켰다.

술잔을 기울이며 노을 속의 서호를 느긋이 감상했다.

간단히 변장을 하고 구석의 탁자에 자리하여 훔쳐보고 있던 교주는 잠시 회의가 일었다.

'이거 내가 바보 짓을 하고 있는 게 아닌가?'

유검은 술 한 병을 다 비우고 다시 두 병째를 마시고 있었다.

웬만큼 취기가 돈 탓인지 혼잣말로 중얼거리고 있었다.

"젠장, 나보고 어떡하란 거야? 나도 남자라구! 그런데 실컷 날 유혹해 놓고 결정적일 때 자꾸 빼면 어쩌라는 거냐? 어제도 그래! 왜 자꾸 내 옆에 와서 자는 거냐? 정말 덮치길 바라는 거냐? 응? 그런 거냐구?"

혀는 꼬부라져 있었으며 홧술처럼 연신 술잔을 들이켰다.

교주는 내심 동정심이 일었다.

'흠… 나름대로 상처를 받은 건가?'

사랑하는 여인이 옆에 있는데 아무런 짓(?)도 할 수 없다면 남자로서 꽤 불만이 일 법도 하다.

그렇게 공감하며 고개를 끄덕이는데 돌연 유검이 벌떡 자리에서 일어섰다.

점소이를 불러 간단히 계산을 마친 뒤, 은자 한 냥을 내놓으며 항주에서 가장 미녀가 많은 기루(妓樓)가 어디냐고 물었다.

위치를 듣고 나선 바로 주루를 나와 그곳으로 향했다.

날은 어두워져 있었지만 하늘에는 달빛이 환했다.

서호변을 따라 일각 정도 걷자 으리으리한 장원 한 채가 나왔다. 편액에는 취화루(聚花樓)라 적혀 있었고, 대문에는 불빛이 아롱거리는 벽사등롱이 걸려 있었다.

유검이 그곳으로 들어가는 것을 보고 교주는 내심 생각했다.

'은자를 천 냥이나 빌리더니… 도망치기 위해서라고 생각했는데 알고 보니 여길 오기 위해서였군.'

한편으론 동정이 일었지만 걱정도 되었다.

'주색잡기(酒色雜技)에 너무 빠져도 좋지 않은데…….'

교주의 유검이 이대로 도망치는 게 아닌가 하는 걱정은 괜한 의심이었는가 싶다.

냉정히 생각해 보면 다우를 놔두고 홀로 도망칠 리는 없는 것이다.

그럼에도 혹시나 하는 한 가닥 의심은 완전히 떨쳐 버릴 수가 없었다.

어차피 여기까지 쫓아다닌 김에 일단 오늘 하루는 끝까지 지켜보기로 결심했다.

교주는 훌쩍 몸을 날려 담장을 뛰어넘었다. 지나다니는 하인들도 있었지만 워낙 유령 같은 신법인지라 아무도 눈치 채지 못했다.

교주는 취화루의 주방에 몰래 들어가 은자 몇 냥을 놔두고는 술병을 가지고 나왔다.

그리곤 유검이 들어간 방문이 보이는 나무 꼭대기에 가부좌를 틀고 앉아 천천히 술병을 기울였다.

청력을 기울여 방 안을 살폈지만 기녀를 끼고 주고받는 농담 외엔 별다른 이야기는 없었다.

얼마니 시간이 지났을까?

문득 고개를 들어 하늘을 바라보니 달이 환했다.

쏟아지는 달빛이 문득 한겨울 퍼붓는 눈발처럼 느껴졌다.

천 리 가득 누런 구름 태양을 가리고
북풍에 날리는 기러기 앞에 눈발은 하염없다.
슬퍼 말게, 앞길을 알아주는 이 없다고
천하에 그 누가 자네를 모르겠는가.

千里黃雲白日曛
北風吹雁雪紛紛

십 리를 천 리로 고쳐 부르는 그의 머리 속으로 눈이 펑펑 쏟아지는 날 먼 길을 떠나는 한 사내의 모습이 떠올랐다. 시구 그대로 누런 구름이 태양을 가리고, 사나운 바람, 흩날리는 눈발 속에 홀로 먼 길을 떠나던 사내의 모습이었다.

청년 시절 그의 우상이기도 했고, 사부이기도 했으며, 그 무엇보다 둘도 없는 친구였던 한 사내의 모습이었다.

또한 연적이기도 했던…….

그의 입에서 장탄식이 흐른다.

"슬퍼 말게, 앞길을 알아주는 이 없다고 천하에 그 누가 자네를 모르겠는가."

불현듯 참을 수 없는 애환과 분노가 솟구쳐 교주는 왈칵 술을 들이켰다.

한 병을 모두 마시고 나서야 겨우 진정이 되는 듯 길게 숨을 내쉬었다.

다시 한숨처럼 흘러나오는 뒷 구절…….

"천하에 그 누가 자네를 모르겠는가."

손끝으로 빈 술병을 빙글빙글 돌리다가 휙 집어 던졌다.

부지런히 술병을 들고 걸음을 재촉하던 한 하인의 앞길에 술병이 떨어졌다.

"헉!"

쨍그랑!

와장창—!

술병이 갑자기 날아와 박살나자 하인은 깜짝 놀라 들고 있던 술병을 모조리 떨구고 말았다.

허둥지둥대는데 방문이 거칠게 열리며 유검이 불쑥 나왔다.

"뭐야? 왜 이리 시끄러워?!"

변명을 늘어놓는 하인의 말을 흘려들으며 유검은 소변이 마려운지 비틀거리는 걸음으로 후원에 자리한 측간으로 갔다.

잠시 후 유검은 측간에서 나와 고개를 푹 숙인 채 다시 방으로 들어갔다.

곧 간드러진 기녀의 웃음소리가 들리더니 방 안의 불이 꺼졌다.

뒤이어 들려오는 거친 호흡 소리.

교주는 눈살을 찌푸렸다.

사내로서 풍류를 즐기는 것은 충분히 이해하지만 그렇다고 아무렇게나 정을 흘리는 꼴은 그다지 좋아 보이지 않았던 것이다.

잔소리는 싫지만 그래도 훈계는 내려야 하지 않을까 생각하는데 불현듯 의심이 일었다.

'가만, 측간에서 나올 때 왜 고개를 숙였지? 마치 누가 얼굴을 볼까 두려워하는 모습 아닌가? 게다가 측간에 들어갈 때는 걸음이 비틀거렸는데 나올 때는 멀쩡했다?'

내심 벼락처럼 스치는 생각이 있었다.

쐐아앙—

그의 신형이 일직선으로 신음 소리가 흘러나오는 방 안을 향해 내리꽂혔다.

빠직!

방문이 거칠게 부서져 나가자 이불 속에서 한참 요분질을 하던 두 남녀는 깜짝 놀랐다.

달빛 아래 검은 인영이 나타나 있었다. 염라대왕처럼 우뚝 서서 형형한 눈빛으로 쏘아보자 그들은 비명조차 지르지 못하고 서로를 부둥켜안은 채 벌벌 떨기만 했다.

교주는 남자의 얼굴을 확인한 순간 한마디 말이 신음처럼 흘러나왔다.

"속았다!"

기녀를 껴안고 있는 남자는 유검이 아니라 대장간에서 보았던 더벅머리 근육질의 청년임을 알아본 것이다.

머리 속으로 수없이 많은 장면들이 빠르게 스쳐 지나갔다.

유검이 대장간에 들러 기루 측간에 숨어 있으라며 은자를 건네주는 장면, 유검이 술에 취한 척 측간에 들렀을 때 그곳에서 미리 대기하고 있던 더벅머리청년이 재빨리 옷을 갈아입고는 고개를 푹 숙인 채 이곳으로 걸어오는 장면, 측간에 숨어 있던 유검이 몰래 빠져나와 졸래졸래 먼 곳으로 도망치는 장면까지 한순간에 주르르 떠올랐다.

부르르!

바람도 없는데 그의 장삼이 마구 나부꼈다.

쐐아앙—!

교주의 신형이 옷깃이 찢어질 듯한 파공성과 함께 순식간에 사라졌다.

갑자기 인 소란에 근육질의 호위무사들이 우르르 몰려오고 있었다.

"대체 무슨 일이야?!"

"어떤 호로새끼가 남 좋은 일을 방해하구 난리야?!"

"뭐야? 뭐야? 누가 술값 떼먹고 도망쳤나?"

두 남녀는 아무 말도 못하고 벌벌 떨기만 했다.

덜컹!

벽장의 조그만 문이 열리며 유검이 고개를 내밀었다.

"역시 날 감시하고 있었어."

교주가 사라진 방향을 향해 그렇게 중얼거리고는 벽장에서 나왔다.

더벅머리청년에게 눈짓을 찡긋해 보이고는 재빨리 호위무사들 틈에 끼어들었다.

"자네……."

대장으로 보이는 한 털보무사가 수상쩍게 여기고 누구냐고 물으려는 순간, 유검이 친숙한 미소를 담고 그의 어깨를 두드렸다.

"아아… 자네들은 여길 살펴보라구. 내가 일단 가서 보고할 테니까 말이야."

털보무사는 갑자기 전신이 근질거려 몸을 이리지리 비틀며 이히히 웃었다.

그 모습은 마치 유검과 둘이서 장난치는 것처럼 보였다.

'방 안을 훔쳐봤던 서 번태 녀석이 알고 보니 이구(阿龜)와 잘 아는 사이구나.'

다른 무사들은 그렇게 생각하고 서둘러 정원 쪽으로 걸어가는 유검을 멀뚱히 바라볼 뿐 제지하지 않았다.

유검은 정원에 도착하자 조그맣게 고양이 울음소리를 냈다.

"야옹! 야옹!"

곧 부시럭 하는 소리와 함께 뒤에서 조그만 인영이 걸어나왔다.

빛 아래 어린 모습으로 변해 있는 다우의 모습을 확인하고 유검은
미소를 지었다.

"용케 잘 찾아왔구나."

"쳇! 다음부터 이런 곳에는 절대 불러내지 말라구."

유검은 교주가 날아간 밤하늘 쪽을 힐끔 바라보고는 다우의 손을 잡
아끌었다.

"그래, 그래. 자, 빨리 나가자. 속은 걸 금방 알아챌 테니까 서둘러
야 해."

더벅머리청년은 애당초 측간이 아니라 벽장 속에 숨어 있었다. 그것
을 알아채는 데는 그리 오래 걸리지 않을 것이다.

하지만 그 조금의 시간이면 충분했다.

잠시만 교주의 눈길에서 피할 수 있다면 어디로든 숨어들 수가 있는
것이다.

취화루를 나와 골목길을 따라 걸으며 유검은 다우에게 물었다.

"혹시 누구 널 따라오는 사람은 없었어?"

"음… 있었을걸?"

"어떻게 빠져나왔지?"

"간단해. 시장 한가운데서 본래 모습으로 되돌아갔거든. 그리고 사
람들에게 숨바꼭질을 하자구 했어. 물론 난 다시 몰래 모습을 바꿨지.
음… 계속 말해 줘?"

말하지 않아도 충분히 머리 속에 장면이 떠올랐다.

군중들은 하나같이 넋을 잃은 표정들로 뻣뻣이 그 자리에 멈춰 섰을
것이다. 다우가 숨바꼭질을 하자고 해놓고선 몰래 모습을 감춰 버리니
그녀를 찾기 위해 난리가 났을 것이다. 누가 미행해 왔는지는 몰라도,

그 와중에 다우의 행적을 계속 쫓기는 불가능했으리라.

유검은 황당하면서도 대담하기 그지없는 다우의 행동에 고개를 절레절레 저었다.

"휴… 그런 짓은 위험하니까 하지 말랬잖어!"

"쳇, 누가 하고 싶어서 했어?"

서로 투덜거리면서도 날아갈 듯한 해방감을 참을 수 없어 그들의 입가에는 미소가 걸려 있었다.

골목길을 빠져나오니 허름한 객잔이 나왔다.

일층은 주점인 듯 시끌벅적했는데 연신 칼로 도마를 두들기는 소리와 함께 구수한 고기 굽는 냄새가 풍겨오고 있었다.

교주를 피해 오늘 밤을 지새울 방도 구하고, 또 성공의 자축도 할 겸해서 유검은 다우의 손을 잡고 객잔으로 들어섰다.

다우가 걱정 어린 얼굴로 말했다.

"근데… 이러다가 나 아버님께 미움받는 거 아닐까?"

유검은 그녀의 머리를 쓰다듬으며 말했다.

"괜찮아, 괜찮아. 이렇게 귀여운데 누가 널 미워하겠어? 안 그래?"

히죽히죽 웃으며 점소이의 안내를 받아 한 탁자 쪽으로 걸어가던 유검은 갑자기 비틀거렸다.

"……!"

유검은 말문을 잃고 멍하니 그 자리에 멈춰 섰다.

다우는 어리둥절한 얼굴로 그의 옷자락을 잡아끌었지만 망부석이 된 듯 꼼짝도 하지 않았다.

한참 후에야 얼어붙은 유검의 입술이 겨우 열렸다.

"사부……."

시간이 멈추고 흐르는 바람도 멈춰 섰다.

세상은 정지되어 있는데 유검의 두 눈 속으로 탁자에 앉아 있는 한 중년인의 모습이 빨리듯 들어왔다.

청수하기 이를 데 없는 풍도, 탈속함 속에서도 친근한 미소가 가득한 얼굴로… 지분 가득한 한 옆 자리의 여인네에게 수작을 건네고 있었다.

유검은 자신도 모르게 크게 소리쳤다.

"사부—!"

귀에 익은 음성에 현풍의 고개가 천천히 유검에게로 향했다.

그의 두 눈이 동그래졌다.

"아니, 검아가 아니냐?"

"사부—!"

유검은 현풍 앞에 다가가 넙죽 바닥에 엎드렸다.

형언하기 힘든 감정이 복받쳐 올라 절로 눈물이 솟구쳤다.

현풍은 유검의 등을 두드려 주며 다정스레 말했다.

"허허… 녀석, 일어서거라. 사람들 앞에서 부끄럽지도 않느냐?"

"사부……!"

감격은 눈물이 되어 두 눈에 맺히고, 하고 싶은 천 마디 만 마디는 모두 사라져 오로지 사부라는 말밖에 나오지 않았다.

"이 못난 제자를 위해……."

흐느끼며 감격을 드러내던 유검이 갑자기 말문을 멈추었다.

그의 시선은 자신을 일으켜 세우는 현풍의 오른손으로 향해 있었다.

"……?"

현풍은 유검의 시선이 자신의 멀쩡하기 그지없는 오른손으로 향해 있자…

"그래, 그래. 그동안 고생 많았다."

라고 하려던 말을 내뱉지 못하고 어정쩡한 표정으로 입술만 오물거렸다.

유검의 두 눈에 의혹이 일었다.

무림맹 금역에서 진삼원으로 하여금 자신을 시험케 하고, 그 대가로 내놓았다던 오른팔이 멀쩡하다니?

진삼원이 잘못 본 것인가? 아니면 사부가 속였던 것인가?

'어쩌면……'

가짜 손일지도 모른다는 생각이 잠시 일었지만 금세 사라졌다.

두 눈에 똑똑히 보이는 현풍의 손등!

불끈 튀어나온 뼈마디와 굵은 핏줄, 아무리 정교하게 가짜 손을 만든다 할지라도 이렇게 자연스러울 수는 없다.

결론은 하나, 사부가 속인 것이다.

감격은 옅어지고 치솟는 의기(義氣)!

사부와 제자 사이 지켜야 할 인륜과 도리는 대체 어디로 사라졌는가? 부자지정에 못지않은 사제지간일진대 속고 속이는 간계가 난무하다니, 이 어찌 통탄해 마지않을 일이란 말인가!

이 모든 것이 한마디에 응축되어 터져 나왔다.

"사부―!"

유검의 입에서 커다란 고함 소리가 터져 나오기를 기다렸다는 듯,

탕―!

현풍의 손바닥이 탁자를 때렸다.

탁자는 두 조각이 나고 그 위에 놓여졌던 안주 접시며 술병들이 마

구 허공으로 튀어 올랐다.

　현풍의 옆에 앉아 있던 지분기 가득한 여인은 놀라 비명을 지르고, 음담패설을 나누며 술잔을 주고받던 다른 주객들도 흠칫 놀라 뒤돌아본다. 다들 험악한 인상이었지만 두 조각난 탁자를 보고선 모두 꾹 입을 다물었다.

　유검 역시 놀라 두 눈이 동그래지는데 현풍이 휙! 손바닥을 눈앞에 펼쳐 보였다.

　"이 손은 누구의 것이더냐?"

　"그, 그야 사부님의……."

　현풍은 근엄한 얼굴로 눈빛을 형형히 빛내며 소리쳤다.

　"틀렸다. 이것은 내 어깨에 달려 있으되, 이미 나의 것이 아니니라. 힘없는 백성의 밭을 갈기 위한 쟁기요, 탐관오리의 목을 치는 사신(死神)의 낫이다. 자, 다시 말해 보거라. 이 손은 누구의 것이더냐?"

　"……."

　"있고 없음이 본래 같은 것인데 어찌 너는 구별 지으려 하느냐? 아직도 무망(無妄)에 사로잡혀 있구나. 쯔쯧……."

　현풍이 혀를 차는 가운데 유검의 얼굴은 점점 시큰둥해졌다.

　"사부……."

　"왜 그러느냐, 나의 어리석은 제자야?"

　"그런 수법은 여태껏 너무 많이 써먹으셨어요. 아리송한 말만 한다고 예전처럼 껌뻑 넘어가진 않습니다. 좀 더 새로운 수법을 개발하시는 게……."

　"……."

　현풍의 오른쪽 얼굴이 마치 와사중에 걸린 듯 삐죽 일그러졌다. 오른쪽 눈꼬리도 부르르 같이 떨렸다.

'많이 컸군!'

현풍은 술잔을 들어 단숨에 들이마시더니 호기롭게 소리쳤다.

"좋다!"

현풍은 왼쪽 품속에서 고동나무 손잡이가 달려 있는 고풍스런 단검을 하나 꺼내 들더니 냅다 자신의 오른손을 갈랐다.

오른손이 팔뚝에서 잘라지고 피분수가 뿜어져 나왔다.

옆에 있던 여인은 게거품을 물고 쓰러졌고, 중인들도 놀라 소리쳤다. 삽시간에 주점 안은 난장판이 되었다.

다우도 놀랍고 두려워 유검의 옷자락을 끌어당겼다.

"오라버니……."

현풍은 도포 자락을 펄럭이며 의자에서 일어섰다.

"연이 있으면 또 만나리라."

그 한마디를 남기고 휘적휘적 밖으로 걸어나갔다.

피분수를 고스란히 얻어맞은 유검은 머리를 긁적거리다 현풍을 불렀다.

"사부!"

문간을 막 나서려던 현풍이 멈칫했다.

천천히 돌아서는 그의 얼굴은 서서히 일그러져 갔다.

"뭐 하는 거야, 이럴 때……?!"

다우가 어처구니없는 얼굴로 그렇게 소리치는 가운데 유검은 허리를 굽혀 쓰러진 여인의 치맛자락을 슬쩍 들어 올리고 있었다.

그리고 치맛자락에 감춰져 있던 현풍의 잘려진 팔뚝을 주워 들며 다시 말했다.

"이것도 가져가셔야지요."

그리고 팔을 이리저리 돌려보다 건네주었다.

"근데, 이거 꽤 잘 만들어졌네요?"

소태 씹은 얼굴로 잘려진 팔을 받아 드는 현풍의 오른팔은 여전히 멀쩡했다.

항주 외곽 숲 속의 조그만 공터, 환한 달빛 아래 빨간 모닥불이 피어오르고, 지글지글 돼지 한 마리가 통째로 구워지고 있었다.

"과연… 역시 독심호리에게서 빼앗은 것이군요."

유검이 고개를 끄덕이며 납득했다는 듯 말하자 현풍의 오른쪽 검미가 삐죽 위로 솟구쳤다.

"참으로 말귀를 못 알아듣는구나. 그놈이 강호를 위해 기꺼이 기증한 것을 잠시 내가 맡고 있을 뿐이란 말이다."

"근데 빼앗은 것을 그렇게 함부로 써도 돼요? 그리고 나중에 진 대협이 이 사실을 알게 되면 꽤나 섭섭해할 텐데……."

"그야… 후후, 훌륭한 제자가 입을 다물고 있으면 누가 알겠느냐?"

"쳇, 어리석은 제자라고 하서놓고선……."

"쯔즛, 아직도 그 말에 뚱해 있었던 게냐?"

현풍과 유검 두 사제는 술잔을 주고받으며 아옹다옹 조그만 말다툼을 주고받았다. 다우는 한쪽 옆 바위에 앉아 두 손바닥으로 턱을 괴고 그 모습을 지켜보고 있었다.

너무 허물없어 이상해 보일 지경인 두 사제지간이었다. 예전에 들었을 땐 분명 파문당했다고 했다. 그런데 제자는 아무 거리낌 없이 사부라 칭하고, 또 사부는 그 호칭을 탓하지 않는다.

또한 무언가 속고 속이는 일이 있은 듯한데도 별달리 허물을 두지 않는 듯했다.

두 사제는 말다툼을 하고 있지만 한없이 정겨워 보였다. 바라보고만 있어도 마음이 포근해지는 듯했다.

두 사람 사이 흐르는 정에 모닥불은 일렁이고, 지켜보는 다우의 눈빛도 흔들렸다.

언제부터였을까?

지난 세월, 사부라는 두 글자만 떠올려도 몸서리가 쳐졌다. 마음속 깊은 상처로 남아 있는 그날의 악몽은 밤마다 찾아왔고, 식은땀과 함께 날카로운 비명으로 자신의 심장을 찔러서야 겨우 깨어날 수 있었다.

깨고 나서도 생생히 감겨드는 끈적끈적한 느낌은 아무리 찬물로 몸을 씻어도 사라지지 않았고, 두 눈을 뜬 채 꼬박 불면의 밤을 보내야만 했다.

그런데 언제부터인가 더 이상 악몽을 꾸지 않게 되었다.

대신 유검이 나타나 한가득 꽃다발을 안겨주거나 다정하게 껴안아주는 꿈을 꾼다. 그럴 때면 꿈이라는 것을 알면서도 행복한 미소를 입가에 띠곤 했다.

불안하고 두려운 마음을 달래기 위해 절로 빠져들었던 도박도 이제는 더 이상 흥미가 일지 않았다.

이제 두 사제지간의 정겨운 모습을 보면서도 옛날의 악몽이 떠오르지 않았다. 오히려 정겨운 그 그림 속으로 빠져들고픈 마음까지 일었다.

한 여름날의 밤, 따듯한 모닥불 옆에서 다우는 포근한 분위기에 취했다. 온몸이 나른해져 와 달콤한 미소를 띤 채 천천히 눈을 감았다.

정겨운 이 모습을 언제까지고 마음속에 새겨두고 싶은 듯이.

현풍은 다우 쪽을 힐끔거리며 속삭이듯 말했다.

"네 취향이… 꽤나 독특해졌구나. 귀엽기는 하다만… 너무 어리지 않느냐?"

유검은 아무 말도 못하고 머리만 긁적거렸다.

"그런데 네 사매는 어떡할 셈이냐?"

역시 아무 말도 못하고 머리만 긁적거렸다.

"바보 같은 녀석. 자고로 여자란……."

현풍은 자신의 심오하기 그지없는 여인론을 펼쳐 말했고, 유검은 묵묵히 고개를 끄덕이며 들을 수밖에 없었다.

어차피 여인에 대해 모르기는 서로가 마찬가지인지라 이야기는 탁상공론에 불과했지만, 그렇게 서로 공통적인 화제를 나눌 수 있다는 것만으로도 충분했다.

두 사제는 그동안 있었던 이런저런 이야기들을 나누며 회포를 풀었다.

유검이 지나가는 말투로 아마도 무상검을 깨달은 듯하다고 말하자 현풍 역시 아무 말 없이 고개만 끄덕였다.

두 사제는 다시 술잔을 주고받다 멍하니 달빛에 비친 서로의 그림자를 바라보았다.

묵묵히 술잔만 비우던 현풍이 입을 열었다. 여전히 일상을 이야기하듯 편안한 음성이었다.

"검아."

유검은 몸가짐을 바로 하였다. 현풍의 두 눈에 깊고 깊은 현기가 드리움을 보고서였다.

"너는 타고난 총명이 과인하였다. 열을 들으면 하나를 겨우 기억했고, 다음날이 되면 그 하나조차도 잊어먹곤 했지. 그 때문에 너의 사숙들은 하나같이 너의 기재를 의심했었다. 나 역시 이상하게 여겼으나 얼마 지나지 않아 알게 되었다. 오히려 너의 총명이 너무 과인한 탓에 그리 보였다는 사실을 말이다."

현풍은 빙그레 미소를 띠었다.

"하나를 들으면 엉뚱하게도 전혀 가르치지 않은 백 가지를 떠올리니, 애당초 첫 시작이 무엇이었는가를 기억하지 못하는 것도 당연한 노릇이지."

유검은 쑥스러운 듯 머리만 긁적거렸다.

현풍의 눈꼬리에 잔잔한 미소가 걸렸다.

"어느 정도 기초가 이루어지자 너는 너무도 쉽게 무공을 익혀 나갔다. 마치 화선지가 먹물을 빨아들이듯 말이다. 이에 나는 근심을 했느니라. 너무 쉽게 익혀 버리고 마니 끊임없이 새로운 무공을 원하세 되고, 그로 인해 자칫 경건함을 잃게 될까 우려해서였지. 무공은 정심함이 첫째니라. 힘써 연마하지 않는다면 아무리 신묘한 무공일지라도 아무짝에 쓸모가 없다."

유검은 옷깃을 여미어 정중히 대답했다.

"제자, 항상 명심하고 있습니다."

현풍은 온화한 미소를 드리우며 대견스러운 듯 말했다.

"그러한 이치를 잘 알고 있다니 다행이구나."

현풍은 곧 품속에서 곱게 접은 옥판선지(玉板宣紙)를 꺼내었다.

"네가 새로운 경지에 접어들었다니 사부는 참으로 기쁘기 한량없다. 나는 이날이 오기를 손꼽아 기다리고 있었으니, 네게 주려고 항상 이것을 준비하고 있었느니라.”

유검은 서화에나 쓰이는 옥판선지에 과연 무엇을 그려놓았나 궁금해하며 조심스레 받아 들어 펼쳐 보았다.

묵지(墨池)라는 두 글자가 적혀 있었다.

“왕희지의 글씨는 나이가 들어서 더욱 뛰어났다. 그렇게 될 수 있었던 이유는 스스로 정력을 다했기 때문이다. 결코 하늘이 이루어준 것은 아니었다. 내 말을 이해하겠느냐?”

왕희지가 글씨 연습을 하면서부터 연못 물이 검은색으로 변했다고 해서 붙여진 이름이 묵지(墨池)다. 이는 연못을 검게 물들일 정도의 많은 노력과 연습량이 왕희지라는 명필을 만들어내었다는 의미가 담겨 있었다.

묵지라는 두 글자를 보노라니 조그만 충격이 물밀듯 밀려왔다.

홀연 자신의 나태함을 깨달은 것이다.

무상검의 경지를 깨우쳤다 하여 끊임없이 새로운 무언가를 만들어내고자 하였다.

몸으로 행함이 우선이거늘, 타고난 총명을 믿고 머리 속에서 모든 것을 이루려 한 것이다.

사부는 이러한 모든 것을 이미 짐작하고 ‘묵지’ 라는 두 글자를 준비해 두었다.

그 사실을 깨닫자 깨우침에 대한 기쁨 이전에 가슴 밑바닥에서 잔잔하게 요동하는 감격이 있었다. 격렬하지는 않지만 언제까지고 이어질 듯한 감격이었다.

“사부……!”

“총명이 과인하면 게으르기 쉽나니, 너는 항상 끊임없이 노력하고 또 노력해야만 한다. 하늘이 네게 커다란 재능을 주었으니 부지런히 갈고닦지 않는다면 어찌 크나큰 죄를 범하지 않은 것이랴. 명심하고 또 명심하거라."

깊은 밤하늘의 은하수처럼 밝고 밝게 빛나는 음성의 조각들이 귓속으로 하염없이 흘러 들어왔다.

흔히 듣고 또 들었던 말이건만 지금 이 순간 평온하게 흘러나오는 음성은 자꾸만 마음속에 또 다른 감격의 파도를 만들어낸다.

"사부……."

"너는 이제 새로운 경지에 들어 멀고 먼 길을 향해 떠났다. 끝없이 먼 길을 가야만 한다. 비록 외롭고 슬플지라도 너 홀로 가야 한다. 이제 나는 너를 도울 수가 없구나."

홀로 가야 한다.

그 말에는 유검은 한 가닥 비장함마저 느꼈다.

"또한 명심하거라. 세속의 이득 다툼은 끝이 없으니 굳이 끼어들 바는 못 된다만……."

현풍은 말끝을 흐렸다.

심원은 눈길을 들어 밤하늘을 향했다.

"천도(天道)는 이리도 밝은데 인사(人事)는 오히려 무상(無相)하기 짝이 없구나."

그 한마디를 남겨놓은 채 현풍은 돌연 자리에서 일어나더니 훌쩍 신형을 날렸다. 한줄기 미풍에 모닥불만이 일렁일 뿐 어느새 현풍의 종적은 사라지고 없었다.

오간다는 말 한마디조차 없이 그렇게 떠난 것이다.

행적이 표홀하기 그지없어 가히 도인의 기풍에 어울리는 행동이라

할 수 있으나 남겨진 유검은 얼떨떨할 수밖에 없었다.

돌연 저 멀리서 천리전음이 들려왔다.

―잊었구나. 외상 술값은 반드시 갚아주리라 믿는다. 나의 훌륭한 제자야.

유검은 머리를 긁적거렸다.

"쳇, 그 부탁을 얼굴 보고 꺼내긴 힘드셨나 보군. 그래서 떠나는 척하며……."

먼 하늘을 바라보는 유검의 두 눈엔 아쉬움이 남아 있었다. 못다한 사제지간의 정은 언제 또다시 맛볼 수 있을까.

외상 술값은 핑계임을 알고 있었다.

어떻게든 다시 찾을 핑계를 남겨놓은 것이다.

이제부턴 너 홀로 가야 한다고 말했지만 언제고 다시 찾을 날을 기다리는 한 가닥 정을 남겨놓은 것이다.

가슴이 뭉클하여 사부가 남기고 간 묵지를 하염없이 들여다보았다.

"……?"

일렁이는 모닥불에 묵지라 적혀 있는 옥판선지의 뒤편이 비쳐졌다.

깨알 같은 글씨로 뭔가가 적혀 있었다.

뭔가 싶어 뒤집어서 살펴본 유검은 얼굴을 일그러뜨리지 않을 수 없었다.

"외상 술값… 영수증?"

무한의 권능,
태산압정(泰山壓頂)(1)

무한의 권능, 태산압정(泰山壓頂)(1)

저 멀리 먼동이 터오고 있었다.

운무(雲霧)가 은은히 수림(樹林) 사이를 흐르고, 아스라한 새벽 햇살에 잎사귀에 맺힌 이슬이 소스라치게 놀라 떨어진다.

쉬이익―

어디선가 인 날가로운 바림에 이슬은 두 조각이 되어 허공으로 흩어졌다. 안개조차 갈라지는 듯했다.

이슬을 받아먹으려 간들거리며 기다리던 수풀들이 척 나타난 난폭한 발자국에 짓이겨졌다.

잘 다듬어진 숫사슴의 가죽으로 만들어진 장화는 뒷꿈치를 축으로 몸부림치듯 뒤틀었고, 그것은 반쯤 굽힌 무릎을 지나 바로 허리로 이어졌다. 허리띠처럼 둘러메어진 한천검이 격렬하게 요동 친다.

유검의 벌거벗은 근육질의 상체가 발작하듯 비틀림을 전했고, 그것은 또다시 반월형의 날카로운 바람을 준비하는 주먹으로까지 곧장 전달되었다.

쉬이익—!

가까이서 듣는다면 몸서리가 쳐질 만큼 날카로운 음향이었다.

뻗은 주먹은 언제 광포한 살기를 드러내었느냐는 듯 수줍은 미소와 함께 완만한 흐름을 타고 거두어져 한줄기 탄내가 은은히 허공에 그 흔적을 남긴다.

주먹은 펼쳐져 손바닥이 되고 서서히 위아래를 유영하니 태극(太極)의 형상을 이루어내었다.

펼쳐진 장은 다시 권이 되어 허리춤에 모이고,

"후우웁!"

한 모금 숨을 내쉬며 척! 한 걸음 내디디니 벼락처럼 내뻗어지는 주먹. 그 끝에 인 반원형의 바람이 날카롭게 허공을 할퀸다.

한 걸음씩 전진하며 주먹을 내뻗는 지극히 단순한 초식이 계속해서 이어졌다.

이는 태극신권(太極神拳)을 연마하기 전 기초를 다듬기 위해 미리 몸을 푸는 연무 과정 중의 하나였다.

이는 딱히 무당파의 초식이라 부르기도 어려웠다. 강호에 워낙 널리 알려져 있어 강호의 불한당들도 흔히 흉내를 낼 정도였으니까.

무공을 처음 배우는 이라도 쉽사리 따라하다 지겨워 그만두고 말 정도로 간단한 이 권초는 동이 트기 전 밤새도록 펼쳐졌으며, 그것은 태양이 서서히 솟아올라 운무가 걷히고 주위가 환해질 때도 마찬가지로 계속되어지고 있었다.

유검의 전신에서는 김이 무럭무럭 피어오르고 땀으로 흠뻑 젖어 있었다.

이는 참으로 기이한 일이었다.

땀이란 심(心)의 액(液)으로 체내의 화기를 다스리기 위해 자연히 밖으로 내뿜어지는 것이다.

하지만 유검은 추측하기 곤란할 정도의 막대한 내공이 완벽한 오기(五氣)의 조화를 이루며 전신의 세맥에 이르기까지 응축되어 그 무엇으로도 파괴되지 않는 금강불괴가 되어 있다.

그래서 체내의 화기가 일면 이는 상생(相生), 상극(相剋) 작용에 의해 자연히 다스려지고, 그로 인해 한서불침(寒暑不侵)이 된다.

그런 유검이 땀을 흘린다니?

춤을 추듯 계속 하나의 권초를 반복하는 유검의 얼굴은 아련한 애수와 은은한 노기를 함께 품고 있었다. 풀릴 듯 풀리지 않는 화두를 붙잡고 고뇌에 휩싸여 있는 고승의 얼굴과도 닮아 있었다.

펄럭—

장난기 가득한 한줄기 바람이 불어와 다우의 치맛자락을 위로 들어 올렸다.

백옥을 다듬은 듯 갸름한 두 종아리가 드러났다. 또다시 이는 한줄기 바람에 치맛자락은 무릎 위까지 후퇴하고 연이은 공격에 백설처럼 새하얀 허벅지가 언뜻 드러났다.

한 송이 빨간 꽃을 수놓은 하얀 비단으로 만들어진 치마는 또다시 밀려오는 한줄기 바람에 몸을 떨었다. 주인을 지켜야 하는 자신의 역할을 수행하지 못함에 한탄하는 듯 보였다.

펄럭~

힘없이 밀려 올라가는 치마, 그리고 드러나는…

쑥!

빙어 같은 투명한 손가락이 치맛자락을 쥐고 아래로 끄집어 내렸다.

유검이 벗어준 푸른색 장삼(長衫)을 감싸 안고 수풀 위에 잠들어 있는 다우의 아미는 잔뜩 찌푸려져 있었다.

"하지 마… 하지 마……."

건조한 입술은 약간 벌려져 있었고 잠꼬대가 중얼중얼 새어 나왔다.

짓궂은 바람의 장난에도 애써 잠을 청하던 다우였지만 환한 햇살의 눈부심은 견딜 수 없었던 모양이다.

잠이 덜 깬 부스스한 얼굴로 일어나 소맷자락으로 따가운 눈가를 비볐다.

하품과 함께 길게 기지개를 켜는데,

펄럭~

한줄기 바람이 밀려와 치맛자락을 휙 들어 올린다.

새초롬한 얼굴로 치맛자락을 내리던 다우는 곧 밤새도록 시달린 악몽의 원인을 발견할 수 있었다.

입술을 삐죽거리며 권무에 여념이 없는 유검을 향해 한마디 하려다 두 눈이 동그래졌다.

'어? 제법 근육이 있네?'

옷을 입은 유검의 겉모습은 조금 홀쭉한 느낌이었으나, 상체를 벗은 채 권초를 반복하고 있는 지금의 모습을 보니 군살은 전혀 없고 탄탄하기 그지없는 근육질의 몸매였다. 허리는 잘록했으며 어깨는 자신을 모두 감싸고도 남을 정도로 넓어 보였다.

"흐음~"

다우는 턱을 괴고 앉아 게슴츠레 반쯤 눈을 감은 채 유검의 권무를 감상하기 시작했다.

　호기심으로 반짝반짝 빛나던 그녀의 눈빛이었지만 시간이 차츰 흐름에 따라 의아심이 깃들어졌다.

　'뭘 하는 것일까?'

　똑같은 동작을 반복하고 또 반복하는 유검의 모습을 보자니 의아하기도 했고, 지루하기조차 했다.

　태양이 중천에 이를 무렵 다우는 더 이상 참지 못하고 입을 열려는데 우뚝! 유검의 동작이 멈춰졌다.

　"……."

　다우는 입을 열 기회를 얻지 못하고 말똥말똥한 눈으로 유검을 지켜보았다.

　유검은 두 손을 늘어뜨리더니 길게 한숨을 쉬었다.

　"휴… 어렵구나, 어려워."

　다우는 더 이상 참지 못하고 입을 열어 물었다.

　"뭐가?"

　유검은 흠칫 잠에서 깨어난 듯한 얼굴로 돌아보았다.

　"아… 깨이났구나."

　유검이 빙그레 웃으며 가까이 다가오자 다우의 얼굴이 빨개졌다.

　땀으로 번들거리는 상체를 정면으로 보지 못하고 다우는 고개를 옆으로 돌렸다.

　"뭐, 뭐가 어려운 거야?"

　다우는 자신도 모르게 떨리는 음성으로 그렇게 물었다.

　가슴이 콩닥콩닥 뛰었다.

　'내가 왜 이러지?'

유검은 다우 곁으로 다가가 앉으며 말했다.

"음… 검을 들기 전에 간단히 권법을 수련하려 했는데… 기본 수련부터 막혀 버렸어. 분명 안다고 생각했는데 막상 펼쳐 보니 전혀 모르겠는 거야. 그래서 알 때까지 계속했지."

"그, 그런데?"

다우는 유검이 뭐라고 이야기하는지 전혀 알아듣지 못했다. 코끝을 스치는 진한 사내의 체취에 다우는 정신이 아득해졌던 것이다.

유검은 한숨을 쉬며 말했다.

"결국… 모르겠더라. 너무 어려워."

"그, 그럼 쉬운 걸 하면 되잖아."

유검은 흠칫하며 다우에게로 고개를 돌렸다.

힐끔 유검을 훔쳐보던 다우는 얼굴이 빨개져서 고개를 다른 곳으로 돌렸다.

유검은 뭔가 깨달은 듯 환하게 웃으며 소리쳤다.

"맞아! 좀 더 쉬운 걸 하면 되는구나!"

크게 기뻐하며 와락 다우를 끌어안으려는데,

"뭐, 뭐 하는 거야!"

다우는 화들짝 놀라며 유검의 가슴을 밀어젖혔다.

"쳇, 엉큼하긴! 땀 냄새 난단 말야! 저, 저리 비키라구!"

다우는 자신이 무슨 말을 하는지도 모르고 마구 발버둥을 쳤다.

유검이 어리둥절한 얼굴로 팔을 풀어주니 다우는 훌쩍 뒤로 몸을 날렸다.

숨을 몰아쉬는 그녀의 얼굴은 새빨갛게 달아올라 있었다. 가슴이 마구 뛰어 도대체 진정이 되지 않았다.

다우는 두 팔로 가슴을 감싸 쥐었다. 전신이 소름 돋듯 떨리고 있었던 것이다.

'내, 내가 왜 이러지?'

평소 입까지 맞추었던 사이가 아닌가. 그런데 겨우 껴안은 것에 놀란 토끼마냥 달아나다니.

'그래, 지금이라도 아무렇지 않게 다가가서 뺨에 입을 맞춰주는 거야. 쳇, 그냥 놀려주려고 그랬던 거라고 하지 뭐.'

그렇게 마음을 먹었지만 두 발은 떨어지지 않았다.

아니, 유검의 얼굴조차 똑바로 바라볼 수가 없었다. 화끈거리고 가슴이 두근거려 왔다.

유검의 시선은 아래로 향해 있었다.

다우는 자는 동안 본모습으로 되돌아와 있었기에 걸치고 있던 치마는 자연 짧아져 하얀 종아리가 언뜻 드러나 있었던 것이다.

유검의 눈길을 눈치 챈 다우는 자꾸만 치마를 아래로 끄집어 내렸다.

"왜 그래?"

유검이 의아한 얼굴로 천천히 다가오자 다우는 마치 위험하기 짝이 없는 천길 낭떠러지 끄트머리에 서 있는 듯 바짝 긴장이 되었다.

자신도 모르게 주춤 뒤로 물러났다.

'나참… 내가 왜 이러지?'

내심 울상을 지었지만 불쑥 겉으로 내뱉는 소리는 스스로가 생각하기에도 야속했다.

"오, 오지 마세요."

다우는 이게 아닌데… 라고 울상을 짓다 결국 울음을 터뜨리고 말았다.

“와아아앙~!”

쪼그리고 앉아 어린아이처럼 크게 울음을 터뜨리는 다우를 보고 유검은 뭐가 뭔지 알 수가 없어 머리만 긁적거렸다.

‘대체 오란 거야? 말란 거야?’

“음… 아냐, 부족해.”

다우는 고개를 갸웃거리며 두 걸음 뒤로 물러났다.

어린 모습으로 되돌아갔기에 걸치고 있던 옷은 약간 바닥에 끌릴 정도로 헐렁했다.

장삼을 걸친 채 멀뚱한 얼굴로 서 있는 유검과의 거리는 일장 여.

‘너무 먼가?’

다우는 조심스럽게 한 걸음 앞으로 다가섰다.

힐끔 유검의 얼굴을 훔쳐보고는 내심 고개를 끄덕였다.

‘좋아, 이 정도면… 견딜 만하겠다!’

다우는 어느 정도 스스로 납득한 얼굴로 유검을 향해 소리쳤다.

“됐어요. 이 정도 거리!”

유검은 입맛을 다시며 되물었다.

“앞으로는 이 이상 거리를 다가서면 안 된다는 기냐?”

“예!”

유검은 입맛을 다시곤 말했다.

“그럼 떠나자.”

다우는 흠칫해하며 물었다.

“어디로요?”

"네 문파에 무슨 일이 일어났다면서? 빨리 가서 무슨 일인지 알아봐야지."

"화… 언니랑 여문 언니를 구하러 가는 게 아니었어요?"

조심스럽게 묻는 다우의 행동에 유검은 빙그레 미소를 지었다.

다우는 웃는 유검의 모습에 다시 가슴이 두근거려 와 차마 눈길을 마주치지 못하고 슬며시 고개를 돌리고 말았다.

유검은 품속에서 조그만 쇠로 만든 호각을 꺼내 들며 말했다.

"어젯밤 네가 자고 있는 사이 일월쌍괴를 불렀다. 사방 몇십 리 내에 있다면 왔을 텐데… 오지 않더구나."

잠시 말을 멈추고 곰곰이 생각해 둔 바를 정리해 보고 나서 다시 입을 열었다.

"현재 화가 어디 있는지 알 길이 없다. 여문도……. 무림맹의 사람들도 함께 실종되었다고 했지? 그리고 네 벽력문의 일도 전혀 무관하지는 않을 것이다. 모든 일이 엉클어진 실처럼 엮여 있으나 실은 하나로부터 모두 비롯된 것 같구나. 하나하나 차근히 풀어 나가면 모든 게 풀릴 것이라 생각된다. 만야 그럼에도 실마리를 잡을 수 없을 경우 마교의 총단으로 직접 찾아갈 생각이다."

담담한 어조로 내놓은 그 말은 일견 타당해 보였지만 다우는 의문이 들지 않을 수 없었다.

강호에서 일을 해결하려면 무엇보다 힘이 필요하다.

과연 유검에게 현재 그러한 힘이 있을까?

심지어 마교 총단으로 직접 찾아갈 생각까지 가지고 있다니…….

'혹, 자신이 무림지존(武林至尊)이라 생각하는 건 아닐까?'

유검은 먼 하늘로 시선을 두고 있었다.

'만약 화가 마교에 납치되었다면 신무룡은 육경천의 힘이 모이기를 기다릴 것이다. 또한 그 악랄한 대법이란 것을 시행하기 위해 기재들을 모은다는 것도 쉽지 않는 노릇이니 아직 시간의 여유가 있다.'

그렇게 생각하지만 그렇다고 화의 안전을 확신하는 것은 아니었다.

초조하고 당장이라도 뭔가를 해야 할 듯 급박한 마음이 일었지만 흘러가는 구름에 맡겨 흘러 버렸다.

지금 이 순간 무엇을 할 수가 있는가?

단지 최선을 다해 한 발짝 한 발짝 걸어나갈 수밖에 없는 것이다.

어제저녁부터 오늘 아침에 이르기까지 이미 익숙하다 못해 몸에 배어 있는 기본적인 권무를 연마했지만 하면 할수록 새롭기 그지없었다.

세상일도 이와 같아서, 안다고 생각하지만 정녕 진짜 알고 있는 것은 과연 몇이나 될까?

현풍은 총명이 과인하다 말했지만 유검은 스스로가 참으로 어리석다 여겼다.

자신은 세상사에 어둡기 그지없으며, 사람의 마음은 물론 기분조차 헤아리지 못한다.

아는 것은 오직 검 하나뿐인데, 그조차 막연하기 그지없으니 스스로가 어리석게 여겨지지 않을 리 없는 것이다.

그렇다고 스스로를 못났다 탓하지는 않았다.

단지 사부의 가르침대로 아는 바 하나라도 밭을 일구는 소처럼 묵묵히 해 실천해 나가야겠다고 마음먹었다.

다우의 추측과는 반대로 유검은 그렇게 검을 처음 배우는 초심(初心)으로 되돌아가 있었다.

단지 초심으로 돌아가려 애쓰는 것이 아니라, 진정 자신이 정말 검에 대해 아는 게 아무것도 없다고 여기고 있었다.

유검은 다우와 함께 벽력문이 자리한 안휘성(安徽省) 황산(黃山)을 향해 천천히 길을 나섰다.

다우는 유검과 일정한 거리를 둔 채 경계하며 뒤따라갔다. 유검이 친절한 말 한마디를 건넬 때는 기쁘기 한량없었고, 유검이 뭔가 넋이 나간 표정으로 자신에게 관심을 두지 않을 때면 처량한 기분이 들곤 했다.

다우는 일 장 거리를 둬야 한다고 스스로 말했지만 하루 이틀 지나며 차츰 그 간격은 좁혀졌다.

사흘이 지나서는 주루에 들어서서 탁자를 마주하고 같이 자리에 앉을 수 있게 되었다.

그럼에도 가끔 살갗이 스치면 그 부위가 화끈거려 놀란 토끼마냥 다시 도망치곤 하였다.

'내가 왜 이러지?

다우는 울상을 지으며 자기 머리를 쥐어박았다.

막연히 무조건 좋아하던 때와는 달리 갑자기 유검이 남자라는 사실을 무의식적으로 인식해 버렸다는 것을 미처 깨닫지 못했다.

떨어지는 낙엽만 봐도 깔깔대며 웃음보를 터뜨리는 소녀 시절의 예민한 감성이 억눌리고 억눌려 있다 이제야 뒤늦게 찾아온 것임을 전혀 알아채지 못했던 것이다.

다우는 무슨 일을 하든 유검의 일거수일투족에 모든 촉각이 곤두서 있었다.

유검이 자신을 바라볼 때면 흠칫 긴장이 되고 가슴이 두근거렸다.

유검이 뭔가를 곰곰이 생각하듯 눈길을 먼 하늘로 돌리고 있으면 다우는 취한 듯 몽롱한 눈길로 멍하니 그의 얼굴을 바라보곤 했다. 보고만 있어도 행복감에 도취되는 것이다.

불쑥 예전처럼 뛰어들어 품에 안기고 싶고, 한없이 도망치고 싶기도 했다.

다우는 그런 스스로가 한심해 보여 자주 한숨을 쉬었다.

황산으로 향하는 동안 날은 흘러 쌀쌀한 초가을의 날씨가 되어 있었다.

황산이 채 백여 리 남지 않은 태평현(太平縣)에 이르자 유검은 한 마을 내 비단 옷 가게에 들렀다. 다우가 입고 있는 하얀 비단옷이 보기에는 좋지만 아무래도 추워 보였던 것이다. 게다가 황산 고지로 올라가면 더욱 추워지지 않겠는가.

비단 옷 가게에 도착하여 예시로 미리 만들어져 진열되어 있는 아름다운 비단옷들을 대하는 순간 다우는 멍하니 넋을 잃고 그것들을 바라보았다.

유검은 그런 다우의 모습에 의아해했다.

여자 아이들은 대개 예쁜 옷을 좋아한다. 하지만 다우는 여태껏 헐렁한 흑포장삼 하나로 때울 정도로 옷에는 무관심했다. 그런데 지금은 예쁜 옷에 관심을 가지는 것이다.

유검은 빙그레 웃으며 말했다.

"마음껏 골라보려무나."

은자 천 냥이라는 거금이 있기에 거리낌없이 그렇게 말할 수 있었다.

다우는 무척이나 기뻐했다.

아직 밤은 이른 낮이었지만 객잔에 들러 방을 두 개 얻었다.

유검은 이층 방 안 탁자 위에 놓인 찻주전자로 목을 축이다 한 꾸러미 옷을 짊어지고 옆방으로 가는 다우의 모습에 빙그레 미소 지었다.

'은자라는 게… 역시나 편리하군. 만약 빈털터리였다면……'

아마 다우는 괜찮다고 말했겠지만 마음속에 아쉬움이 남을 것이고, 그냥 옷 구경만 하다 자리를 뜰 수밖에 없었을 것이다.

문득 은자를 벌어야 하지 않을까? 하는 생각이 일었지만 곧 다른 상념(想念)에 묻혀 버렸다.

여태껏 잠겨 있던 화두, 어떤 초식이 가장 쉬운가?

자신이 알고 있던 모든 무공을 떠올려 보았다. 그중 세 가지 검초를 발견해 내었다.

태산압정(泰山壓頂).

단지 위에서 아래로 내려치는 초식이다. 검을 든 이라면 설령 초식 이름은 모를지라도 펼치지 못할 리가 없는 아주 간단한 검초였다. 아이들조차 몽둥이를 김 삼아 쉽게 펼칠 수 있는.

유검이 낙양에서 자신도 모르게 잠꼬대 삼아 일검을 펼친 것도 이 태산압정이었으며, 무림맹 금역 안에서 그 일검을 펼친 것도 모두 이 태산압정이었다.

이는 일정한 규칙을 지닌 초식이라기보다는 실검을 든 이라면 본능적으로 할 수 있는 행동에 가까웠다.

'이건 잘하면 펼칠 수 있을지도……'

횡소천군(橫掃千軍).

단순히 옆으로 후려치는 초식이다. 이는 태산압정보다는 조금 더 정교한 행동을 필요로 하지만 지극히 간단하기는 마찬가지였다.

하지만 유검은 검미를 찌푸린 채 곤혹스러워했다.

'어렵군, 꽤… 어려워……'

팔방풍우(八方風雨).

여덟 곳의 방위를 비바람이 몰아치듯 공격하는 검법 초식의 한 가지로 이름과는 달리 삼류무사도 시전할 수 있는 하류무공에 불과하다.

그럼에도 유검은 아득한 느낌을 받았다.

'이건… 이건… 너무 힘들어!'

문득 사부의 가르침이 떠올랐다.

"예로부터 초식의 변화가 많을수록 그 묘(妙)함이 적고, 초식이 간단할수록 묘용이 오히려 크다고 하였다. 상승무공으로 갈수록 복잡해지기 마련인데 오히려 묘함이 적다니… 너는 그 이치를 알겠느냐?"

웃으며 하시는 말씀에 유검은 그때 멀뚱거리기만 했다.

이제 와 가르침을 되새겨 보니 잔잔하게 가슴을 두드리는 바가 있었다.

"음……"

유검은 뭔가 알 듯 말 듯한 느낌에 전신이 근질거려 왔다.

찻주전자를 들어 벌컥벌컥 마시더니 벌떡 일어나 자세를 바로 하였다.

마치 검을 쥔 듯 두 손을 모아 움켜쥐고는 가상의 적을 향해 겨누었다.

흐릿하던 적의 모습은 차츰 형체를 드러내기 시작했다.

냉소를 터뜨리며 비웃고 있는 신무룡의 모습.

그를 향해 한 걸음 내디디며 보이지 않는 검끝이 상단에서 적을 향해 천천히 내려치기 시작했다.

태산압정의 초식이었다.

보이지 않는 검을 쥔 양손의 손등은 물론 팔뚝까지 근육이 불끈 치솟았다. 머리 위에서는 하얀 김이 모락모락 피어올랐고, 가위 모양으로 버티고 선 두 발 밑에서는 우지직 하는 소리가 났다.

유검의 형형한 두 눈은 객잔의 벽을 뚫고 저 멀리 광대무변(廣大無邊)한 우주로 향해 있었다. 은하수가 좌우로 밀려나고 멀고 먼 저 끝에 신무룡이 팔짱을 낀 채 비웃고 서 있었다.

네 검은 나에게 도달하지 못한다.

그렇게 말하고 있는 것 같았다.

방 내에는 공기가 요동 치기 시작했다. 창문은 덜컹거렸으며 침대를 가린 휘장이 펄럭였다.

덜컹!

문이 열리며 다우가 안으로 들어섰다.

그녀는 본모습으로 변해 있었는데, 하얀 비단으로 만들어진 상하의가 하나 되어 있는 치포를 입고 있었다.

옷은 몸에 착 달라붙어 몸매가 그대로 드러났으며 치마 부위는 양 허벅지가 갈라져 있었다. 참으로 대담무쌍하기 그지없는 옷이었다.

다우의 얼굴에는 약간의 화장기까지 있었다.

"나 어때?"

기쁜 얼굴로 뽐내듯 말하는데 요동 치는 방 안의 공기가 그녀의 치맛자락을 위로 끌어 올렸다.

아미를 찌푸리며 황급히 치맛자락을 아래로 끌어내렸다.

"일부러 한 거지? 나참……."

한바탕 쏘아붙이려던 다우의 얼굴이 그대로 멈추었다.

유검의 시선은 자신을 보고 있지 않았으며, 또한 자신이 들어온 것조차 알지 못하고 있음을 깨달은 것이다.

"쳇… 또야."

이곳으로 길을 떠나오는 동안 가끔 저렇게 검을 들고 있는 모습을 취하면 유검은 거의 무아지경에 빠진 듯 주위 상황을 아랑곳 않았다. 그때면 불러도 대답이 없었고, 가까이 가려다 가는 이상한 기세에 숨이 막혀 다가서지를 못했다.

다우는 입술을 삐죽 내민 채 탁자에 앉아 기다렸다.

얼마나 지났을까?

유검은 아직도 검을 완전히 내려치지 못하고 있었다. 방 안에 요동 치던 바람은 어느새 멈춰 있었다.

창가로 황혼의 노을빛이 스며들었다.

다우는 턱을 괸 채 시선을 창문 밖으로 돌렸다.

오가는 많은 사람들…

그녀의 조그만 어깨에서 등으로 이어지는 부드러운 곡선이 완만히 굽어졌다.

다우는 두 팔은 축 늘어뜨린 채 뺨을 탁자에 기대고 힘없이 두 눈을 감았다.

노을빛도 사라져 어느새 어둠이 밀려왔다.

고요한 정적만이 방 안을 감도는데,

부시럭—

어둠 속에서 다우는 힘없이 일어났다.

품속에서 나무로 만든 조그만 선물 상자를 꺼내어 침대 위에 올려놓고는 쓸쓸한 얼굴로 유검을 향해 중얼거렸다.

"내일 봐요, 오라버니……."

탕—!

다우가 나가며 요란한 소리와 함께 문이 세차게 닫혔다.

그로부터도 얼마나 시간이 지났을까?

"어라? 왜 이리 어둡지?"

유검은 문득 잠에서 깨어난 듯 어리둥절한 얼굴로 눈을 끔뻑거리며 주위를 두리번거렸다.

곧 상황을 깨닫고는 황급히 옆방의 다우에게로 가기 위해 문의 손잡이를 잡았지만 열어젖히지는 못했다.

"…늦었겠지?"

몰래 숨어들어 와 같이 잘 때는 언제고 요즘엔 근처에도 얼씬하지 못하게 하는 다우였다. 이렇게 늦은 밤에 찾아갔다가는 반드시 화를 낼 것이라 생각되었다.

유검은 힘없이 돌아섰다.

창가로 달빛이 새어 들어오고 있었다.

유검은 길게 한숨을 내쉬었다.

"휴… 어렵군. 이거나… 저거나……."

달빛은 점차 길어지고, 유검은 또다시 태산압정을 펼치는 모습으로 되돌아가 있었다.

땀에 흠뻑 젖은 장삼이 거추장스러워 침대 위로 벗어 던졌다. 순간…

꽈—앙!

거대한 폭발음에 객잔의 사람들은 깜짝 놀라 너도나도 밖으로 튀어나왔다. 정사 중이었던 듯 벌거벗은 이들도 꽤 많았다.

객잔은 시끌벅적해졌지만 단 한 명의 소녀만은 이불 속에서 보다 평온한 얼굴로 더 깊이 잠들 수 있었다.

째째짹—

어디선가 지저귀는 새소리에 다우는 잠에서 깨어났다.

아침 햇살에 눈가를 찌푸리며 길게 기지개를 켜다 황급히 이불을 위로 끌어 올렸다.

유검이 시큰둥한 얼굴로 탁자에 기대어앉아 있었다. 상체는 벌거벗은 채였는데 얼굴까지 온통 그을음이 묻어 있었다.

"어머! 왜 그래요, 오라버니?"

두 눈을 동그랗게 뜨고 걱정스러운 듯 묻는 다우.

"아, 아무것도 아냐. 다치진 않았으니 걱정 마라. 뭐, 짐작은 했겠지만……."

다우는 도통 영문을 모르겠다는 듯 고개까지 갸웃거리며 물었다.

"무슨 의미죠? 전 전혀~ 모르겠는데?"

"…어쨌거나 일어났으면 떠나자. 서두르면 내일쯤 네 벽력문에 도착할 수 있을 것 같다."

다우는 입술을 삐죽거리며 투덜거렸다.

"숙녀 방에 함부로 들어오다니, 너무하지 않아요? 그리고 나가줘야

옷을 갈아입죠!"

"약속을 깬 건 미안한데… 내가 방에 있는 까닭은……."

꽝! 꽝!

누군가 급하게 문을 두들겼다.

유검은 황급히 일어나 문 손잡이를 잡고 밖으로 나가려다 고개를 돌려 다우에게 말했다.

"하여간 옷이나 빨리 갈아입거라. 서둘러 출발해야지."

유검이 밖으로 나가자 다우는 폴짝 침상에서 뛰어가 문가에 귀를 바짝 대었다.

굵은 남자의 목소리가 들려왔다.

"아침이 밝았으니 어서 빨리 나가주시오. 방이 폭파된 건 그렇다 치고, 손님들이 불안해서 못 견디겠다며 우르르 다 나가 버리고 말았소."

이어 정중한 유검의 목소리가 들려왔다.

"조금만 기다려 주십시오. 손해는 충분히 보상해 드리겠습니다."

굵은 남자의 목소리가 커졌다.

"흥, 손해 배상? 한평생 신용 하나로 살아왔는데 그게 완전 개박살 나고 말았소. 은자를 내놓는다고 그게 배상이 됩니까? 하여간 잔말 말고 빨리 방이나 비워주쇼. 그게 날 돕는 거요."

"조금만… 더 기다려 주세요. 일행이 있는데 워낙 피곤해서 좀 더 자야 해요."

"기다리긴 뭘 기다려? 당신이 하도 애원해서 지금까지 기다려 준 거요. 더 이상은 못 기다리니 당장 나가달란 말이오!"

"헤헤… 여기서 떠들지 말고 저쪽으로 가서 조용히 이야기해 봅시다. 일단 서로 부드럽게 이야기를 해보지요? 분명히 통하는 게 있을 겁니다.”

은자를 흔드는지 쩔거렁거리는 소리가 들려왔다.

“으음… 뭐……..”

목소리가 멀어져 갔다.

다우는 문가에서 귀를 떼고 머리를 긁적거렸다.

그제야 유검이 왜 그런 모습으로 자기 방에 있었는지 이해가 갔다.

‘알고 보니… 나까지 쫓겨날 뻔했기에 여기 와서 지키고 있었던 거구나.’

하지만 유검이 주인에게 굽실거리는 행동은 직접 듣고서도 믿기 어려웠다. 평소 유검은 타협을 하거나 누군가에게 헤헤 웃으며 허리를 굽힐 성격이 절대 아님을 알고 있었으니까.

‘설마… 나 때문일까?’

다우의 입가에 은근한 미소가 걸렸다.

바깥의 사정이야 어떻든 다우는 콧노래를 흥얼거리며 어제 사놓은 여러 가지 옷들을 침상 위에 늘어놓고 무엇을 입을까 즐거운 고민에 빠졌다.

다우는 오랜 시간이 흐른 뒤에야 한 벌의 옷을 고를 수 있었다.

그녀가 고른 옷은 어제와 마찬가지로 하얀 비단에 잔잔한 매화꽃 무늬가 수놓아져 있는 치포였다. 몸에 착 달라붙어 몸매의 곡선이 그대로 드러나고, 또한 치마 양 옆이 허벅지까지 트여 있어 주로 남자의 관심을 끌려는 기녀들이 입는 옷으로 결코 얌전한 규수가 입을 옷은 아니었다.

다우는 양손을 허리에 올려놓은 채 자신의 모습을 동경에 이리저리 비춰 보았다.

"흐음~"

살갗에 닿는 비단의 부드러운 느낌이 만족스러워 미소를 지었다.

다우는 침상에 걸터앉아 유검이 오기를 기다렸다.

일이 쉽게 해결되지 않았는지 한참을 기다려도 유검은 오지 않았다.

무료한 듯 길게 기지개를 켜다 다우는 불쑥 이 모습으로 밖으로 나가보고 싶은 충동이 일었다.

'괜찮을까?'

머리 속에선 안 된다는 소리가 메아리쳤지만 알 수 없는 충동에 다우는 침상에서 몸을 일으켰다.

끼이익ㅡ

다우는 조심스레 문을 열고 얼굴만 삐죽 내밀어 바깥의 동정을 살폈다.

복도를 지나다니는 사람은 없었다.

주위는 조용하기 그지없었는데 어젯밤 폭발로 손님들이 모두 나가버린 탓 같았다.

다우는 두근거리는 가슴을 진정시키고 살그머니 바깥으로 한 발짝 내디뎠다.

두 번째 발을 내디딘 순간 다우는 잠시 망설였다.

'나중에 오라버니가 화내지 않을까?'

화를 내는 유검의 얼굴을 떠올리는 순간, 다우는 오히려 그 모습을 반드시 봐야겠다고 마음먹었다.

장난기 가득한 눈빛을 반짝이며 다우는 복도를 따라 한 발짝 한 발짝 걸어나갔다.

모퉁이를 돌아 일층 주점과 연결된 계단에 이른 순간 다우는 기이한 소리를 들었다.

삐거득— 삐거득—

‘무슨 소릴까?’

기이한 소리는 한 방 안에서 들려왔다.

호기심을 참지 못하고 다우는 문가에 귀를 가져다 대었다.

사내의 거친 숨소리가 들려왔다.

곧 다우의 두 볼이 빨갛게 물들었다.

“쳇! 부끄럽지도 않나, 아침부터……."

일층으로 내려가려는데,

“악—!"

짧지만 날카로운 여인의 비명 소리가 방 안에서 들려왔다.

다우는 움찔하며 문가의 틈 사이로 방 안을 훔쳐보았다.

한 사내가 벌거벗은 채 등을 보이며 서 있었는데 탁자 위에 놓여진 찻주전자를 입에 대고 벌컥벌컥 들이키고 있었다.

나이를 짐작키 힘든 사내였다. 머리카락은 백발이었지만 탄탄하기 그지없는 근육질의 몸매는 젊은 청년의 그것이었다.

그리고 침상 위에는 벌거벗은 한 여인이 휑한 시선을 천장으로 둔 채 누워 있었는데, 왼쪽 가슴에 비수가 꽂혀 있었다.

다우는 비명이 나오려는 것을 가까스로 참았다.

돌연 사내가 고개를 돌렸다.

매섭기 그지없는 그의 눈과 마주치자 다우는 자신도 모르게 헛바람을 들이켰다.

달아나려 했지만 이미 기이한 잠력이 전신을 감싸고 있어 밧줄로 묶인 듯 꼼짝달싹할 수가 없었다.

"아악—!"

사내가 손을 뻗자 문이 와락 열려지고, 다우는 비명 소리와 함께 기이한 잠력에 이끌려 방 안으로 끌려 들어갔다.

"흥, 감히 나를 엿보다니……."

차가운 냉소를 터뜨리던 사내는 다우의 모습을 일견하는 순간 표정이 멍해졌다.

하지만 갈라진 치마 사이로 드러난 하얀 허벅지에 시선이 미치는 순간 멍한 표정은 사라지고, 그의 두 눈에 욕정(欲情)이 불같이 일었다.

사내는 입술을 불끈 깨물었다.

입가로 피가 흘러내렸다.

욕정이 일던 사내의 눈빛이 다시 얼음장처럼 차가워졌다.

사내는 두려움에 잔뜩 물들어 있는 다우를 힐끔 내려다보며 눈살을 찌푸렸다.

"소음력? 말로만 듣던 벽력문의 계집이군. 어째서 이런 곳에……?"

곧 그의 입가에 음흉한 미소가 흘렀다.

"흐흐… 어쨌든 잘됐군, 잘됐어. 시부님께서 좋아하시겠다."

사내는 다우를 향해 천천히 다가갔다.

다우는 입술을 질끈 깨물었다.

사내의 벌거벗은 몸을 똑바로 볼 수 없었기에 고개를 푹 숙이고 있었는데, 옷을 갈아입느라 진천뢰를 미처 챙기지 못한 것을 후회하고 있었다.

"과연… 내 평생 처음 보는 절색(絶色)이군."

사내가 손을 뻗어 어깨를 잡아왔다.

다우는 화들짝 놀라 몸을 비틀며 오른발을 사내의 급소를 향해 쳐올렸다.

턱—!

발은 사내의 손아귀에 너무도 쉽게 잡혀 버렸다.

다우는 뒤를 이어 또다시 반격을 시도했으나 무공의 차이가 너무도 현격했다.

사내는 다우의 두 발목을 잡은 채 위로 끌어 올렸다.

치맛자락이 아래로 흘러내리며 백옥을 다듬은 듯한 허벅지가 드러났다.

다우가 발끈해 소리쳤다.

"그만둬! 그 손 놓지 못해?!"

사내는 냉소했다.

"흥, 사부님께 드릴 물건이니 건드릴 순 없지만 감상 정도야 괜찮겠지."

쫘아악—

오랜 시간 공들여 고른 그녀의 옷이 단숨에 찢겨졌다.

"끼아악—!"

다우는 날카로운 비명을 지르며 아직은 자유로운 두 손바닥으로 가슴을 가렸다.

다우는 떨리는 목소리로 소리쳤다.

"너… 후회할 거야. 반드시 후회할 거야!"

"호호… 기대해 보지."

톡톡—

히죽 웃고 있던 사내의 얼굴이 굳어졌다. 지금 이 순간 누군가 자신의 등을 손가락으로 두드리고 있는 것이다.

등줄기로 식은땀이 흘러내렸다.

'기척을 전혀 못 느꼈는데……'

본능적으로 상대를 보기 위해 고개를 돌리는 순간,

퍽―!

주먹이 날아와 그의 턱을 강타했다.

그의 얼굴이 휘청 왼쪽으로 휘어졌다.

순간적으로 사내는 주먹의 위력이 별것 아니라고 판단했다. 괜히 방심한 탓에 암습을 당했구나 하는 분노가 치밀어 오르는데, 돌연 발작적으로 피어오르는 간지러움.

"크훼훼훼―!"

사내는 손가락으로 전신을 벅벅 긁으며 바닥을 데굴데굴 굴렀다.

"흠… 간질(癎疾)이라도 있나보군."

유검은 그렇게 중얼거리며 사내의 몸부림에 허공으로 띄워졌다 바닥으로 떨어지는 다우의 신형을 두 손으로 가볍게 안아 들었다.

유검은 빙그레 미소를 지으며 다우에게 물었다.

"괜찮니?"

다우는 두 팔로 가슴을 가린 채 얼굴을 빨갛게 물들였다.

유검은 여전히 상체를 드러낸 모습이었다.

다우는 옷가지가 찢겨져 노출된 부위가 유검의 가슴 근육과 맞닿아 있음을 느끼자 불에 데인 듯 화끈거려 견딜 수가 없었다.

평소라면 어딜 보냐며 입술을 삐죽거리거나, 혹은 왜 이리 늦었냐고 투덜거렸을지도 모른다. 하지만 지금은 두 눈조차 감히 마주치지 못했다.

다우는 떨리는 목소리로 조그맣게 말했다.

"내, 내려줘요."

두 발이 바닥에 닿자 다우는 바닥을 데굴데굴 구르고 있는 사내를 향해 아미를 치켜세웠다.

"흥, 후회할 거라고 했지?"

그렇게 외치며 혀를 낼름 내보였다.

유검은 그런 그녀에게 야단을 쳐야 할지, 아니면 일단 위로부터 해야 할지 고민스러웠다.

바닥을 데굴데굴 구르던 사내의 몸은 어느새 침상 가까이 가 있었다.

요동 치며 전신을 벅벅 긁던 사내의 손이 벌거벗은 채 침상 위에 죽어 있는 여인의 시체 위를 스쳤다. 여인의 심장 부위에 꽂혀 있던 비수가 그의 손에 잡혔다.

쫘아악—

피분수가 솟구쳐 천장을 붉게 물들였다.

"헉헉… 너, 넌 누구냐! 어디서 이 따위 요상한 사술(邪術)을……!"

백발의 사내는 숨을 몰아쉬면서 가까스로 신형을 일으키며 그렇게 소리쳤다.

유검은 그를 거들떠보지도 않았다.

일단 단단히 야단치기로 결심하고 다우에게 한바탕 훈계를 늘어놓는 중이었다.

"내가 항상 조심하라 그랬잖니! 하마터면 저런 좀도둑에게 큰일당할 뻔하지 않았느냐? 앞으로는 좀 더 조심……."

백발사내의 얼굴이 일그러졌다.

'좀도둑?

　그 말도 말이거니와 완전히 자신을 무시하고 있는 유검의 태도에 울화가 치밀어 올랐다.

　"흥, 가소롭게도 알량한 재주를 믿는가 본데… 곧 후회하게 해주마."

　하지만 유검은 여전히 그의 말을 무시하고 무방비 상태로 등까지 돌리고 서 있었다.

　빠드득—!

　백발의 사내가 이빨을 갈았다.

　'나의 강호에서의 신분과 체면이 어떠한 것인데 감히 무시한단 말인가!'

　사내의 손이 약간 들리는 순간,

　쉭—

　허공에 하얀 선이 그려졌다.

　빛살처럼 날아간 비수는 정확히 무방비 상태로 뒤돌아 서 있는 유검의 목 아래 대추혈을 맞췄다.

　사내는 너무 쉽게 공격이 성공한 탓에 어이없어하나 곧 두 눈을 크게 뜬 채 입을 쩍 벌리지 않을 수 없었다.

　비수는 분명 유검에게 격중되었으나 피부의 살갗조차 뚫지 못하고 힘없이 땅에 떨어져 버리고 말았던 것이다.

　"설마… 금강불괴?"

　유검은 천천히 몸을 돌렸다.

　시선이 침상 위 여인의 시체를 잠시 스치고 다시 사내에게로 향했다.

　유검의 두 눈에는 은은한 노기(怒氣)가 서려 있었다.

백발의 사내는 유검의 두 눈과 마주친 순간 소름이 끼치고 두 다리에 힘이 빠졌다.

'뭐, 뭐지?'

이를 꽉 깨물고 발작적으로 소리쳤다.

"너, 넌 누구냐!"

"잠시 후면 시체가 되어 있을 텐데 굳이 알 필요가 있을까?"

그리고 침상 위 사내의 옷가지를 턱 끝으로 가리키며 말했다.

"수의(壽衣)를 입을 여유는 주지."

말은 그렇게 했지만 사내를 향해 한 걸음 나아갔다.

창—!

동시에 허리춤에서 한천검이 뽑혀 나왔다.

두 번째 걸음을 옮겼을 때 한천검은 머리 위로 치켜세워져 있었다.

백발의 사내는 침상 위에 놓여진 자신의 검을 꽉 움켜쥐며 전신을 부르르 떨었다.

두 눈에 갈등이 어렸다.

싸우느냐, 아니면 도망치느냐?

'흥, 어떤 내력을 지닌 놈인지는 몰라도 어떻게 나, 백귀야신(白鬼夜神)이 싸워보지도 않고 도망친단 말인가?'

백발의 사내 백귀야신은 내심 그렇게 읊조렸지만 검을 쥔 손은 물론 전신이 부들부들 떨리고 있었다.

유검의 일검에 자신의 몸뚱어리가 당장에라도 두 동강나는 환상이 눈앞에 아른거렸다.

"이야앗—!"

백귀야신은 발작적으로 검을 뽑아 들고 유검을 향해 달려갔다.

하지만 한 발짝 내디디기가 무섭게 들고 있던 옷가지를 유검에게로 던지며 뒤로 몸을 튕겼다.

와자작—

창문을 박살 내며 백귀야신은 벌거벗은 그대로 밖으로 도망쳐 버렸다.

한순간에 일어난 일이었다.

유검은 검을 떨구고 안도의 표정을 지으며 길게 한숨을 내쉬었다.

"후아⋯⋯."

다우가 볼멘소리로 투덜거렸다.

"왜 도망치게 놔둬요? 저런 나쁜 놈은 잡아서 혼을 내야 하잖아요!"

유검은 도리도리 고개를 저었다.

"내가 이길 것 같으니? 진짜로 싸웠다면 아마도⋯⋯."

유검은 일부러 그를 무시한 체하며 비수 던지기를 기다려 금강불괴임을 보여주었다. 그 결과 백발의 사내가 자신의 허풍에 겁을 먹고 도망쳤다고 생각했다.

만약 진짜로 싸웠다면 자신의 허풍이 그대로 드러났을 것이며, 그랬다간 다우의 안전은 보장하지 못했을 것이다. 그러니 지금의 행동은 스스로 생각하기에도 최선의 임기응변이었다.

후일 그는 반드시 복수를 위해 찾아오리라.

턱하니 악다구니로 뭉쳐 있는 그의 얼굴을 보면 그 정도는 충분히 짐작이 갔다.

그때 비로소 천도(天道)의 무서움과 인과응보를 가르쳐 주리라.

하지만 유검의 생각과는 달리 백귀야신은 골목길 어두운 구석에 쪼그리고 앉아 진짜 겁에 질려 벌벌 떨고 있었다.

동공은 휑하니 비워진 채 공포에 질려 있었으며 끊임없이 무언가를
중얼거리고 있었다.
　“사, 사부에게 알려야…….”

第七章

무한의 권능,
태산압정(泰山壓頂)(2)

무한의 권능, 태산압정(泰山壓頂)(2)

다우는 유검의 간절한 애원에 할 수 없다는 듯 투덜거리며 다시 헐렁한 흑포장삼을 걸친 채 어린 모습으로 되돌아갔다.

유검은 침상 위 여인의 시체를 보고 잠시 고민했다.

강호에서 고수를 만나기는 쉽지 않다. 게다가 이런 외진 곳에서라면 더 더욱.

백발의 사내는 흑도(黑道)의 고수로 짐작되었다. 그런 그가 하릴없이 이런 곳에 나타날 리는 없다. 어쩌면 근처에 기진이보(奇珍異寶)가 나타났거나, 혹은 커다란 사건이 벌어졌을지도 모른다.

앞으로 할 일이 결코 적지 않은데 괜히 엉뚱한 일에 휘말려서는 곤란했기에 주인에게 은자를 주어 강제로 뒷정리를 떠맡기고 서둘러 다우와 함께 객잔을 나섰다.

한 대의 마차를 빌려 남서쪽으로 달리니 정오 무렵 저 멀리 구름을

뚫고 백설을 덮어쓴 채 숫아 있는 황산(黃山)의 웅장한 모습이 보이기
시작했다.

땅거미가 질 무렵 유검과 다우는 황산 근처에 도착하였다.

운해(雲海), 석해(石海), 송해(松海)의 삼해(三海)로 유명한 황산은 입
구 근처에서부터 벌써 안개가 자욱하였다.

길이 험해 더 이상 마차로 갈 수는 없었다.

유검은 마차를 돌려보내고 다우와 함께 하룻밤 쉴 근처 마을을 찾았
다.

황산 근처의 지리는 다우가 잘 알고 있었기에 금세 한 마을의 입구
에 도착할 수 있었다.

"일단 여기서 하룻밤을 쉬고 내일 오르자꾸나."

유검이 다우의 옷가지가 잔뜩 든 짐을 둘러멘 채 그렇게 말했다.

"아……!"

갑자기 다우가 겁에 질린 얼굴로 마을 안쪽을 가리켰다.

유검은 그녀가 가리키는 방향을 살폈다. 안개 자욱한 마을 안, 혹 귀
신이라도 보았나 싶어 자세히 살폈지만 별달리 이상한 점은 없어 보였
다.

유검은 의아해 물었다.

"뭘 봤는데 그러니?"

다우는 여전히 겁에 질린 얼굴로 말했다.

"아무도… 아무도 없어요."

다우의 말대로 마을 안은 인적이 없었다. 안개 짙은 마을 중앙에 난
대로(大路)는 텅텅 비어 있었다.

"그게 왜?"

유검은 어리둥절해서 되물었다.

아직 날이 완전히 저물지 않았는데도 이렇게 인적이 없다는 것이 조금 이상해 보이기는 했지만 유검은 그다지 크게 신경 쓰이지는 않았다.

다우가 입술을 깨물며 말했다.

“이 마을은 회귀촌(回歸村)이라고 해요. 본 문에서 필요한 식량 등을 사러 오곤 하던 마을인데… 평소에는 아주 활기 찬 마을이었는데…….”

“흠… 그래?”

유검은 그제야 납득된 얼굴로 주위를 두리번거렸다. 하지만 조금 맹해 보이는 얼굴 표정을 보면 역시나 전혀 심각하게 생각하지 않는 것이 분명했다.

다우는 내심 한숨이 나왔다.

‘둔하기는!’

유검은 지금 모든 사고의 구 할 이상을 무공에 두고 있었다. 그의 두 눈은 멀고 먼 곳을 바라보고 있었기에 미처 발 밑은 세세히 살피지 못했다.

다우는 자신이 그런 유검을 충분히 이해해야 한다고 스스로 되뇌었고 또 다짐했다. 자질구레한 일상사는 자신이 알아서 챙겨야 한다.

‘그래야 좋은 아내가 되지!’

그렇게 생각하며 빙긋 미소를 지었다.

유검은 다우가 겁에 질렸다가, 아미를 찌푸리며 고민하는 얼굴을 했다가, 이제는 미소를 지으니 갈피를 잡을 수가 없었다.

날은 점점 어두워져 가고 있었고, 다른 마을을 찾기엔 너무 늦었기에 일단 둘은 마을 안으로 들어가 보기로 했다.

함께 걷는 둘 사이의 거리는 한 팔 거리도 되지 않았다. 애당초 다우가 먼저 주장했던 일 장 거리는 어디론가 사라져 있었다.

객잔을 찾아 걷는데 한 인가에서 오십 대로 보이는 염소수염의 중년인이 방문을 열고 총총걸음으로 나왔다. 아마도 측간에 가기 위함인 듯한데, 유검과 다우를 발견하고는 대경실색하더니 다시 안으로 들어가 버렸다.

"왜 저러지?"

유검은 고개를 갸웃거리며 다우에게 물었다.

"혹, 널 보고 그런 거 아냐?"

다우는 유검의 말이 무엇을 뜻하는지 깨닫고 샐쭉해졌다.

"쳇, 명색이 문주인데 설마 하니 이 마을에서 소동을 피웠겠어요? 그리고 마을 사람들은 제 얼굴을 몰라요."

크르릉— 왕—! 왕—!

인가에 매어 있던 개가 낯선 유검과 다우를 보고 짖었다. 마을 여기저기서 다른 개들도 호응하여 함께 짖기 시작했다.

날은 어둑한데 인적 드문 마을이 갑자기 개 짖는 소리로 요란해졌다.

둘은 마을 내 유일한 객잔인 회춘루(回春樓)를 발견하고 들어갔다.

다행히도 그곳에는 사람들이 있었다.

"어이쿠, 어서옵……."

점소이가 반가운 얼굴로 뛰쳐나오다 갑자기 다우를 보더니 얼굴이 딱딱하게 굳어졌다.

곧 정중하게 허리를 숙이더니 조심스레 다우에게 물었다.

"무, 무엇을… 해드릴갑쇼?"

그리고는 힐끔 옆을 쳐다보는데 동네 깡패로 보이는 여섯 명의 사내들이 하나의 탁자 주위에 둘러앉아 술을 마시고 있었다.

이들 역시 다우를 보더니 깜짝 놀란 얼굴을 하곤 곧 고개를 푹 숙여 다우와 눈을 마주치지 않으려 했다.

유검은 기이하게 생각하며 점소이에게 말했다.

"방을 둘… 아니, 하나 주게."

이 마을에는 뭔가 수상쩍은 점이 있어 아무래도 다우와 떨어져 잠을 자는 것은 위험하다고 판단했다.

다우에게 풍환이 있기는 하나 풍환은 상황 판단을 하지 못한다. 다우가 위급해져도 풍환 스스로의 본의로 끼어들지는 못하는 것이다. 이번 백발사내의 일로 그 점을 깨달았다.

점소이는 동정심이 담긴 눈으로 힐끔 유검을 일견하고는 다우에게 조심스레 물었다.

"바, 방을 드릴갑쇼?"

점소이는 허리를 구부린 채 그렇게 묻다 일부러 비틀거리는 척했다.

"어이쿠, 본래 저는 약골이라 자주 다리가 후들거리곤 한답니다. 죄송합니다, 죄송합니다."

"방을 달라고 했잖은가?"

유검이 다시 그에게 말했지만 점소이는 들은 척도 하지 않고 오로지 다우의 표정만 살피며 정중한 태도로 명을 기다릴 뿐이었다.

유검은 멀뚱해졌고, 다우는 재밌는지 킥킥거리며 점소이에게 말했다.

"오라버니 말대로 방을 하나… 말고 두 개를 줘요, 두 개를요!"

그 말에 점소이는 대경실색했다. 고개를 푹 수그리고 있던 사내들도 어깨를 움찔했다.

점소이는 식은땀을 흘리며 되물었다.

"그, 그럼 누구를……?"

그의 두 다리는 겁에 질려 후들거리고 있었다.

"누구라니요? 뭐가요?"

"그러니까… 다, 다른 방에 누, 누구를 데리고 갈까요?"

점소이의 말에 탁자 주위에 둘러앉아 있는 사내들의 안색이 와락 구겨졌다.

'저 빌어먹을 놈! 네놈이 가면 되잖아, 네놈이! 왜 우릴 끌어들이려 하느냐!'

'망할 놈, 우리들 중 하나가 만약 걸린다면 반드시 친구들이 복수해 줄 것이다. 네놈이라고 멀쩡할 줄 아느냐!'

다우는 점소이의 말이 정말로 누구 한 사람을 데리고 방으로 갈까, 라는 뜻임을 파악하자 어이가 없었다.

곧 차갑게 얼굴을 굳히며 말했다.

"다른 사람은 데리고 올 필요 없어요. 아니, 데리고 오지 말아요. 오면 혼내줄 테니까!"

다우의 그 말에 점소이는 물론 사내들의 얼굴이 환하게 밝아졌다.

"어이쿠! 감사합니다, 감사합니다."

점소이는 연신 허리를 굽히며 감사하다고 말했다.

유검은 내심 진짜 이상한 동네라 생각했다.

철커덩— 철컹—

도검이 흔들리는 소리와 함께 두 명의 대한이 주점 안으로 들어왔다. 얼굴에 흉터가 가득한 산적 같은 사내들이었는데, 주점 안으로 들어섬과 동시에 호통 치듯 주문을 내렸다.

"술을 가져와라, 술을!"

"안주는 돼지고기 삶은 것 두 근과 닭 두 마리를 가져와라."

안하무인격으로 그렇게 소리치며 한 탁자에 털썩 앉았다.

하지만 닭이 볏을 세우듯 거드름을 피우며 주점 안을 둘러보다 곧 다우를 발견하고는 안색이 창백해졌다.

둘은 벌떡 일어나 다우를 향해 비굴할 정도로 허리를 굽혔다.

"어이쿠, 시주화(侍珠花)께서 오셨군요. 소인들이 미처 몰라뵈었습니다."

"헤헤… 혹, 다른 사내놈이 필요하면 말씀만 하십시오. 지금 당장 가져다 바치겠습니다."

점소이와 탁자 주위에 앉아 있던 사내들의 안색이 일그러졌다.

유검이 눈살을 찌푸리며 끼어들었다.

"당신들이 누군지는 모르겠지만 더 이상 이 아이에게 말을 걸지 마시오."

다우가 키 웃으며 중얼거렸다.

"질투하는 거야?"

사내 중 왼쪽 눈썹에서 오른쪽 뺨까지 긴 검상이 난 인상 험악한 놈이 버럭 유검을 향해 호통 쳤다.

"감히! 버릇없게 색노(色奴) 주제에 어딜 함부로 끼어드느냐? 좋은 주인님 덕에 호강하는 줄도 모르고 간이 배 밖으로 나왔군!"

다른 사내도 거들었다.

"홍, 제간에 질투라도 하나보지?"

유검은 어이가 없어 머리만 긁적거리다 문득 깨달았다.

'주인… 색노?'

유검이 미처 화를 내기도 전에 다우는 장난기 가득한 얼굴로 사내와 이야기를 주고받고 있었다.

"절 아세요?"

얼굴에 검상이 난 사내가 코가 바닥에 닿을 정도로 허리를 굽히며 공손히 말했다.

"어이쿠, 몰라뵐 리가 있겠습니까, 시주화님을요?"

"전 시주화인가 뭔가가 아닌데요?"

사내 둘의 얼굴이 갑자기 굳어졌다.

옆의 사내가 옆구리를 찌르며 귓가에 속삭였다.

"어이, 처음 보는 얼굴… 같은데?"

얼굴에 검상이 난 사내도 힐끔 다우를 보고 고개를 갸웃거렸다.

"그렇군."

그래도 미심쩍다는 듯 다시 조심스레 물었다.

"정말로… 시주화가 아니십니까?"

"정말이지 그럼 거짓말이겠어요?"

다우의 대답에 사내 둘의 얼굴이 점차 일그러지며 험악해졌다. 동시에 굽혀졌던 허리도 천천히 펴지고 있었다.

"함부로 시주화님을 사칭하다니!"

"시주화님을 사칭한 죄, 죽어 마땅하다!"

그렇게 터무니없는 소리를 지껄이며 험악한 얼굴로 칼을 뽑아 들었다.

다우는 냉큼 유검의 등 뒤로 피했다.

"뭐 해? 주인이 위험에 처했는데 가만히 있을 거야?"

그러면서 유검을 떠밀었다.

"흥, 이놈도 죽어 마땅하지!"

얼굴에 검상이 난 사내는 그렇게 소리치며 갑자기 유검에게 달려들어 맹렬히 칼을 휘둘렀다. 칼의 길이는 사 척 정도였고, 칼의 몸체 중간중간 고리가 달려 있어 철커덩거리는 시끄러운 소리도 함께 났다.

점소이와 동네 깡패들은 곧 피를 볼 것이라는 두려움에 움찔거리다 곧 어리둥절해질 수밖에 없었다.

퍽—!

쨍그랑—!

뭐가 뭔지 몰라도 유검의 주먹이 사내의 복부에 박혀 있었고 맹렬히 휘두르던 칼은 중간이 박살나 있었다.

사내의 두 눈은 하얗게 변해 있었고, 입에서 주르륵 위액이 흘러나왔다.

쿵—!

유검이 주먹을 거두자 사내는 바닥으로 쓰러졌다

뒤이어 달려들려던 사내는 칼을 든 채 얼어붙어 있었다.

유검이 중얼거렸다.

"덤비던가… 아니면 도망치던가……."

사내는 당연하다는 듯 도망치며 발악하듯 한마디를 남겼다.

"네놈이 진짜 사내라면 여기서 꼼짝 말고 기다려라! 도망치면 네놈은 개만도 못한 놈이다!"

이 모습을 지켜보던 점소이는 야단났다! 소리치며 안으로 들어가 버렸고, 탁자를 마주하고 앉아 있던 동네 깡패들도 연신 '큰일 났다!' 소리치며 우르르 밖으로 도망쳐 버렸다.

주점 안에는 어느새 바닥에 쓰러진 사내와 유검, 다우만이 남게 되었다.

저 멀리서 아직도 개 짖는 소리가 들려오고 있었다.

유검은 난감한 듯 중얼거렸다.

"이것 참, 배를 채워야 하는데……."

다우도 투덜거렸다.

"쳇, 적당히도 몰라? 방을 구해야 하는데 이제 어떡할 거야? 이 마을에 다른 객잔은 없단 말야."

"흠… 걱정 마. 설마 하니 주인님을 맨땅에 재우겠니?"

농담 삼아 그렇게 대꾸하다 문득 묘한 느낌이 들었다.

'주인님… 과 색노?

화려한 나삼을 걸친 다우 앞에 종처럼 엎드려 명을 기다리는 자신의 모습이 연상되었다.

'터무니없는 상상이군. 다우가 그런 걸 강요할 리가 없잖아. 물론 나도 마찬가지고.'

오늘 낮 객잔에서의 일도 함께 떠올랐다.

아련히 그려지는 다우의 반나신…….

그때는 미처 자각하지 못했지만 그녀를 안고 있는 두 팔의 감촉을 다시 되새겨 보니 가슴이 두근했다.

자신을 바라보는 유검의 눈빛이 묘하게 변하자 다우는 얼굴을 빨갛게 물들이며 소리쳤다.

"뭘 생각하는 거야? 빨리 지우지 못해!"

이때 주점 밖에서 뭔가 날아와 바닥에 꽂혔다.

퍽—!

이 척 길이의 깃대가 바닥 깊숙이 꽂혔다. 깃대 위에는 손바닥 두 개 정도 크기의 깃발이 펄럭였는데, 두 마리의 뱀이 하나의 구슬을 맞물고 서로 똬리를 틀고 있는 그림이 그려져 있었다.

깃발을 보는 순간 유검은 눈살을 찌푸렸다.

누군가 저런 모습을 한 깃발을 신물로 사용한다고 들은 듯한데 기억이 가물가물했다. 단, 그 이야기를 들었을 때 상당히 음울하고 불쾌한 느낌이었다는 것만은 확실했다.

"저놈이야?"

뜻밖에도 맑고 짤랑거리는 목소리와 함께 두 명의 꼬마 계집아이들이 주루 안으로 들어섰다. 댕기머리를 땋은 귀엽기 짝이 없는 아이들이었는데 대여섯 살 정도로 보였고, 얼굴이 똑같은 쌍둥이였다.

하나는 하얀 옷을, 다른 하나는 검은 옷을 입었는데 둘 다 눈빛이 맑고 얼굴 표정은 천진난만했다.

유검은 귀여운 애들이라 생각하며 자신도 모르게 미소를 지었다.

조금 전 도망쳤던 사내가 두 꼬마 계집아이의 뒤를 따라 허겁지겁 들어왔다.

"저, 저놈 맞습니다. 맞아요!"

떨리는 목소리로 유검을 가리키는 사내의 얼굴은 분노에 가득 차 있었다.

유검은 주점 밖으로 눈길을 돌렸다.

혹시나 이들 뒤를 뒤따라 온 고수가 있는지 살피기 위함이었다.

설마 하니 도망친 사내가 기껏 데려온 원군이 이 귀엽기 짝이 없는 쌍둥이 꼬마 계집아이라고는 도저히 생각되지 않았다.

누군가 뒤에서 암중에 숨어 자신을 희롱하려 한다고 판단한 것이다.

쫘아악―!

돌연 터져 나오는 핏줄기!

미처 피하지 못하고 흠뻑 피를 뒤집어쓴 유검 앞으로 좀 전까지 자신을 가리키며 분노를 터뜨리던 사내의 목이 또르르 굴러왔다.

여전히 분노를 터뜨리는 얼굴인 것을 보면 죽기 바로 직전까지도 눈치 채지 못했음이 틀림없었다.

쌍둥이 중 하얀 옷을 입은 꼬마 계집아이가 오른손에 피가 묻은 비수를 든 채 입술을 삐죽거렸다.

"쳇, 들어온 지 얼마 안 돼서 모르는 모양이네. 적에게 등을 보이고 도망치면 죽는 거라구."

그리고는 유검에게 예의 천진난만하고 귀여운 미소를 보이며 말했다.

"근데 오빠는 어디서 왔어?"

유검의 얼굴은 딱딱하게 굳어져 있었다.

"어마? 너무 무서워할 필요 없다구. 우리 말만 잘 들으면 극락 구경시켜 줄게~"

그러면서 슬쩍 손을 뻗어 유검의 아랫도리를 잡아갔다.

유검이 그녀의 손목을 낚아채고 차가운 눈으로 쏘아보았다.

백의의 꼬마 계집아이는 울먹울먹하더니,

"왜 날 그렇게 보는 거야? 무, 무섭단 말야!"

그리고는 와앙 울음을 터뜨렸다.

이때, 검은 옷의 꼬마 계집아이가 다우를 가리키면서 손뼉을 치며 말했다.

"맞아, 쟨가 보다. 우리들을 사칭했다는 얘가 말야."

다우는 쌍둥이에게서 왠지 모를 공포를 느끼며 유검 뒤로 숨었다.

"나, 난 사칭한 적 없어."

흑의의 꼬마 계집아이는 표독스럽게 째려보며 날카롭게 외쳤다.

"거짓말!"

쉭—

외침이 끝나기도 전에 하얀 빛이 번득였다.

"당돌하군."

유검이 눈살을 찌푸리며 도중에 그 비수를 낚아챘다. 비수 전체에 시퍼런빛이 일렁거리고 있었다.

흑의의 꼬마 계집아이가 손뼉을 치며 까르르 웃었다.

"그 칼엔 독이 묻어 있다구. 넌 앞으로 다섯을 헤아리기 전에 죽을 거야, 죽는다구."

사람 목숨을 아무렇지도 않게 여기는 잔혹한 행동과 천진난만해 보이는 얼굴은 도무지 어울리지 않았다.

기이하고도 공포스러우면서 누군가에 대해 우읍한 분노가 일었다.

유검은 차가운 얼굴로 입을 열었다.

"난……."

울고 있던 백의의 꼬마 계집아이가 앙칼지게 소리쳤다.

"앤 내 거야. 왜 네 맘대로 죽이는 거야?"

흑의의 꼬마 계집아이는 피식 웃으며 대꾸했다.

"누가 니 거란 거야? 나참, 별꼴이야."

아옹다옹 말다툼을 하다 두 쌍둥이는 갑자기 의아한 얼굴로 유검을 돌아보았다.

"왜 안 죽을까?"

"다섯은 분명 지났는데……."

유검은 비수를 쥔 손을 그들에게 내보였다. 꾸욱 힘을 주자 비수는 종잇조각처럼 구겨졌다.

흑의의 꼬마 계집아이가 대경실색하여 외쳤다.

"아, 안 돼! 비수가 망가지면……!"

그리곤 저돌적으로 유검을 향해 맨몸으로 달려들었다.

픽! 퍼픽—! 퍼퍼퍼픽—!

그녀는 쉴 새 없이 손발을 놀려 공격했고, 유검은 차마 꼬마 계집아이에게 손을 쓸 수가 없어 그냥 맞고만 있었다.

아무리 공격을 퍼부어도 먼지만 날릴 뿐 유검이 전혀 타격을 입지 않은 듯하자 흑의를 입은 꼬마 계집아이는 결국 손을 멈추고 볼을 불룩거리더며 울상을 지었다.

바닥에 떨어진 부서진 비수 조각을 주워 들며 결국 울음을 터뜨렸다.

백의를 입은 꼬마 계집아이가 그녀에게 다가가며 위로를 건넸다.

"안됐다."

흑의를 입은 꼬마 계집아이는 유검을 향해 애원했다.

"제발… 제발 절 위해 죽어주세요. 예? 뭐든 시키는 대로 다 할게요. 제발……."

그리고는 옷을 훌렁 벗어 던지더니 맨몸으로 유검의 다리를 붙잡고 늘어졌다.

유검은 꼬마 계집아이가 무슨 짓을 하려는지 깨닫고 어이가 없어 버럭 소리쳤다.

"그만둬!"

한 걸음 물러서며 모질게 손을 후려쳤다.

찌이익—

유검의 장삼이 찢겨져 나가며 꼬마 계집아이는 데굴데굴 뒤로 나가 떨어졌다.

꼬마 계집아이는 몸을 일으키더니 이번에는 백의를 입고 있는 쌍둥이에게로 가서 무릎을 꿇고 손을 비비며 애원했다.

"그 비수 좀 빌려주지 않을래? 쟬 죽이고 반드시 돌려줄게. 응? 너랑 난 쌍둥이잖니. 제발… 제발 한 번만 빌려줘. 딱 한 번만!"

백의의 꼬마 계집아이는 망설이는 얼굴로 힐끔힐끔 유검을 돌아보았다.

"쉽게 죽을 것 같지는 않은데……."

"아냐, 이번에는 반드시……!"

둘의 대화를 지켜보는 유검의 마음은 복잡하기 이를 데 없었다. 꼬마 계집아이들의 잔혹한 행동에는 분노가 일었으며, 또 뭔가에 쫓기는 듯 겁먹은 저런 행동에는 동정심이 일었다.

백의의 꼬마 계집아이는 망설이다 마침내 입을 열었다.

"좋아, 그럼 이번 한 번만……."

이때, 큰 북소리가 저 멀리서 울려 퍼졌다.

둥—!

두 쌍둥이의 얼굴은 사색이 되었다.

두둥—!

두 번째 북소리가 울려 퍼질 무렵 한 명의 거한이 큰북을 울러멘 채 들어서고 있었다.

그 뒤를 이어 한 대의 거대한 가마가 들어왔다.

가마는 상체를 벗은 네 명의 거한이 메고 있었는데, 칠십은 되어 보이는 노인(老人) 하나가 화려하기 그지없는 금포를 입은 채 이 세상에서 가장 편한 자세로 누워 있었고, 그 양 옆에는 나삼만 걸친 네 명의 꼬마 계집아이들이 시중을 들고 있었다.

노인은 계집아이가 까주는 포도를 입속에 넣어 오물거리며 중얼거리듯 말했다.

"놀러 왔어. 재밌는 일이 생겼다면서?"

권태로움이 가득한 두 눈에 장난기가 어렸다. 말투는 뜻밖에도 맑고 청량했다.

"저… 저……."

벌거벗은 꼬마 계집아이는 당혹함을 금치 못하고 떨리는 목소리로 뭔가 필사적으로 변명하려 했다.

이때,

푹—

백의의 꼬마 계집아이가 들고 있던 비수로 알몸의 쌍둥이 꼬마 계집아이의 목줄기를 찔러 버렸다.

"미안해… 규칙은 어쩔 수 없잖아. 널 그냥 놔두면 나도 함께 벌을 받는걸."

백의의 꼬마 계집아이는 슬픈 얼굴로 그렇게 중얼거렸다.

알몸의 꼬마 계집아이는 뭔가 말을 남기고 싶은 듯 입술을 달싹였지만 크르릉 하는 소리만 흘러나올 뿐이었다.

그녀의 두 눈은 이미 생기가 빠져나가 있었다.

백의의 꼬마 계집아이가 비수를 뽑자, 알몸의 꼬마 계집아이는 핏줄기를 뿜어내며 쿵! 하고 바닥으로 쓰러졌다.

노인이 중얼거렸다.

"아향(阿香)아, 넌 뜻밖에도 도리(道理)를 참 잘 알고 있구나."

아향은 넙죽 큰절을 올리며 소리 높여 외쳤다.

"감사하옵니다. 모두가 사부님의 가르침 덕분이옵니다."

노인이 피식 웃으며 손을 뻗자 시체가 되어 있는 계집아이의 몸이 허공에 둥실 떠 노인에게로 날아갔다.

노인은 꼬마 계집아이의 시체를 받아 들더니 비수가 박혔던 목줄기에 입을 가져다 대며 피를 쭉쭉 빨아먹기 시작했다.

유검의 안색은 딱딱하다 못해 철덩이 같았다.

근원을 알 수 없는 깊은 분노가 저 아래에서부터 치밀어 올라 전신이 부르르 떨릴 지경이었다.

다우는 공포에 질려 있었는데, 유검의 옷자락을 잡아끌며 말했다.

"도, 도망치자. 응?"

유검은 다우의 어깨를 꼭 감싸준 뒤 차가운 음성으로 풍환을 불렀다.

"풍환!"

―예, 주인님. 모처럼 불러주셨군요. 어떤 명이라도 내리시면…….

기뻐하며 대꾸하는 풍환의 말을 가로채고 잘라 말했다.

"다우의 주위로 보호막을 쳐라. 혹시라도 네가 감당 못할 충격을 받게 되거든 무조건 이 자리에서 달아나도록."

유검의 차가운 두 눈은 노인에게로 향했다.

유검은 곧 꼬마 계집아이의 피를 꿀꺽꿀꺽 마시는 노인의 눈초리가 다우에게 향해 있음을 깨닫곤 급히 명령을 바꾸었다.

"아니, 지금 피해!"

퍼억—!

거대한 기둥이 몰아닥치는 듯한 막대한 잠력에 유검의 신형이 뒤로 튕겨났다.

와직—!

벽을 뚫고도 모자라 후원에 자리한 네 개의 수목을 부러뜨린 후에야 유검의 신형은 멈췄다.

유검은 전혀 충격을 받지 않은 듯 벌떡 몸을 일으켜 주루 안으로 달려갔다.

휘이잉—!

주루 안은 광풍(狂風)이 일어 난장판이 되어 있었다.

폭풍의 눈 아래 다우는 홀로 겁먹은 얼굴로 서 있었다.

노인은 히죽이죽 웃으며 중얼거렸다.

"희안하군. 걸음력이라니?"

유검은 버럭 소리를 질렀다.

"풍환! 왜 달아나지 않는 거냐!"

—저… 어디로 달아나란 말씀이신지…….

유검은 옆에 놓인 탁자를 잡아채고 냅다 천장으로 던졌다.

와지직—!

천장에 커다란 구멍이 뚫리고 폭풍에 휘말린 낙엽처럼 다우의 신형이 위로 솟아올랐다.

다우는 황급히 유검에게 손을 뻗었다.

"오라버니, 나랑 같이……."

이때 거대한 흡입력이 다우의 전신을 감싸고 끌어당겼다.

천장으로 향하던 다우의 신형이 홱 가마 위의 노인에게로 꺾였다.

유검은 다우를 향해 몸을 날렸지만 이미 늦은 듯했다.

이 순간 노인은 광풍의 영향을 받지 않을지 몰라도 주위 기물과 가마를 울러멘 거한들은 거센 바람에 휘청거리지 않을 수 없었다.

노인의 신형도 함께 흔들렸다.

찰나지간 노인이 발휘한 흡입력이 약해졌고, 유검은 그 틈을 타서 다우의 몸을 겨우 낚아챌 수 있었다.

퍽—!

날카롭기 그지없는 무엇이 막강한 경기를 담아 등을 때렸다.

휘청거리며 또다시 뒤로 퉁겨나려는 순간, 유검은 그 힘을 이용해 발작적으로 몸을 비틀며 다우를 위로 던져 올렸다.

뒤로 물러나려는 힘은 상하로 나누어졌다.

다우는 광풍에 휩싸인 채 천장을 뚫고 날아올랐고, 유검은 비스듬히 바닥에 패대기쳐졌다.

퉁—

바닥에 튕겼다 솟구친 유검은 공중제비를 돌며 바닥에 내려섰다.

텅텅텅—

유검은 여력을 감당 못해 벽을 뚫고 뒤로 몇 번 더 퉁겼다.

겨우 신형을 멈춘 유검은 다시 노인을 향해 주루 안으로 걸어오며 못마땅한 듯 중얼거렸다.

"또… 옷을 사야 하는군."

걸치고 있던 청의장삼은 넝마가 되어 있었다.

멀쩡히 걸어오는 유검의 모습을 보며 노인의 눈에 기광(奇光)이 어렸다.

“설마… 금강불괴?”

노인의 오른손에는 삼 척 크기의 검고 둥근 쇠 막대기가 들려 있었다. 조금 전 유검의 등을 가격한 무기의 정체였다.

노인은 귀찮다는 듯 왼손에 품고 있던 꼬마 계집아이의 시체를 바닥에 내던졌다.

시체는 유검의 주먹에 기절해 쓰러져 있던 사내를 덮쳤다.

“으음…….”

충격에 사내가 신음 소리를 내며 깨어났다.

오만상을 찌푸리며 주위를 두리번거리다 노인과 눈이 마주쳤다.

“아……!”

사내는 뱀을 대한 개구리처럼 얼어붙어 아무 말도 못하고 그대로 굳어졌다. 얼굴에 난 검상이 흥분된 탓인지 붉게 물들어 있었다.

노인은 화난 얼굴로 유검을 쏘아보고 있었는데 갑자기 이 사내가 시야를 가리자 화가 치밀어 올랐다.

윙—!

노인은 들고 있던 검고 둥근 막대를 휘둘렀다. 소름 끼치도록 짧고 강한 파공성이 함께 울렸다.

단순한 한 수였지만, 그 안에 깃든 공력이 어느 정도나 될는지 가히 측정하기 힘들 정도였다.

얼굴에 검상이 나 있는 사내는 완전히 얼어붙어 피할 생각조차 하지 못하는데, 갑자기 누가 잡아당긴 듯 뒤로 자빠졌다.

유검이 달려와 발끝으로 그의 오금을 냅다 차버린 것이다. 동시에 양손을 십자로 뻗어 휘둘러오는 검고 둥근 막대를 막았다.

퍽—!

검고 둥근 막대는 유검의 양 팔목을 때렸다.

유검의 전신이 부르르 떨리며 또다시 뒤로 휘청거리는데, 십자 모양으로 막아 세웠던 양팔이 교묘하게 반원을 그렸다.

유검의 신형이 내려친 충격을 이기지 못해 마치 연처럼 허공에 떴다. 두 손은 어느새 검고 둥근 막대의 끝을 꽉 움켜쥐고 있었다.

노인의 두 눈에 노기가 솟구쳤다. 버럭 호통을 질렀다.

"오지랖 넓은 놈 같으니라구! 쓸데없이 일일이 끼어드는구나!"

유검은 두 손으로 검고 둥근 막대의 끝을 꽉 움켜쥔 채 겨우 두 다리를 땅에 디딜 수 있었다.

숨을 몰아쉬며 투덜거렸다.

"노인네, 헉헉… 성질도 급하군."

그리고 노인을 향해 히죽 웃어 보였다. 하지만 두 눈은 깊숙이 내려앉은 분노로 차갑게 식어 있었다.

노인의 노기에 찬 두 눈동자가 돌연 파랗게 변했다.

노인은 쇠 막대에 전 내력을 불어넣으며 버럭 소리를 질렀다.

"애송이 놈! 하늘이 얼마나 높은지 보여주……."

노인은 미처 말을 끝낼 수가 없었다.

쇠 막대를 통해 기이한 간지러움이 밀려오고 있었다.

내력을 불어넣는 와중임에도 그 간지러운 느낌은 거칠 것 없이 오지(五指)의 경락을 타고 올라와 삽시간에 전신으로 퍼졌다.

풍(風)은 입야(入也)라, 어디든지 자유롭게 들어가는 것이다.

노인은 확실히 보통 사람이 아니었다.

대개 몸을 비틀고 발작을 일으키다 심장이 마비될 정도의 간지러움이었지만 노인은 초인적인 인내를 발휘해 간신히 참아내었다.

노인은 간지러움은 둘째 치고 내심 경악을 금치 못하고 있었다.

도도한 강줄기처럼 쏟아낸 전신 내력이 망망대해에 빠진 듯 전혀 흔적조차 없이 사라져 버리는 것이다.

'설마… 마교?'

황급히 들고 있던 쇠 막대를 놓으려 했지만 찰싹 달라붙어 떨어지지 않았다.

권태롭기 그지없던 노인의 두 눈동자에 절망의 빛이 어렸다.

강호에 꾸준히 회자되는 노래가 있었다.

쌍괴(雙怪)는 옥황상제도 못 말리고,

쌍마(雙魔)는 염라대왕도 고개 젓는다.

쌍협(雙俠)이 아니고서 그 누가 그들을 말리겠는가.

노인은 당시 마교 교주와 함께 쌍마의 하나로서 위명을 날렸던 청안신마(靑眼神魔)였다.

근 반 갑자에 이르는 은거를 깨고 강호로 나섰는데, 터무니없이 이와 같은 일을 당할 줄이야 꿈에도 생각 못했다.

다섯 명의 거한과 다섯 명의 꼬마 계집아이들은 싸움에 방해가 될까 하여 황급히 옆으로 피해 있었는데, 노인의 두 눈이 푸르게 변할 때부터 뭔가 심상치 않음을 깨닫고 있었다.

지금에 이르러 쇠 막대를 사이에 두고 마치 내력 대결을 벌이는 듯한데, 유검의 얼굴은 평온하고 오히려 노인이 잔뜩 얼굴을 일그러뜨린 채 부르르 몸을 떠는 것을 보고 경악을 금치 못했다.

한 거한이 노인의 눈치를 살피더니 돌연 한 걸음 나서서 메고 있던 북을 유검의 머리를 향해 냅다 꽂았다.

푸욱—

북이 찢어지며 유검의 머리를 관통했다.

유검은 비틀거렸고, 찰나지간의 틈을 이용해 청안신마는 쇠 막대를 버리고 황급히 뒤로 물러났다.

위기는 넘겼지만 노인의 얼굴은 치욕으로 물들어 있었다. 검고 둥근 막대는 기이한 재질로 만들어져 있었는데, 쇠보다 단단하고 기이한 탄성이 있어 어떤 충격에도 부러지지 않는 그만의 독문병기였다.

애칭은 묵룡봉(墨龍棒).

한평생을 같이해 온 병기였는데 지금 이 순간 적의 손에 순순히 넘겨주고 만 것이다.

노인은 참을 수 없다는 듯 떨리는 목소리로 물었다.

"네, 네놈은 누구냐!"

유검은 노인의 말을 못 들은 듯 멍하니 천장만 올려다보고 있었다. 뭔가 깊은 생각에 빠져 있는 듯한 얼굴이었디.

자신을 무시하는 듯한 유검의 태도에 노인은 노기가 치밀어 올라 부르르 전신을 떨었다.

툭—

유검은 돌연 묵룡봉을 노인 앞에 던져 주었다. 그리고 천천히 고개를 끄덕였다.

뜻은 명백했다.

별것 아닌 네 병기 돌려주겠다. 거지처럼 얻어주워서 다시 덤벼보지 그래?

노기가 극성에 이르면 얼굴은 오히려 무표정에 가깝게 된다. 노인이 바로 그러했다.

노인의 눈빛은 더욱 파래졌고, 머리카락은 하늘로 곤두섰으며 전신의 금포는 터질 듯 부풀어올랐다.

"반드시……."

노인은 씹어뱉듯이 중얼거렸다.

"후회하게 해주겠다!"

마지막 음성에는 웅후한 내력이 담겨 있어 탁자가 털썩거리고 바닥의 먼지가 풀풀 날릴 정도였다. 지켜보던 거한과 계집아이 등은 괴로운 얼굴로 귀를 틀어막았다.

하지만 유검은 여전히 무심한 얼굴로 노인을 관조하듯 바라보고 있었다.

시야는 좁혀져 있어 두 눈에는 오직 노인만이 들어왔다. 주위 다른 사람들과 정경 등은 아예 보이지도 않았다.

그리고 노인의 목소리는 우웅 울리는 소리로밖에 들리지 않았다. 실제 짧은 한마디였지만 유검은 노인네가 무척이나 길게 잔소리한다고 여겼다.

청안신마는 묵룡봉을 천천히 들어 올렸다. 그리고 한 발을 서서히 내디디며 교묘히 묵룡봉을 회전시켜 자신을 향해 찔러오는 것을 보았다.

봉끝이 천천히 상하좌우로 요동 치고 있었다.

유검은 무심한 눈으로 그것을 지켜보며 내심 고개를 끄덕였다.

'역시… 그렇군!'

객잔의 방 안에서 태산압정을 펼쳤을 땐 아무리 빠르게 내려쳐도 끝이 나지 않았다. 일검을 펼치는 순간이 마치 영겁과도 같이 느껴졌다.

하지만 지금 이 순간은 오히려 노인의 움직임이 무한정 느리게 보였다.

느낌이 아니라 실제였다. 노인의 움직임을 명확히 관찰한 후 내린 결론이었다.

노인이 한 발을 떼는 순간 그의 신형은 허공에 비스듬히 떠 있었다. 급박하기 그지없는 싸움의 와중에 일부러 허공답보를 시전할 이유는 전혀 없었다.

유검은 그렇게 무상검의 경지에 올라 바로 실전에 통용될 한 가지 묘용을 깨달았다.

유검이 처음 이상함을 느낀 것은 노인의 일장에 얻어맞으면서였다.

노인의 거대한 잠력에 얻어맞아 신형은 뒤로 퉁겨 나갔는데, 기이하게도 날아가는 그 기간이 무척이나 길게 느껴졌다.

다음 다우를 가로막을 때 쉽사리 노인의 힘을 분산시킬 수 있었던 것도 바로 그와 같은 감각 때문이었다.

마지막으로 노인의 묵룡봉을 막아서는 순간 자신의 손으로 그것을 낚아챌 수 있게 되면서 확실히 기이한 점을 깨달았다.

다시 묵룡봉을 노인에게 던져 주고 재차 덤비도록 한 것은 그러한 깨달음을 재확인하기 위해서였다.

길게 생각이 이어졌지만 묵룡봉은 아직도 도착하지 않았다.

유검은 차가운 눈으로 봉끝의 변화를 살피고 있었다.

대략 봉끝이 자신의 목젖과 손 한 뼘 정도 거리에 왔을 때, 그제야 피하려 몸을 움직였다.

순간 유검은 자신의 몸이 뜻대로 움직여지지 않음을 깨달았다.

'……!'

물론 마혈이 제압당한 것도 아니니 수족이 움직여지긴 했지만 속이 탈 정도로 느렸다.

아차 하는 순간에 고도로 집중된 유검의 정신이 흐트러졌고, 뒤이어 묵룡봉은 무차별로 유검의 전신을 찌르고 때렸다.

퍼퍽! 퍼퍼퍼퍽―!

신나게 두들겨 패면서도 청안신마는 얼굴을 일그러뜨리고 있었다.

유검이 마치 자신의 몸뚱어리가 얼마나 단단한지 보여줄 셈인 양 멀뚱히 서 있으면서 자신의 공격을 모조리 얻어맞는 것이라 본 것이다.

그의 짐작은 차츰 확신으로 변해갔다.

때리면 때리는 대로 맞았는데 점차 헛방질하는 횟수가 늘어나기 시작한 것이다.

이러한 변화는 유검이 자신을 놀리는 것으로밖에 생각되지 않았다.

청안신마는 천둥같이 큰 소리로 부르짖었다.

"이노옴―!"

창―!

휘두르는 봉끝에서 돌연 날카롭기 그지없는 한 척 길이의 검날이 튀어나왔다.

비스듬히 아래에서 유검의 오른쪽 옆구리를 향해 휘둘러 가는데 갑자기 왼쪽으로 고개가 휙 돌아갔다.

뒤를 이어 뇌리 끝을 관통하는 듯한 얼얼한 충격이 홍수처럼 밀려들었다.

미처 상황을 깨닫기도 전에 복부 깊숙이 파고드는 둔중한 충격…….

와앙―!

허공을 가르는 기괴한 파공성은 그제야 들려왔다.

청안신마의 등은 새우등처럼 구부러졌고, 바닥에 무릎을 꿇은 채 발작적으로 꾸역꾸역 위액을 토해내기 시작했다.

유검은 한 걸음 뒤로 물러서서 자신의 주먹을 바라보며 쓴웃음을 지었다. 소맷자락 끝은 조금 전 주먹을 휘두를 때 공기 저항을 견디지 못하고 갈가리 찢겨져 있었다.

"이제야… 조금 적응이 되는군."

유검은 대자연의 변화를 한눈에 꿰뚫고 거대한 지진을 일으키기도 하고, 소용돌이를 잠재우기도 하였다.

그럼에도 스스로의 마음을 거두고 펼침으로 시간의 벽을 뛰어넘을 수 있다는 사실을 이제야 깨닫게 된 것은 역설적으로 유검이 지닌 무공에 대한 지식 때문이었다.

그러한 지식에 얽매어 스스로의 한계를 미리 결정지어 버렸고, 그래서 새로운 경지에 대한 깨달음, 아니, 묘용의 발견이 늦어졌던 것이다.

유검은 내심 중얼거렸다.

'이젠… 태산압정 정도는 펼칠 수 있겠군.'

뭔가 안개처럼 막연히 가려져 있던 것이 싸악 거둬진 듯 명료해졌다.

스르룽―

넝마가 되어버린 장삼을 헤치고 한천검이 모습을 드러내었다.

검신에 어려 있는 은은한 붉은빛은 미녀의 수줍은 미소처럼 요염하기 그지없었다.

주점 내 사람들은 모두 얼어붙어 있을 뿐 숨소리조차 내지 못하고 멍한 눈으로 유검을 지켜볼 뿐이었다.

청안신마는 겨우 위액 토하는 것을 멈추고 숨을 몰아쉬며 유검을 올려다보았다.

그의 두 눈에는 공포가 어려 있었다.

'정체를 알 수는 없지만… 반로환동한 선배 고수임에 틀림없다! 여태껏 날 철저히 조롱하고 있었구나!'

청안신마는 빠르게 머리를 회전시켜 전대의 천하제일인들을 손꼽아 보기 시작했다.

그런 그의 두 눈에 불쑥 한천검의 모습이 꽉! 박혀왔다.

'서, 설마 저건……?'

검신이 붉기는 했지만 자신의 눈이 잘못되지 않았다면 저건 분명 한천검!

청안신마는 경악을 금치 못했다.

몇백 년 전의 고사가 주마등처럼 뇌리를 스쳤다.

삼백 년 전 동서고금을 막론하고 여인의 몸으로 천하제일인으로 유일하게 불리워진 이가 있었다.

그녀의 별호가 바로 한천검.

그녀가 항상 품에 안고 다니던 애검의 이름 또한 한천검.

얼음으로 만든 조각상같이 차가운 미모에 냉혹한 심성을 지녔던 그녀에 대해 크게 알려진 바는 없었다.

출신 내력이 어떻게 되기에 그렇게 무서우리만치 고절한 무공을 익혔으며, 또한 천하의 명검으로 소문난 한천검을 어떻게 누구에게서 얻었는가 등은 안개처럼 비밀로 숨겨져 있었다.

하지만 청안신마는 사부로부터 그녀에 관한 하나의 내막을 들은 적이 있었다.

그녀에 의해 하마터면 그의 사문이 멸문될 뻔한 적이 있었기에 비밀리에 내려오는 비사(秘事)였다.

한천검. 본명이 무엇인진 알려지지 않고, 단지 그렇게만 불리던 그녀는 어릴 적 반로환동(返老還童)하여 청년의 모습을 한 전대의 고수와 인연이 닿아 무공을 배우게 되었다고 한다.

그에게 무공을 배우는 동안 세월은 흘러 그녀는 꽃 같은 나이의 절세가인이 되었고, 청년에게 품고 있던 존경심은 차츰 사랑으로 변해 버렸다.

그 사랑의 결과가 어떤지는 아무도 모르겠지만, 십여 년의 세월이 흐른 후 그녀가 강호로 나왔을 때는 이미 북해(北海)의 얼음으로 빚어진 조각상처럼 차갑기 그지없는 미녀로 변해 있었다고 한다.

그녀는 풍류를 변명 삼아 바람피우는 남자를 극도로 증오했는데, 그 중에서 상호에 조금이라도 이름난 색마가 있으면 목숨 걸고 쫓아가 비참하게 죽였다고 한다.

청안신마의 사문이 멸문될 뻔했던 것도 그 까닭이었다.

이에 그의 사문은 그녀에 대한 복수를 다짐했으며 청안신마에게까지 그 의무가 내려져 있었다. 언젠가 그녀의 후예를 만나게 되면 수없이 겁탈하고 겁탈한 후 창기로 팔아버리리라는 것이 복수의 주된 요지였다.

그의 사부는 말년에 이르러 그에게 전신내공을 물려주며 또 하나의 유명을 남겼다.

한천검 그녀는 자신이 절세의 미녀였으니, 그 후에도 반드시 미녀임이 틀림없다. 강호에 나가 미녀를 보게 되면 수단 방법을 가리지 말고 겁탈할 것이며, 반드시 심장을 찔러 죽여 피의 복수를 다짐하라는 것이 바로 그 유명의 요지였다.

청안신마는 그 유명을 철저히 지켜 마교의 교주와도 이름을 나란히 하는, 강호에서 치를 떠는 쌍마의 하나가 된 것이다.

청안신마는 유검을 보는 순간 한천검, 그녀가 무공을 배웠다는 반로 환동한 고수를 떠올렸다.

청안신마는 근 반 갑자 만에 다시 강호로 나섰기에 세상의 소문은 어둡기 그지없었다. 그렇기에 유검이 새로 나타난 신진 청년고수라는 생각은 전혀 할 수가 없었다.

자신의 무공이 어떠한 것인가?

반 갑자 전에도 강호를 오시할 정도였다. 그런 자신을 이렇게 철저히 농락할 정도라면 전대의 고수가 아니라면 불가능한 것이라 믿은 것이다.

무공의 경지를 먼저 가늠해 보게 되자 겉으로 보이는 유검의 젊은 모습은 그러한 그의 결론과 믿음에 별다른 장애가 되지 못했다.

자신만 하더라도 변체 환용술을 극성까지 익혀 얼마든지 외모를 바꿀 수 있었고, 또 그로 인해 강호무림을 휘집고 다녔지 않은가. 하물며 반로환동에 이른 고수임에야……

청안신마는 하늘거리는 한천검의 붉은 검신을 뚫어져라 쏘아보며 생각했다.

'설마… 그래도 그 삼백 년 전의 그자는 아니겠지?'

길을 위로 올리다 유검의 차갑게 가라앉아 있는, 무심하기 짝이 없는 시선과 마주쳤다.

사람의 마음이란 간사하기 그지없어 보통 때라면 '건방진 애송이' 정도로 보아 넘길지도 모르지만, 유검이 반로환동한 전대 고수라는 판단을 믿게 된 지금에 있어서는 그의 무심한 눈길이 마치 세속에 초탈한 노고수의 눈빛처럼 보였다.

청안신마는 연신 속으로 되뇌였다.

'아니지, 아니야… 아무리 그래도 삼백 년 전에 이미 반로환동한 고수가 아직도 살아 있을 리 없다!'

그의 머리 속에 삼백 년 전 한천검을 가르친 반로환동한 고수가 가부좌를 튼 채 우화등선(羽化登仙)하는 모습이 그려졌다.

그런데 육신의 탈을 벗고 원영의 모습으로 하늘로 올라가던 그가 히죽 웃으며 다시 몸체로 되돌아오는 것이 아닌가.

우화등선시켜려 애를 써도 그는 끝까지 육신을 붙잡고 놓아주지 않았다.

"빌어먹을 놈! 빨리 올라가 버려!"

버럭 소리를 지르며 벌떡 일어섰다.

유검은 이 순간 검을 든 채 곤혹스러워하고 있었다.

청안신마가 무릎을 꿇은 채 자신을 올려다보고 있었는데, 일부러 그가 가만히 그렇게 있는 것인지, 아니면 그의 행동이 자신에게 무한정 느리게 보이는 것인지 얼핏 구분이 힘들어서였다.

시야는 극도로 좁아 오직 청안신마의 모습밖에 들어오지 않았다.

마음을 조금 넓게 펼치자 그제야 시야가 조금씩 벌어지며 다른 이들의 모습이 함께 들어왔다. 어떤 이는 입을 벌리고 있었고, 어떤 이는 화난 표정을 짓고 있었다.

마음을 좀 더 넓히자 사람들의 움직임이 점차 빨라졌다.

'…….'

유검은 순간 조금 전 깨달은 하나의 묘용에 대한 치명적인 단점을 깨달을 수 있었다.

마음을 깨알처럼 하나로 모으는 순간 시간의 흐름을 극도로 느리게 할 수 있지만, 그와 함께 보는 시야가 좁혀진다는 사실이었다.

그래서 마음을 조금씩 더 넓혀보았다. 주루를 벗어나 황산에 이르기까지 점차 넓혀가는데, 이때 청안신마가 소리치며 벌떡 일어선 것이다.

주변 사람들의 움직임이 점점 더 빨라지고 있었다.

퍽—!

대체 무슨 수법에 당했는지도 모르게 유검은 청안신마의 흑룡봉에 얻어맞고 말았다. 청안신마의 움직임이 너무 빠르게 느껴져 전혀 피할 수가 없었던 것이다.

뒤로 퉁겨나며 유검은 황급히 마음을 하나로 모았다.

다시 주위의 모든 것이 느리게 흘러갔다.

유검은 순간 묘용의 반대되는 의미까지 깨달을 수 있었다.

'그렇군.'

어제 낮 객잔에서 일어난 일도 확실히 이해가 되었다.

객잔의 방 안에서 태산압정을 펼칠 때, 시야는 끝없이 넓어져 우주에까지 확대되었다. 이제 와 생각하니 그로 인해 자신에게 흐르는 시간은 오히려 느려졌으며, 한나절이 지나도록 태산압정 일검조차 제대로 내려치지 못했던 것이다.

유검은 이를 무엇이라 부를까 고민하다,

'이름 짓기 귀찮으니 그냥 태산압정이라고 하자.'

그렇게 결정했다.

무림 사상 전무후무한 무상검의 제일초식이 탄생하는 순간이었다. 형태가 없고 검식(劍式)도 없으되 시간의 벽을 마음대로 넘나들며 검을 펼치고 거두는 그런 초식의 탄생이었다.

이러한 태산압정 초식의 현묘(玄妙)함이 제대로 빛을 발하기 위해서는 오직 꾸준하고 쉼없는 절차탁마(切磋琢磨)가 필요하리라.

유검은 사부께서 내려주신 묵지(墨池)의 뜻을 되새기고 또 되새겼다.

절대 자만하지 말고 묵묵히 홀로 그 길을 가리라.

그렇게 스스로의 마음을 추스르는 동안 청안신마의 두 번째 공격이 이어지고 있었다.

유검은 갑자기 뒤로 퉁겨나는 중이라 미처 시야를 청안신마에게로 고정시켜 놓지 못했다.

지금 보이는 것은 오직 천장의 구멍뿐.

있는 힘껏 청안신마가 있으리라 짐작되는 곳으로 고개를 돌리니, 중간중간 끊어진 세상의 모습이 동그란 원 안의 모습처럼 보였다 사라졌다. 마치 눈에 종이를 동그랗게 말아대고 휙휙 돌리는 것처럼 보였다.

드디어 청안신마에게로 시야가 고정되는 순간 단락단락 보였던 세상의 모든 빛이 함께 섞여 버려 어지럽기 그지없었다.

마음을 잔잔한 호수의 수면처럼 가라앉혀 분별심(分別心)으로 세세히 들여다보고서야 청안신마가 묵룡봉에서 튀어나온 칼날로 자신의 목젖 아래 천돌혈(天突穴)을 찔러온다는 사실을 알 수가 있었다.

유검은 역시 태산압정을 제대로 펼칠 수 있으려면 무공을 처음 익힐 때처럼 꾸준한 수련이 필요하다고 다시 되뇌었다.

후일의 일은 일단 접어두고 유검은 이렇게 시야가 어지러운 채로는 도저히 싸우기 어렵겠다고 판단했다.

청안신마의 묵룡봉 검끝이 어디로 향할 것이며, 그 변화의 가짓수를 충분히 감안한 뒤 자신이 피할 방향을 미리 예정해 두었다.

그리고 난 후 잠시 눈을 감고 마음을 펼쳤다.

휘이익―

날카로운 파공성과 함께 묵룡봉의 검끝이 유검의 천돌혈을 찔러갔다. 검끝은 미세하게 흔들리며 끊임없이 변화하여 피할 방위를 미리 제압하고 있었다.

청안신마는 기세 좋게 공격해 가고 있었지만 내심 불안을 금치 못하고 있었다.

자신의 공격이 성공했다고 여기기보다는 유검이 일부러 당해주며 자신을 농락한다 생각하고 있었다.

유검이 갑자기 고개를 자신에게로 돌리더니 눈까지 감는 것을 보고 그 생각에 확신을 가졌다.

번쩍―!

유검의 두 눈이 뜨였다.

청안신마는 순간 갈등했다. 빨리 뒤로 물러나느냐, 아니면 끝까지 공격하느냐.

내심 물러나고 싶었지만 이 한 수의 공격은 한껏 기세를 담고 있었기에 도저히 멈추지 못했다.

허공에 뜬 유검은 다리를 위로 차올리며 동시에 몸을 비틀었다. 그와 함께 오른손에 쥐어진 한천검이 우아하게 허공을 갈랐다.

청안신마는 마치 서로 짜고 하는 연극처럼 절묘하게도 유검이 피하고 난 다음 빈 공간만 골라 수없이 찔러댔으며, 또한 굳이 엉뚱한 방향을 향해 차올리는 유검의 발길질에 일부러 엉덩이를 가져다 대었다.

게다가 한천검은 그냥 느릿하고 우아하게 허공을 가를 뿐인데, 굳이 목을 일부러 가져다 대더니 뒤늦게 화들짝 놀란 것처럼 필사적으로 뒤로 젖혔다.

이처럼 도무지 이해할 수 없는 공수(攻守)의 변화는 유검의 신형이 여전히 뒤로 퉁겨나는 찰나지간에 일어났다.

청안신마는 자의인지, 아니면 타의에 의해서인지 빠르게 공중제비를 돌며 뒤로 물러났다. 그가 입고 있던 금포가 찢어질 듯 펄럭였다.

유검은 뒤로 퉁겨나는 힘은 어떻게 처리했는지 허공에서 뚝 떨어져 사뿐하게 땅에 내려섰다.

청안신마는 얼굴을 뻘겋게 물들이며 버럭 소리를 질렀다.

"제기랄! 역시나……!

날 희롱한 게 맞구나! 라고 마저 소리치기도 전에 황급히 일 장 뒤로 물러섰다.

갑자기 유검의 신형이 흐릿해져 갔는데, 뭔가 심상치 않다고 본능이 화들짝 놀라 경고한 탓이다.

불쑥―!

청안신마는 심장이 털컥 내려앉을 정도로 놀랐다.

흐릿해져 가던 유검의 신형이 갑자기 자기 가슴 부위에서 나타난 것이다.

헉! 하는 외마디 경악성을 토해내지도 못했다.

유검은 달려오던 기세 그대로 그의 머리채를 잡아 쥐고 내던진 것이다.

청안신마는 미처 대응하지 못하고 개구리처럼 땅바닥에 패대기쳐졌

다. 그의 머리는 머리카락이 한 움큼이나 빠져 있었고 피가 줄줄 흘러
나왔다.

미처 고통의 단말마를 지르기도 전에 청안신마는 급히 몸을 웅크리
며 옆으로 퉁겼다.

하지만 예측이라도 한 듯 미리 피하려는 방향으로 날아오는 한천검.

검은 그의 허벅지 깊숙이 파고들었다.

"크으윽—!"

사실 그가 내력을 충실히 끌어올렸다면 한천검이 아무리 예리해도
그렇게 쉽게 그의 허벅지를 파고들지는 못했을 것이다.

하지만 그는 혼비백산(魂飛魄散)하여 마음속에 두려움만이 가득하니
미처 제대로 대응하지 못했다.

유검은 그에게 가까이 다가가 허벅지에서 휙! 검을 뽑았다. 청안신
마의 신형이 꿈틀거렸다.

"더 이상 시간을 끌 이유는 없겠지."

숨을 몰아쉬며 그렇게 중얼거리고는 청안신마의 목을 향해 검을 내
려치려는데 갑자기 몸이 크게 휘청거렸다.

내공을 쓰지도 못하는 처지에 너무 과하게 몸을 움직였던 탓이다.

금강불괴임에도 전신의 뼈마디가 삐거덕거리며 아우성을 쳤다. 근
육들은 더 이상 일을 못하겠다며 발작적으로 비명을 질렀다.

'좀 참아!'

유검이 그렇게 멈칫거리는 순간 청안신마의 머리 속에는 수없이 많
은 생각들이 오가고 있었다.

이 틈을 타서 도망치느냐? 아니면 살려달라고 울며불며 애원하느냐?

머리 속에서 사고, 판단의 수뇌부들이 옹기종기 모여 앉아 탁자를

두드리며 고함을 지르고 자기 의견을 피력했다.

꼬마 계집아이를 끼고 놀던 행복한 날을 회상하는 무리와 유검이 한 천검의 사부이니 결국 끼리끼리 한통속, 사문에 전해 내려오는 복수의 칼날을 세울 때라는 급진파의 의견도 있었지만 소수인지라 완전히 무시되고 말았다.

여러 가지 의견 중에서 결국 가장 큰 목소리를 낸 것은 당연하게도 '도망치자!' 였다. 뒷일이야 어찌 되든 일단 도망쳐야만 한다. 다만 '어떻게?' 라는 실천 방안에서 수없이 의견이 나뉘었다.

유검이 비틀거리다 재차 검을 꼬나 쥐고 치켜세웠다.

청안신마의 두 눈이 격심하게 흔들렸다. 사고는 마비되고 감정은 공황 상태에 빠졌다.

쉬이익―

검신의 붉은빛이 일렁거리는 순간, 청안신마는 땅을 박차고 신형을 뒤로 날렸다.

뭔가 대책이 있어서 실천에 옮긴 것이 아니라, 숱한 사고의 회의 안건과는 상관없이 본능에 의해 무조건 이루어진 졸렬한 방법에 불과했다. 허벅지에 입은 검상(劍傷)이 꽤 심한 편이라 경공술을 펼치는 데 무리가 있다는 일말의 주장도 그냥 무시되어 버렸다.

은은히 깔린 밤안개를 가르고 청안신마가 훌쩍 이 장여 뒤로 물러섰을 때, 유검이 내려친 검은 그냥 땅바닥을 때렸다.

퍽―!

흙덩이가 튀어오르고 유검은 괴로운 얼굴로 전신을 비틀거렸다.

청안신마는 내심 부르짖었다.

'속임수다! 속으면 안 돼!'

그럼에도 무인의 본능은 수없이 드러나는 유검의 허점들을 보게 되자 이때야말로 공격! 공격! 이라며 연신 고함을 질렀다.

청안신마는 자신도 모르게 뒤로 물러서는 것을 멈추고 묵룡봉을 꼬나 쥔 채 유검을 향해 달려갔다.

금강불괴니 공격해 봤자 소용없다고 머리 속에서 누군가 처절하게 울부짖었다.

청안신마는 '내가 왜 이래?' 라며 울상을 지었지만 본능적인 행동은 멈출 수가 없었다. 무조건 도망친다는 것은 그에게 너무나도 낯선 행위였으며, 허점을 발견하고 잔인하게 적의 목줄기를 물어뜯는 일은 한 평생 쉬이 해온 익숙한 일이었으니까.

사실 본능적인 충동은 그리 길게 이어지지 않았다. 한 발짝 유검을 향해 뛰어든 순간 바로 이성을 회복했으니까.

하지만 역시 늦었다.

뭔가 발에 걸렸다 싶은 순간 청안신마의 신형은 앞으로 철퍼덕 고꾸라졌다.

순간 섬뜩한 느낌에 필사적으로 고개를 옆으로 젖혔다. 왼쪽 귓가가 화끈거렸다.

청안신마는 잘려진 왼쪽 귓가를 움켜쥐며 옆으로 데굴데굴 굴렀다. 무인이라면 누구나 수치스러워 펼치기를 꺼려하는 나려타곤(懶驢打滾) 수법이었다.

게으른 당나귀가 데굴데굴 땅 위를 구르듯 그렇게 피하는데 갑자기 왼쪽 어깨 부위가 화끈거렸다.

청안신마는 치를 떨었다.

도무지 상대의 움직임과 공격을 눈으로 좇을 수가 없었다. 뭔가 희

끗거린다 싶으면 이미 당해 있는 것이다.

전신내공을 끌어올려 반탄지기를 내뿜으며 두 팔과 다리로 땅을 박차고 솟아올랐다.

십 장여 상공으로 신형을 띄우는 청안신마는 자포자기 상태였다.

싸우는 도중에 무작정 허공으로 몸을 띄운다는 것은 사실 자살 행위나 마찬가지였다. 고수를 상대함에 있어 미세한 허점만 보여도 치명적인 공격을 피하기 어려운데, 급박한 혈전(血戰)의 와중 힘을 빌리기 어려운 허공으로 몸을 띄우다니…….

'이것으로… 끝이란 말인가?'

내심 한탄하며 아래를 내려다보는데 기이한 점을 발견했다.

흉신악살처럼 자신의 뒤를 쫓아와 무시무시한 일검을 펼치리라 생각했던 유검이 자욱한 밤안개 아래 차가운 눈으로 자신을 올려다보고만 있는 것이 아닌가. 땅에 꽂힌 검에 몸을 기댄 채 숨을 거칠게 몰아쉬면서.

유검의 무심하고도 차가운 눈길과 마주치자 소름 끼치는 공포가 밀려와 전신이 부르르 떨렸으나 그 와중에도 혹시나 하는 희망이 샘솟아올랐다.

'어쩌면… 여기까지 올라오지 못하는 게 아닐까?'

하나… 둘… 셋…….

넷을 헤아리는 동안에도 유검이 그냥 닭 쫓던 개마냥 올려다보기만 하자 청안신마는 자신의 짐작이 틀림없다고 연신 뇌까렸다.

자신이 감지할 수 없는 빠른 속도로 다가와 허깨비처럼 공격을 펼치던 모습을 떠올리면 겨우 십여 장 높이를 뛰지 못한다는 사실은 믿기 힘들었으나 실날같은 마지막 희망에 목숨을 걸지 않을 수 없었던 것이다.

청안신마는 크게 한 모금 진기를 들이마셨다.

그는 두 팔을 활짝 펴고 미끌어지듯 밤하늘 위를 날았다. 능공허도(凌空虛渡)를 펼쳤으나 허공에 힘을 빌 곳이 없어 그다지 빠르지는 못했다.

유검은 천천히 숨을 고르며 그런 그를 차갑게 쏘아보다 뒤쫓아 달리기 시작했다. 아직 내공을 쓸 수는 없었기에 보통 사람처럼 그냥 달음박질쳤다.

점점 거리가 멀어지는 듯하자 유검은 다시 마음을 모았다.

좁혀진 시야로 허공을 나는 청안신마의 모습이 점차 느려져 갔다.

이와 함께 달리는 두 다리가 점점 묵직해지고 손에 쥔 검 역시 움직이기 힘겹게 무거워져 갔다.

유검은 전신의 힘을 끌어올려 땅을 박찼다. 근육들이 초과 수당을 요구하며 아우성쳤다. 은은히 전신에서 땀이 배어져 나왔다.

일정 한계를 넘는 순간,

슈욱―

유검의 신형은 시위를 벗어난 활처럼 쏘아져 갔다.

내공을 쓸 수도 없는 주제에 일류고수의 경신술보다 더한 빠르기였다.

본래 사람은 일정 이상 빠르게 달리지 못한다. 생존을 위해서는 이 이상 힘을 내선 안 된다고 육신은 신(神)이 명한 한계선을 미리 그어놓기 때문이다.

이에 무림인들은 상승 내공을 연마하기에 그 허용 폭이 깊어지고 넓어질지라도, 그래도 분명 더 이상은 안 된다는 한계선은 분명 있었다.

그런데 유검은 홀로 시간의 흐름을 헤엄치며 그 한계선을 너무도 손쉽게 뛰어넘어 버렸다. 만약 그의 신형이 엄밀한 내공으로 버티고 있는 금강불괴가 아니었다면 달리는 순간 뼈와 살이 분리되며 붕괴되고 말았을 것이다.

극심한 기운을 한꺼번에 소모하기엔 전신의 혈관은 과다한 혈류량으로 부풀어오르고, 근육들 또한 불끈불끈 치솟아올랐다.

쐐아앙—

마을의 대로를 따라 유검은 빠르게 달렸고 뒤를 이어 흙먼지들이 마구 피어올랐다.

지상을 살피며 허공을 허우적대다시피 달아나던 청안신마는 그 모습을 보고 화들짝 놀랐다.

유검의 신형은 마을 입구에 세워진 고목을 향해 돌진하고 있었다.

와지직—!

고목이 통째로 꺾여지고 그와 함께 유검의 신형이 허공으로 솟아올랐다.

청안신마는 앞뒤 가릴 것 없이 날아오는 유검을 향해 양 손바닥으로 내력을 쏟아내었다.

장풍(掌風)이었다.

고수들끼리의 싸움에서 장풍 등은 잘 쓰지 않는다. 똑같은 내력을 소모시킬 경우 그 효율성이 극히 떨어지기 때문이었다. 하수들을 상대하거나, 혹은 싸우는 도중 거리의 장벽을 이용한 의외의 한 수로 쓰곤 하는 것이 장풍이었다.

그러니 이렇게 뻔히 드러난 상태에서 내뻗는 장풍이란 그다지 쓸모가 없었다.

역시나 유검이 휘두른 일검에 쐐아악 장풍은 갈라져 갔다.

청안신마는 암울함을 느끼며 최대한 허공에서 몸을 비틀었지만 이미 늦었다는 사실은 감지하고 있었다.

이때 유검의 신형이 크게 뒤흔들렸다. 휘두르던 검은 좌우로 요동 치려 했으며, 유검은 그것을 감당치 못하고 있었던 것이다.

이는 유검의 실수였다.

너무 빠르게 검을 휘두른 것이다.

물은 부드럽기 짝이 없어 단지 손가락으로 슬며시 누르기만 해도 아무런 저항 없이 들어간다. 하지만 만약 아주 빠른 속도로 비스듬히 내려치게 된다면 막강한 저항을 받게 되는 것이다.

유검의 지금 상황이 바로 그러했다.

한천검은 연검이라 내공도 쓸 수 없는 상황에선 마음대로 다루기 어렵다.

그런데 너무나도 빠른 속도로 장풍을 가르게 되니 공기의 벽을 통과하는 데 힘을 크게 소모하고 말았고, 또한 공기를 가르는 중 일게 된 연검의 약간 휘어진 비틀림조차 감당할 수 없게 된 것이다. 그 비틀리는 힘은 완고하기 그지없어 만약 보통 검이었다면 허공에서 박살나 버렸을 것이다.

쐐애액—

귀청이 찢어질 듯한 파공성은 한천검이 한참 엉터리로 빗나가게 휘둘러진 이후에야 들렸다.

청안신마의 왼쪽 어깨에서 또다시 피분수가 솟구쳤다. 비록 검에 직접적으로 베이지는 않았지만 날카롭기 그지없는 공기의 칼날이 그의 어깨를 스치고 간 것이다.

뭐가 뭔지 모르는 가운데 유검의 신형은 청안신마를 통과하여 밤하늘 위로 끝없이 날아가고 있었다.

청안신마는 아직도 붙어 있는 자신의 목을 쓰다듬으며 날아가는 유검을 멍하니 구경했다.

아직 자신이 살아 있는 것이 믿기지 않는다는 얼굴이었다.

곧 청안신마는 몸서리를 치더니 유검이 날아간 방향과 반대 방향을 향해 전력으로 도망치기 시작했다.

유검의 신형은 깍아 세운 듯한 석벽에 부딪치고서야 멈춰졌다.

돌무더기와 함께 유검은 아래로 떨어져 내렸다.

와지직― 뿌직―

유검의 몸은 무성한 수림의 나뭇가지를 마구 부러뜨리며 서서히 쌓이기 시작하는 낙엽 속으로 떨어졌다.

유검은 한참 후에야 눈을 떴다.

정신을 잃었기 때문이 아니라 한계를 초월한 힘을 발휘하느라 엉망진창이 되어 있는 육신의 상태가 제 정상으로 돌아오길 기다렸던 것이다.

어느 정도 몸은 안정이 되어가는 듯했지만 손가락 하나 까닥일 힘도 없었다.

근 일 년에 걸쳐 써야 할 기운을 한꺼번에 써버렸으니 당연한 일이었다.

유검은 쓴웃음을 지었다.

이번의 일전을 통해 유검은 새삼 깨달았다. 사부가 말씀하신 홀로 가야 한다는 의미를…….

무상검의 경지에 이르렀음은 하나의 깨달음이다.

이에 의식은 시간의 흐름을 마음대로 넘나들 수 있게 되었으나, 육신 등은 낯선 세계를 경험하며 끊임없이 새로운 한계에 부딪치고 말았다.

애써 그 한계선을 넘게 되는 순간 육신은 조화를 잃어간 것이다.

홀로 경험하는 세계이니 앞선 선인(先人)의 심오한 지혜를 빌릴 수도 없다. 오직 스스로 한 발짝 한 발짝 조심스럽게 전진해 나가며 경험하고 또 경험하여 익숙해지는 수밖에 없는 것이다.

"흠……."

밤안개 사이로 보이는 달은 휘영청 밝기 그지없다.

문득 유검은 술 한잔 생각이 간절해졌다.

돌이켜 생각해 보면 이 새로운 세계를 홀로 경험한다는 것이 참으로 신비로우면서도 벅찬 감동이 되어야 할 것이다. 그러나 어쩐지 이 세상에 나뿐이구나, 하는 고독이 앞서 아련하게 가슴을 죄어왔다.

쓸데없는 사치적인 감상이라 치부하며 애써 마음을 추스르는데, 문득 이 힘을 대체 어디다 쓸 수 있을 것인가? 하는 의문이 일었다.

유검은 애당초 무상검의 경지에 들기 이전에도 이미 무소불위(無所不爲)의 능력을 지녔었다. 금강불괴의 육신에 무한한 천지간의 기운을 내공으로 끌어 쓰니 인간으로서의 이미 한계를 벗어난 것이다.

그럼에도 허무하고도 허무하기 이를 데 없었으며, 이제 그 경지를 뛰어넘게 된 지금에 이르러서는 더욱 쓸쓸하기 그지없었다.

대체 이와 같은 힘이 왜 필요한 것일까?

신무룡을 꺾기 위해서?

그가 무슨 천하의 악인이라도 되는 것일까? 그는 최소한 스스로를 절제하니 세상을 마구잡이로 도탄에 빠뜨리지는 않을 것이다.

세인들의 평가와 달리 마교는 그렇게 악한 단체는 아니라고 생각했다. 아마도 흔히 말하는 세력 간의 알력 때문이리라.

그렇다면 이 힘은 무엇을 위해 써야 한단 말인가?

'가고, 가고, 또 가다 보면 알 수 있겠지…….'

내심 그렇게 중얼거렸지만 역시 허전함은 감출 수 없었다. 예전 무당산에서 땀 흘리며 검을 수련하고 사매와 함께 놀던 그때가 지금보다 훨씬 더 즐거웠던 것 같았다.

자욱한 밤안개, 무성한 소나무 가지 사이로 보이는 달빛은 흐릿하면서도 차갑기 그지없었다.

"배가… 고프군."

쓸쓸히 그렇게 중얼거리는데 불쑥 한 그림자가 달빛을 막아섰다.

"먹을래?"

모든 것이 텅 비어버린 듯한 유검의 두 눈에 다우의 얼굴이 불쑥 비쳤다.

다우의 머리카락에는 낙엽이 잔뜩 붙어 있었고, 얼굴 여기저기 생채기가 나 있었다. 아마도 여기까지 날아온 자신을 찾아 밤안개 자욱한 험한 숲 속을 헤맨 탓이리라.

허무함만이 머물던 유검의 입가에 서서히 미소가 어리기 시작했다. 쓸쓸하기 그지없던 가슴은 왠지 모를 새로운 기쁨으로 채워져 갔다.

다우는 보자기를 펼쳐 보였다. 모락모락 김이 피어오르는 어른 주먹만한 만두가 들려 있었다.

"먹을래? 아까 그 주루에서 가져온 거야."

유검은 입을 크게 앙 벌리며 말했다.

"응, 먹여줘!"

마치 아기처럼 칭얼거리는 듯한 행동이었다.

◆ 第八章
황산(黃山)에 올라…

황산(黃山)에 올라…

바람이 불어왔다.

망망대해처럼 펼쳐지는 흰 구름바다는 크게 파도치며 북해(北海)로 달려가고, 우뚝 솟은 기봉준령(奇峰峻嶺)들은 홀로 섬이 되어 남았다.

운해(雲海)의 천상 세계 아래에도 바람은 불고 있었다.

어디선가 바람에 실려온 소나무 씨가 화강암 틈 사이로 떨어져 내렸다.

둥지를 틀기엔 척박하기 그지없는 곳이었지만, 이 소나무 씨앗은 다른 여느 소나무들처럼 아무런 불평 없이 이곳에서 싹을 틔우고 뿌리를 내렸다.

앞으로도 기이하도록 끈질긴 생명력을 발휘하여 험난한 황산(黃山)의 비바람을 견디며 강인하고 꿋꿋이 자라나리라.

세월 지나 언젠가는 연륜이 천 년에 이른 영객송(迎客松)이 되리라.

크윽—!

애써 자리 잡고 먼 미래를 꿈꾸던 소나무 씨앗은 비명을 질렀다. 난데없이 쳐들어온 무례한 발자국에 짓밟히고 만 것이다.

소나무 씨앗은 보다 깊이 땅속으로 파고들었다. 어떤 고난과 역경에도 물러서지 않으리라 다짐했다.

"나참, 조심하라구 했잖아!"

다우의 볼멘소리에 유검은 머리를 긁적거리며 바위틈 사이에서 발을 꺼내었다.

중심을 잡지 못하고 휘청거리자 다우가 잽싸게 옆에서 팔을 잡아주었다.

"봐, 역시 혼자서는 무리잖아."

다우의 말에 유검은 얼굴을 찌푸렸다.

"발이 미끄러졌던 것뿐이야. 얼마든지 혼자 걸을 수 있다구."

휘청휘청—

호언장담과는 달리 유검은 위태롭게 걷다가 몇 걸음 채 되지 않아 앞으로 고꾸라졌다.

그래, 해볼 테면 해봐라라는 투로 팔짱을 끼고 지켜보던 다우는 짧게 한숨을 내쉬었다.

"나참, 고집은……."

유검은 어젯밤 청안신마를 물리치기 위해 크게 무리한 후 손가락 하나 까닥하지 못했다.

그래서 다우는 남쪽 기슭 입구에 있는 전설의 헌원(軒轅) 황제가 사십구 일 동안 목욕하고 젊음을 되찾았다고 하는 온천으로 유검을 데려다 한 시진 정도 몸을 담그게 했다.

그 후 조금 나아졌지만 역시 걷는 것은 무리였다.

그래서 할 수 없이 다우는 유검을 업다시피 하여 산을 오르기 시작
했다.

가끔 마주친 유람객들은 조그만 꼬마 계집아이가 다 큰 청년을 업다
시피 해서 오르는 모습을 보고 얼굴을 일그러뜨리며 묘한 표정을 짓는
가 하면 어떤 이는 박장대소를 터뜨리기도 했다.

태양이 중천에 이를 무렵 인(人) 자의 모양의 두 갈래로 흐르는 폭포
에 도달했다. 그때 유검이 불쑥 이제부턴 혼자 걷고 싶다고 말했다.

다우는 아직은 무리라며 말렸지만 유검이 워낙 고집을 부리는지라
할 수 없이 사람들의 내왕이 적은 이 외진 곳으로 데리고 왔다.

그 결과는 보시다시피 '아직은 제대로 걷지 못함'을 증명했을 뿐이
었다.

유검은 비틀거리며 다시 일어났다. 그리고 위태롭게 걷다가 다시 고
꾸라지기를 반복했다.

다우는 다시 짧게 한숨을 내쉬었지만 더 이상 유검의 고집을 말리지
않고 조용히 그 뒤를 따랐다.

용의 등 모양을 한 백용교(白龍橋)를 건너 황산을 올려다보는 장소인
도원정(桃源亭)에 이르게 된 것은 거의 낙조(落照)가 질 무렵이었다.

도원정 안은 비어 있었는데, 다우가 그것을 보고 아미를 찌푸렸다.

"어라? 이상하네?"

"음? 뭐가?"

이마에 흘러내리는 땀을 소맷자락으로 훔치며 뒤돌아 반문하는 유
검의 전신은 마치 물에 빠졌다 금방 나온 사람처럼 보였다. 장삼은 땀
으로 몸에 착 달라붙어 있었고, 얼마나 많이 고꾸라졌는지 땅 위를 데
굴데굴 굴러다닌 사람처럼 온통 흙먼지가 묻어 있었다.

다우는 그런 유검의 모습에 짧게 한숨을 내쉬곤 말했다.

"본래 이곳 도원정에는 본 문의 제자 둘이 항시 여행객처럼 가장하고 대기하고 있었거든요. 그런데 지금은……."

다우는 아미를 찌푸린 채 말끝을 흐리더니 유검이 미처 말릴 새도 없이 잠시 기다리란 말만 남기고 훌쩍 산 위로 신형을 날렸다.

헐렁한 흑포장삼을 펄럭이며 빠르게 멀어져 가는 다우의 뒷모습.

유검은 어이가 없는 얼굴로 멍하니 바라보다 곧 그녀의 뒤를 쫓아 달렸다. 순간 온 뼈마디와 근육이 화들짝 놀라 아우성을 치며 달리는 것만큼은 제발 참아달라고 말리며 그 자리에 주저앉게 만들어 버렸다.

"대체……."

유검은 천천히 몸을 일으켰다. 다우의 모습은 이미 보이지 않았다.

돌연한 다우의 행동에 유검은 어이없었다.

다우는 항시 있어야 할 벽력문의 수하들 모습이 보이지 않는다고 말했다. 아마도 무슨 변고가 생겼음이 틀림없다.

당연히 서두르는 것은 이해가 가지만 왜 자신을 떼어놓다시피 저렇게 행동한 것일까?

멍하니 있다가 유검은 문득 깨달은 것이 있어 실소를 금치 못했다.

"이런… 아무래도 내가 큰 부상을 당했다고 생각한 모양이군."

손가락 하나 까닥하지 못했고, 걷는 것조차 힘들어했으니 그렇게 생각할 만하다고 내심 중얼거렸다.

일단 다우의 뒤를 쫓는 것은 포기하고 산모가 산후 조리하듯 조심스럽게 한 걸음 한 걸음 옮기며 도원정으로 되돌아갔다.

다우가 곧 돌아오리라 생각하며 조바심 내지 말고 천천히 기다리기로 했다.

지는 낙조, 정자 안에서 유검은 저 높이 구름을 뚫고 백설을 덮어쓴 채 우뚝 솟아 있는 천도봉을 올려다보다 혼잣말처럼 중얼거렸다.

"만약 가장 빠르게 저곳까지 오르려면 어떻게 해야 할까?"

그렇게 중얼거리는 유검의 두 눈에는 막연한 도전 의식과 함께 은은한 갈증이 어려 있었다.

유검은 이미 마음먹은 대로 시간의 흐름을 조절할 수 있게 되었다. 이에 육체가 허락하는 한 누구보다 빠른 검을 펼칠 수 있고 누구보다 다양한 초식의 변화를 일으킬 수 있다. 검술의 측면에서만 보자면 이미 유검은 고금(古今)을 막론하고 그 누구도 따라올 수 없는 경지에 이르렀다고 할 수가 있었다.

하지만 유검은 여전히 갈증이 일었다.

마음이 여의(如意)하는 대로 시간의 흐름을 손에 넣을 수 있게 되었고, 이로써 거리의 벽도 쉽게 뛰어넘을 수 있는 것처럼 보였다. 하지만 곧 육체의 한계에 부딪쳐 마음먹은 대로 이뤄지지 않는다는 것을 깨달았다.

'만약 천지간의 기운을 끌어 쓸 수 있게 되면…….'

내심 그런 생각이 일었으나 곧 고개를 저었다.

물론 언젠가 다시 천지간의 기운을 마음대로 끌어 쓸 수 있게 된다면 손쉽게 육신의 한계 따윈 벗어날 수 있으리라. 아니, 최소한 몸 안에 있는 내공만이라도 자유자재로 쓸 수 있게 된다면 지금보다는 제약이 훨씬 덜할 것이며 세인이 짐작하기 힘든 능력을 얻을 수도 있을 것이다.

하지만 이는 진정 거리의 벽을 초월했다고는 볼 수가 없다.

뭔가 마음이 이는 대로 시간의 벽을 뛰어넘듯 분명 자신에게는 이미 거리의 벽조차 무시할 수 있는 능력이 있을 것이다. 현재는 아직 그것을 발견하지 못했을 뿐이다.

그렇다면 그 능력을 발견하는 시기는 언제가 될까?

지금 당장일 수도 있고, 어쩌면 평생을 노력해도 깨닫지 못할 수도 있다.

이미 무상검 두 번째 초식으로 삼아 횡소천군(橫掃千軍)이라는 이름까지 붙여놓았지만 대체 어떤 것일지 전혀 감이 오지 않았다.

산중의 해는 빨리 떨어진다.

주위는 벌써 어두워져 가고 있는데 다우는 아직도 오지 않았다.

곰곰이 생각에 잠겨 있던 유검은 문득 의문이 일었다.

만약 거리의 벽까지 초월한 횡소천군을 깨닫게 된다면 어떤 좋은 점이 있는 것일까?

"흠······!'

다우를 기다리는 무료한 시간 동안 또 다른 쓸데없는 고민에 잠겨 있는데, 갑자기 눈앞에 흐릿한 인영이 일렁거렸다.

유검은 순간적으로 마음을 거두었다.

시야가 좁혀지며 한 여인이 훌쩍 몸을 날려 자신을 향해 손을 뻗고 있는 것이 보였다.

나이는 십대 후반으로 보였는데 상당한 미녀였다.

그녀는 사람 키 정도의 높이로 몸을 띄운 상태였으며 급히 신형을 날린 탓인지 하늘색 치마는 펄럭이고 있었고 하얀 허벅지가 언뜻 드러나 보였다.

유검은 곰곰이 그녀를 감상하듯 바라보다 무상검 제일초식 태산압정의 또 다른 효용성에 감탄했다.

'이런 좋은 점이 있었군.'

그렇다면 두 번째 초식 횡소천군도 분명 다른 좋은 점이 있을 것이다.

유검은 만족해하며 미소 짓다 문득 자신을 향해 덮쳐 오는 이 미녀
가 낯이 익음을 깨달았다.

'그러니까 이름이……'

옥을 깎아 만든 듯 수려한 미모에 얼음 가루를 뿌려내는 듯한 차가
운 두 눈동자… 라는 점을 살필 때까지만 해도 유검은 기분이 좋았다.
비록 암습이라고는 하나, 이렇게 어두운 저녁 무렵 낯선 곳에서 우연찮
게 낯익은 미녀를 만난다는 건 어쨌든 행운에 속하는 일이니까.

하지만 그녀의 살짝 말려 올라간 입꼬리의 오만함을 발견한 순간 좋
았던 기분은 날개가 꺾여져 추락하는 독수리가 되고 말았다.

마음이 흐트러지자 주위의 광경은 급속히 빨라졌다.

유검은 자신도 모르게 불쑥 소리쳤다.

"아, 살아 있었군요!"

하늘색 비단옷을 입고 자신을 암습해 오는 저 오만한 미녀는 분명
무림맹주의 딸이다. 그에 앞서 난생처음 개 패듯 두들겨 패보았던 여
인이기도 했다.

그리고 그런 그녀를 마지막으로 본 것은 금역 안에서 정신을 잃고
풀밭에 눕혀져 있던 모습이었다.

이런 생각의 잔념이 어떤 연유를 통해 살아 있었냐라는 감탄사를 내
뱉게 되었는지는 알 수 없었지만, 어쨌거나 그녀의 손속을 잠시 멈추게
할 수 있었다.

비록 그녀가 이미 유검의 가슴 쪽 몇 군데의 마혈을 짚었지만 별다
른 효능을 발휘하지는 못했으니 그다지 늦은 반응은 아닌 셈이었다.

미녀는 비록 주위가 어두컴컴했지만 흐릿한 윤곽의 유검을 단번에
알아보았다.

“아, 그대는……!”

유검은 그녀가 암습한 것이 자신을 알아보고 한 것이 아님을 깨달았다. 그리고 그녀의 차가운 눈동자에 오로지 놀라움만 가득한 것에 무척이나 안도해하며 입을 열었다.

“오랜만이군요. 그동안…….”

그녀의 눈동자에 깃든 놀라움이 갑자기 분노로 이어졌다.

“그, 그, 그대라니! 바로 당신이……!”

목소리는 찢어질 듯 날카로웠다.

퍼퍽! 퍼퍼퍽—!

여인은 권장각(拳掌脚)을 모두 사용하여 유검의 전신을 두들겨 패기 시작했다.

“나쁜 놈! 나쁜 놈! 나쁜—놈! 이 나쁜 놈아—! 이 나쁜……!”

처음에는 그나마 무공초식이라 이름할 수 있는 손발의 놀림이었지만, 곧 머리를 쥐어 잡고 멱살을 잡고 흔드는 등 마구잡이로 변해 버렸다.

유검은 내심 후회했다.

‘아무래도 오랜만에 만났으니 첫 인사를 좀 더 그럴듯하게 했어야 옳지 않았을까? 너무 평범하게 인사를 건네니 화가 난 모양이다.’

유검은 그녀가 왜 그렇게 화를 내는지 그 까닭을 알지 못했다.

허리춤을 낮추며 슬쩍 옆으로 한 걸음 물러섰다. 그녀의 공격이 위력있다거나 아픈 것은 아니지만, 그래도 머리채를 쥐어 잡히는 꼴은 아무래도 민망스러워 피하려 한 것이다.

하지만 잡고 흔들던 멱살의 움직임도 둔해지고 그녀의 울부짖음이 차츰 흐느낌으로 변해가자 물러나려던 발걸음을 멈출 수밖에 없었다.

“이 나쁜… 흐흐흑…….”

여인은 모든 움직임을 멈추고 쓰러지듯 그 자리에 주저앉아 손바닥
으로 얼굴을 가리고 흐느끼기 시작했다.

미녀가 저런 행동을 보일 때 사내라면 대개 가까이 다가가 어깨를 다
독거리며 다정한 말을 건네곤 할 것이다. 물론 평상시의 유검이라면 그
정도를 넘어 별로 웃기지도 않는 말로 웃기려 애를 썼을지도 모른다.

하지만 지금은 아니었다.

'젠장, 내가 뭘 잘못했지?'

그렇게 소리치고 싶은 것을 꾹 눌러 담고 유검은 슬금슬금 뒷걸음질
쳤다.

뚝―

유검의 기척을 눈치 챈 듯 그녀는 울음을 멈추었다.

"또 어디로 도망치려는 거죠?"

고개를 숙인 채 흘려보내는 그 싸늘한 목소리에 유검은 소름이 돋을
것만 같았다.

"도, 도망치는 게 아니라……."

유검은 친근한 미소를 보여주기 위해 최대의 노력을 기울였으나 헛
된 수고에 불과했다.

여인은 천천히 숙인 고개를 들어 올리고 있었다.

들썩거리는 어깨를 보건대 아직 흥분된 감정을 가라앉히지 못한 듯
싶었지만, 그래도 얼굴은 멀쩡했다. 비록 무표정했고 소리없는 눈물이
흘러내리고는 있었지만.

풀어헤쳐진 머리카락이 반쯤 얼굴을 가리고 있어 어두컴컴한 가운
데서 보니 마치 귀신처럼 보였다.

"가세요."

차갑게 내뱉은 그녀의 말에 유검은 반색했다.

"정말로 가……."

그녀의 눈빛이 더욱 차가워지는 것을 보고 유검은 황급히 말을 돌렸다.

"…려는 게 아니라, 소변이 마려워서… 하하하!"

앙천광소를 터뜨리다 유검은 머리를 긁적거렸다.

"…내가 생각해도 어색한 변명이군."

여인은 다시 차가운 말투를 내뱉었다.

"가세요."

유검은 이번에는 실수하지 않고 얌전히 그녀의 다음 말을 기다렸다.

"때려봤자 제 손만 아프니 지금은 어쩔 수 없지요. 그 자리에 있어봤자 제 화만 돋울 테니 가버리는 게 차라리 나아요."

유검은 그 말에도 속지 않고 여전히 그 자리에 있었다.

그럼 가겠습니다, 라고 대답하고 물러나면 반드시 후환이 따를 것이라는 정도는 알고 있었던 것이다.

여인은 갑자기 울컥하여 소리쳤다.

"어차피 무림맹 안에서도 그러지 않았나요? 정신을 잃고 있는 절 마교 놈들에게 던져 주었던 사람인데 왜 지금은 사람 좋은 척 그 자리에 있는 거죠? 가세요, 가버리라구요!"

듣고 있던 유검은 뭔가 이상한 소리에 황급히 말했다.

"자, 잠깐만! 그게 대체 무슨 소립니까? 전 당신을 마교 놈… 사람들에게 넘겨준 적이 없어요."

"흥, 제가 정신을 잃고 있었다고 그때의 상황을 모를 줄 아나요? 모르셨나 보군요, 제 할아버님께서 모두 지켜보고 있었다는 것을!"

유검의 뇌리에 비열한 웃음을 머금고 있던 한 노인의 얼굴이 떠올랐다. 동시에 눈앞의 미녀가 왜 저렇게 화를 내는지 중간 과정을 모두 생략했음에도 무조건 이해가 되었다.

유검은 조심스런 말투로 물었다.

"혹… 그 자리에 진 대협이 계셨다는 것도 알고 계십니까?"

"할아버님께 모두 들었다니까요! 절 의심하는 건가요?"

"그, 그게 아니라… 혹 진 대협께 물어보진 않았나 싶어서요."

여인은 벌떡 일어나 소리쳤다.

"정말로 어처구니가 없군요. 할아버님께 모두 들었는데 또 뭘 물어 본다는 거죠? 설마 하니 할아버님이 거짓말을 했을 수도 있으니 진 사숙에게 확인해 보란 건가요?"

바로 그것이라고 소리치고 싶었지만 유검은 참을 수밖에 없었다. 그녀는 잔뜩 화난 얼굴에 소리없는 눈물을 흘리고 있었다. 이럴 때는 반론하지 말고 그냥 얌전히 있어주는 것이 보다 현명한 것이다.

유검이 가마히 있자 여인은 더 이상 추궁하지 않았다.

어둠에 물들어가는 황산으로 눈길을 돌리며 혼잣말처럼 중얼거렸다.

"전 당신을… 당신에게 저희 가문의 비전을 건네주려 했는데……."

"저… 날 죽이려 했던 게 아니었나요?"

"아무튼! 본 맹의 비밀을 훔친 것도 모자라 절 마교의 주구에게 넘겨 주기까지 하다니, 용서할 수 없어요!"

마치 철천지원수를 대하는 듯한 말투였지만, 눈길은 저 먼 곳을 향한 채 눈물을 흘리고 있었고 음성은 울먹이고 있었다.

잠시 침묵이 흐르고 그녀가 다시 입을 열었다. 목이 메었는지 나지

막하고 갈라진 음성이었다.

“알아요. 제 말이 어거지란 것 정도는……”

그 말에 유검의 두 눈이 동그래졌다.

오해로 인해 자신을 원망하고 있는 줄 알았는데, 스스로 어거지를 부리고 있다는 것을 알고 있다니?

“그럼 왜……”

흘겨보는 그녀의 눈초리에 유검은 황급히 입을 다물었다.

그녀는 길게 한숨을 내쉬었다.

“휴… 이럴 때 그냥 말없이 절 좀 안아주시면 안 되나요? 그걸 꼭 제 입으로 말해야 하나요?”

유검은 얼떨떨한 얼굴로 가까이 다가가 두 팔로 그녀의 어깨를 감싸 주었다.

그녀는 유검의 가슴에 살며시 얼굴을 파묻었다.

“……”

“……”

유검은 그녀의 머리카락에서 나는 은은한 솔잎 향을 맡으며 내심 생각했다.

‘내가 지금 뭘 하고 있는 거지?’

안겨 있는 여인의 두 눈동자도 당혹으로 흔들리고 있었다.

‘도대체… 내가 지금 무슨 짓을 한 거지?’

이때 유검을 부르는 다우의 음성이 들려왔다.

생각보다 가까운 위치라는 것을 깨닫는 순간 둘은 퉁기듯 떨어졌다.

여인은 아미를 치켜세우고는 빠르게, 그리고 큰 목소리로 소리쳤다.

“본 맹에 큰일이 생긴 건 알고 계실 거예요! 마침 단서가 될 만한 마교의 인물을 발견했는데, 며칠째 그 뒤를 쫓고 있던 참이었어요. 본 맹의 장로 두 분과 함께요. 장로들은 그자의 뒤를 쫓아 산으로 올라갔는데, 아무래도 고수가 더 필요할 것 같다고 하시더군요. 그래서 제가 여기로 내려온 거예요. 마침 수상해 보이는 사람이 있어 제압하여 물어보려 했는데, 마침 그대였던 것이에요. 본 맹에서 공적으로 지목한 당신이었던 거지요. 그래서 공격했을 뿐이에요."

유검도 덩달아 소리쳤다.

"아, 그랬군요! 일이 그렇게 된 것이었다니! 그렇다면 이 모든 게 오해였단 말이군요, 오해. 하하하!"

전혀 맞지 않는 대꾸를 하고 어깨를 들썩이며 앙천광소를 터뜨리는데, 가냘픈 신형이 휙 정자 안으로 날아들었다. 다우였다.

"많이 기다렸어? 생각보다 일이 복잡……."

다우는 유검에게 쪼르르 달려가 숨 쉴 틈 없이 자초지종을 털어놓다 힐끔 여인에게로 시선을 돌렸다.

유검은 황급히 그녀를 소개했다.

"아, 너도 알지? 여긴 그러니까… 무림맹주의 금지옥엽(金枝玉葉)이자 진 대협의 사질인……."

유검은 말을 꺼내는 순간 깨달았다. 여인의 이름을 아직도 떠올리지 못했다는 사실을.

"에… 그러니까……."

유검은 애써 웃는 표정을 지으며 다우에게 구원의 눈길을 보내었다.

하지만 다우는 어리둥절한 얼굴로 되물을 뿐이었다.

"왜 그러는 거야? 어디 아파?"

유검은 식은땀이 등줄기를 따라 흐르는 것을 느끼며 여인의 눈치를 슬그머니 살폈다.

그녀의 얼굴은 하얗게 탈색되어 가고 있었다.

"제 이름 석 자는 중요한 게 아니죠. 신경 쓸 일은 전혀! 못 돼요. 아참, 중요한 일이 있었는데 깜빡하고 있었군요. 그럼 이만……."

서둘러 떠나려는 순간, 발끝이 치맛자락에 걸려 요란한 소리와 함께 그녀는 엎어지고 말았다.

경신술을 익힌 고수가 자기 발에 걸려 넘어진다는 것은 있을 수 없는 일이다. 그런 현상을 목격했을 때면 사람들은 두 눈이 동그래지면서 감탄사를 터뜨리곤 한다. 특히나 아름다운 미녀일 경우라면.

하지만 유검은 감탄사를 터뜨리지도, 두 눈이 동그래지지도 않았다. 다만 길게 장탄식을 내뿜었을 뿐이다.

유검이 아무리 무디다 할지라도 그런 그녀의 행동을 보고서도 마음을 짐작치 못할 리는 없다.

마땅히 다가가 그녀를 위로해 줘야겠지만, 그런 행동이 혹여나 다우의 마음에 상처를 입힐지도 모른다.

유검은 어떤 결정도 내리지 못한 채 멍하니 서 있었다.

다우가 그녀에게 다가가 걱정스러운 얼굴로 물었다.

"진 언니, 괜찮아요? 혹 암습을 당했어요?"

그 말에 유검은 내심 아차 싶었다.

'아, 그렇군! 진 소저라고 했으면 되는구나!'

후회는 아무리 빨라도 늦다. 일검에 격중당한 후 이렇게 피했어야 한다고 후회해 봤자 이미 늦은 것이다.

유검은 비록 무공은 전인미답의 경지에 올랐으되 사람 간의 일은 여전히 서툴기 그지없었다.

다우가 바깥을 손가락으로 가리키며 소리쳤다.

"오라버니! 주위에 수상쩍은 인물이 없나 살펴봐 주세요! 진 언니는 아무래도 암습을 당한 것 같아요!"

유검은 다우가 뭘 잘못 생각하고 있구나 싶어 말했다.

"아, 암습이 아니라……."

순간 다우의 눈썹이 위로 휙 치켜세워지는 것을 보고 유검은 그제야 상황을 깨달았다.

"맞아, 맞아. 안 그래도 저기 검은 그림자가 휙—! 하고 지나가더라구. 마교 녀석들이 분명해!"

"그럼 빨리 뒤쫓아 가봐요! 얼른!"

"맞아, 네 말이 옳다. 그놈 뒤를 쫓아가 봐야겠어!"

"빨리요!"

"그래, 그래!"

유검은 허둥지둥 바깥으로 달려나가다 휙 돌아서서 말했다.

"아, 너는 진여영 소저를 보살피고 있기라!"

마침 그녀의 이름이 떠올라 그렇게 소리쳤다.

다우가 한심스러운 얼굴로 쳐다보자 유검은 움찔하며 다시 바깥으로 뛰어나갔다.

"앗! 누구냐! 거기 서라!"

유검은 손가락으로 검은 수풀 쪽을 가리키며 그렇게 소리치곤 그곳으로 달려갔다.

유검의 모습이 검은 수풀 속으로 사라지자 진여영은 천천히 몸을 일으켰다.

"고마워요."

다우는 그녀에게서 시선을 돌리며 딱딱하게 말했다.

"난 당신이 싫어요."

"…알고 있어요."

"……."

날은 완전히 어두워져 정자 안으로 달빛이 쏟아져 들어오고 있었다.

*　　　*　　　*

기괴하게 생긴 한 노송의 뒤로 몸을 숨긴 유검은 그 자리에 털썩 주저앉았다.

정자 쪽에서 두런두런 속삭이는 듯한 이야기 소리가 들려왔다. 진여영과 다우 둘이서 대화를 나누는 듯한데 워낙 목소리가 낮아 무슨 이야기인지 알아들을 수는 없었다.

유검은 이마에 흐르는 식은땀을 소맷자락으로 훔치며 하늘을 올려다보았다.

낮게 깔린 밤 안개 사이로 보이는 달빛은 흐릿했다.

유검은 한숨을 내쉬며 중얼거렸다.

"본래 날 미워하고 있었던 거 아닌가?"

곤혹스러운 듯 검미를 찌푸리고 있었지만 입술이 자꾸만 움찔움찍거리며 히죽 웃으려 했다. 미녀가 자신을 마음에 두고 있다는데 굳이 싫을 까닭은 없는 것이다.

하지만 절대 다우 앞에서 내색해서는 안 된다고 내심 다짐했다.

'왜?

다짐한 순간 불쑥 떠오르는 왜? 라는 말.

곰곰이 생각한 끝에 내린 결론은 '그냥…' 이었다.

그 다음 떠오르는 의문 하나.

자신은 왜 허겁지겁 도망쳐야만 했는가?

사람 이름 하나 기억 못한 게 그리도 큰 죄란 말인가? 설마 하니 이 세상 모든 사람의 이름을 모두 기억해 두고 있어야만 한단 말인가?

세상에는 그보다 더 소중한 일들이 많다.

물론 사소해 보이는 일 중에서도 놓칠 수 없는 큰 의미도 있다.

예를 들어 눈앞의 기괴하게 생긴 노송이 크기는 작아 보이지만 그래도 최소한 수백 년의 연륜을 지니고 있다는 것을 알고 있다. 몸체보다 수배는 되는 뿌리가 지면을 꽉 움켜쥐고 오랜 세월 거친 황산의 풍우(風雨)를 견뎌내며 버텨온 것이다.

그렇게 한낱 소나무에 깃든 세월의 흐름을 한눈에 알아차릴 수 있는 눈썰미가 있으니 겨우 여자 이름 하나 기억 못했다 한들 크게 부끄러워하거나 죄책감을 가질 일은 아닌 것이다.

또한…

'음… 뭔가 본질을 벗어난 것 같은데……'

아무래도 생각이 이상한 방향으로 흐르는 것 같았다.

그래도 자신이 잘못한 게 없다는 사실을 증명하기 위해 재차 상념에 젖어들려는 순간, 뭔가 이상한 느낌이 들었다.

오랜만에 만난 익숙함, 마치 오랜 세월 지나 옛 고향 친구를 만난 듯한 느낌.

유검은 팔을 이리저리 움직여 보았다.

'……?'

몸이 제대로 움직였다. 근육의 저항은 거의 없었다. 이 정도라면 크게 무리하지 않는 한 일상적인 행동은 별로 어렵지 않을 듯했다.

그러고 보니 도원정에서 도망쳐 나올 때도 별달리 어려움을 느끼지 않고 여기로 달려왔다. 갑자기 몸이 멀쩡하게 움직이는 것이다.

"대체 어떻게 된 거지?"

유검은 고개를 갸웃거렸으나 곧 입맛을 다시며 다시 상념에 빠져들었다. 뭐가 뭔지는 몰라도 당장 생명의 위기를 맞게 될 위급한 사항은 아닌 것 같으니 그다지 신경 쓸 일은 아니라고 판단했다.

보다 중요한 것은…

유검은 목젖에 닿아 있는 비수 하나를 발견했다.

갑자기 기분이 우울해졌다.

비수는 기름을 먹인 듯 거울처럼 반질거렸지만 안개로 인해 달빛이 흐릿한 탓인지 날이 날카롭지 못하고 뭉툭한 느낌이 들었다.

비수 주제에 뭉툭한 느낌이 들다니?

정말로 기분이 우울해질 수밖에 없었다.

시선은 비수를 잡고 있는 손으로 향했다.

굵은 손마디는 양쪽 모두 굳은살이 박혀 있다. 좌우의 변화가 극심한 검법을 오랜 시간 익혔다는 증거다. 하지만 길쭉하고 섬세한 손마디의 형세를 보니 본질은 쾌검류에 가깝다.

살갗의 윤기 정도를 보건대 이십 대 중반 정도의 나이일 것이다. 또한 익힌 검의 성질로 보아 치밀하면서도 신경질적이고 때로는 격정에 사로잡히기 쉬운 경향도 있을 것이다. 평소에는 아마도 그런 흥분하기 쉬운 단점을 감추기 위해 오히려 무표정한 얼굴을 하고 있을 것.

그렇게 해서 대충 검을 가슴에 안은 채 무표정한 얼굴로 자신을 쏘아보는 바짝 마른 검사의 모습이 떠올랐다.

'나의 눈썰미는 아직도 쓸 만하군.'

유검은 조금 기분이 좋아졌다.

한눈에 손만 보고서도 상대의 검술에서부터 성격까지 파악해 내었다. 그러니 한 여인의 이름을 기억 못했다고 해서 자책할 필요는 없는 것이다.

비수를 든 불청객은 자신의 등 뒤에 있었다. 숨소리가 낮고 고른 것을 보아 내공 수련도 제법 쌓은 듯하다고 생각했다.

하지만 자신의 이목을 숨기고 접근할 정도는 아니다.

해답은 곧 나왔다.

'그렇군. 이자가 이 근처에 숨어 있었는데 내가 하필 이곳으로 온 것이군.'

또 다른 의문이 떠올랐다.

'그런데… 왜 이자는 내게 비수를 겨누고 있을까?'

유검은 보통 사람이라면 먼저 떠올릴 만한 의문을 이제야 제기했다.

"너는……."

의문의 불청객이 입을 열자 유검은 황급히 말했다.

"잠깐, 일단 조용한 곳으로 가는 게 어떨까?"

자신의 추리를 내놓기 전에 상대가 답을 내놓는다면 무척이나 재미없는 일이다. 또한 이곳에서 소동을 일으켜 두 여인의 시선을 받는다는 것도 어리석은 짓이다.

그래서 시간을 벌 겸 그런 제의를 내놓았다.

등 뒤의 기척을 통해 불청객이 좌우의 동정을 살펴보고 있음을 알 수 있었다.

'이자도 남의 눈에 띄고 싶진 않은 것 같군.'

그렇다면 자신의 제의를 거절할 리 없다고 자신했다.

목젖을 겨누고 있던 비수가 사라졌다. 물론 불청객이 비수를 거둬들인 것은 아닐 것이며, 아마도 등 뒤를 겨누고 있을 것이다.

어쨌든 자신의 제의를 받아들인 것이기에 유검은 만족해하며 수림(樹林) 안을 향해 걸어 들어갔다.

등 뒤에 불청객이 바짝 뒤따라오는 기척이 느껴졌다.

유검은 더욱 호기심이 일었다.

'정체가 뭘까?'

아마도 다우 아니면 진여영 둘 중 하나와 관련이 있을 것이라 짐작했다. 아니면 말이 씨가 된다고, 어쩌면 마교의 인물일지도 모른다.

생각에 잠겨 무작정 걷다가 문득 잠에서 깨어난 듯 주위를 돌아보니 수림은 끝이 나 있었다.

졸졸 개울물 흐르는 소리가 들려왔다.

조금 더 나아가니 낮게 깔린 밤 안개 사이로 개울이 보였다. 술 한잔 걸친다면 꽤 운치있을 만한 곳이란 생각이 들었다.

유검은 여기면 적당하지 않을까 싶어 걸음을 멈추었다.

"자……."

빙글 몸을 돌리며 입을 열려는 순간 유검의 얼굴이 딱딱해졌다. 두 눈은 당혹과 혼돈으로 흔들렸다.

"여자?"

시선이 비수를 들고 있는 불청객의 손으로 떨궈졌다.

비록 길쭉하고 섬세한 형세를 지녔다지만 굳은살이 박혀 있는 단단하고 굵은 손마디다.

저게 어떻게 여인의 손이 될 수 있단 말인가!

다시 확신을 가지고 불청객의 얼굴을 바라본 순간 유검은 얼굴을 일그러뜨릴 수밖에 없었다.

아래로 흘러내린 머리카락 사이로 보이는 갸름한 얼굴과 반듯한 콧날, 이 정도는 잘생긴 남자라면 가능하다. 눈매가 비록 섬세하기는 하지만 매섭기 그지없어 역시 여자라고 꼭 단정지을 수는 없다.

그 아래 약간 마른 듯 조그만 입술 역시.

유검은 한숨을 내쉬었다.

뜯어보면 남자라고 우길 수 있으되, 전체적으로 보니 역시 여자임은 분명한 것이다.

게다가 결정적으로 검은 무복을 걸친 가슴 부위가 불룩했다.

불청객, 아니, 여인이 입을 열었다.

“나는…….”

유검은 황급히 소리쳤다.

“잠깐! 이름을 말해 봤자 나는 기억 못해!”

여인은 아랑곳하지 않고 말을 이었다.

“벽력문(霹靂門) 철기당(鐵器堂) 당주 매초설(梅焦雪)이다.”

“젠장!”

유검이 투덜거리며 잔뜩 불만스러워하자 여인은 그 행동을 이해할 수 없어 아미를 찌푸렸다.

그녀는 바로 본론을 꺼내었다.

“문주님과 헤어져 다오.”

“……?”

어리둥절해하던 유검은 진지하기 그지없는 여인의 눈과 마주치자 얼굴이 서서히 굳어져 갔다.

여인은 딱딱한 음성으로 말을 이었다.

"소문을 통해 너와 문주님의 관계는 들었다."

유검은 두 팔을 천천히 아래로 늘어뜨리며 물었다.

"그런데?"

"문주님에게 남녀 관계는 아직 이르다. 넌 모른다, 문주님에게 어떤 과거가 있었는지를."

유검은 하늘을 보고 허허 웃었다.

하지만 셋을 헤아리기도 전에 바로 얼굴을 굳히고 그녀에게 물었다.

"넌 뭔가? 다우의 부모라도 되는가?"

"그건 아니지만……."

"아니라면? 대체 무슨 자격으로 내게 그런 소리를 하는 거지?"

"…문주님을 위한 마음은 누구보다 강하다."

유검은 더 이상 말할 가치를 느끼지 못했다.

복잡하게 생각할 것은 없었다.

강호에서 서로 다른 의견이 부딪치면 대부분 무공으로 해결한다. 이럴 때 말싸움이란 것은 의미가 없는 것이다.

상대는 자신의 역린을 쑤셔왔다.

다우는 단순히 남녀 관계라든가 그런 게 아니다. 굳이 의미를 두자면 마음에 가장 가까이 닿아 있는 이였다.

그런데 다짜고짜 헤어져 달라니…….

동의할 수도 없고, 해서도 안 될 요구를 뻔뻔히 내놓는 것이다. 술 한잔 사주지도 않으면서!

"거래를 하자."

여인의 말은 한 귀로 흘리며 한 발을 내디뎌 정자(丁字)를 취하고 두 손을 중단으로 올렸다.

아마 태산압정 일초면 충분하리라.

가볍게 팔다리를 움직여 보니 변태노인과의 싸움에서 입은 타격이 여전히 남아 있는 듯했지만, 그래도 눈앞의 여인을 제압하는 정도는 충분하리라는 판단이 들었다.

"내게 맞았다고 나중에 다우에게 일러바쳐도 소용없어. 다우는 내 편이니까."

"문주님과 헤어져 준다면……."

"흥, 네 몸뚱어리라도 바치겠단 건가?"

쉬이익—

유검의 신형이 갑자기 픽! 하고 사라졌다.

나직이 깔린 밤 안개가 쫘아악 좌우로 갈라지며 소용돌이쳤다. 흐르는 개울 물소리조차 순간 멈춰 버렸다.

날카로운 파공성에 잘려진 풀잎들이 뒤늦게 허공으로 날아오른다.

유검의 주먹은 그녀의 위쪽 옆구리 기문혈(期門穴) 근처에 머물러 있었다.

그리고 흘러내리던 여인의 상의가 주먹에 걸려 있었다.

"그렇다."

뒤늦은 여인의 대답.

"너의 무공에 대한 소문도 들었다. 비수로 너의 목을 겨눌 때 그게 사실이란 것을 알았다. 철판에 대고 있는 듯했다. 너와 싸워봤자 내가 질 것은 뻔하다. 문주님과 헤어져 준다면 날 어떻게 해도 좋다."

매초설은 무표정한 얼굴로 그렇게 말하며 가슴을 가리고 있는 광목천을 거칠게 잡아당겼다.

탄탄한 근육질의 몸매에 탱탱한 젖가슴이 불룩 드러났다.

유검은 코웃음을 쳤다.

"잘못 생각하고 있군. 옷을 벗어 던진다고 내가 눈 하나 깜짝할 것 같은가?"

소리치던 유검의 얼굴이 일그러졌다.

여인은 허리띠를 거칠게 잡아당겼고, 이에 하의가 주르르 내려가고 있었던 것이다.

"이것은 거래다."

여인이 한 걸음 걸어나오며 두 손이 마지막 속곳으로 향하는 것을 본 순간 유검은 미련없이 등을 돌렸다.

'젠장, 미친 여자와는 상대할 필요가 없지!'

내심 그렇게 중얼거리며 개울의 상류를 향해 도망치기 시작했다.

벌거벗은 여인의 신형이 허공을 날았다.

금나술을 발휘한 그녀의 손가락이 유검의 옷자락을 움켜쥐려는 순간 그의 신형이 또다시 허깨비처럼 사라졌다.

이십여 장 밖에 나타난 유검은 멈칫하며 비틀거렸다.

아우성치는 뼈마디에게 인내의 소중함을 가르치며 힐끔 고개를 뒤로 돌려보니 흐릿한 달빛에 떠 있는 하나의 검은 그림자를 발견할 수 있었다.

유검은 자신의 몸 상태로 보아 쉽사리 그녀에게서 도망치기 어려움을 깨달았다.

몇 발자국 달려가는데 여인이 바짝 뒤쫓아왔음을 느꼈다.

유검은 허리를 떨구며 상체를 비틀었다. 그보다 앞서 돌아가는 왼쪽 팔꿈치.

정확히 상대를 격중시켰음을 알았지만 느낌이 이상했다.

팔꿈치가 격중시킨 부위는 여인의 오른쪽 가슴이었던 것이다.

"아, 죄송……."

입술을 깨물고 애써 고통을 참는 그녀의 얼굴에 유검은 자신도 모르게 사과하고 말았다.

그사이 여인의 두 팔은 유검의 목덜미를 휘감았다. 그리고 한 발은 유검의 사타구니 사이로 밀어 넣어 마치 씨름하듯 넘어뜨렸다.

유검은 반항하지 않고 그녀와 함께 뒤로 넘어졌다.

지면과 일 척 거리에 이르렀을 때, 유검은 손가락을 세워 그녀의 가슴 쪽 폐경의 운문혈(雲門穴)을 찔렀다. 일시지간 호흡을 멈추게 하고 정신을 잃게 만드는 혼혈(昏穴)이었다.

동시에 그의 신형이 옆으로 주르르 미끄러지며 빙그르르 회전했다.

주축이 되어 땅바닥을 짚은 것은 왼쪽 팔이었으며, 그 원심력을 이용해서 오른손으로 여인의 팔을 휘감아 집어 던졌다.

매초설은 허공을 날아 개울에 떨어졌다.

여인은 당분간 깨어나지 못할 것이다. 그때를 틈타 도망치면 된다.

그렇게 판단하고 도망치려다 그녀가 얼굴을 개울물에 처박은 채 떠내려가는 것을 보았다. 저대로 두다가는 질식하고 말 것이다.

"젠장!"

유검은 투덜거리며 개울물로 뛰어들었다.

첨벙거리며 그녀에게 다가가 왼쪽 팔을 움켜쥐고 밖으로 끌고 나왔다.

그녀를 바위 아래 눕혀놓고 떠나려다 또다시 멈칫거렸다. 한숨을 내쉬며 유검은 상의를 벗어 그녀의 몸을 덮어주었다.

그리고 이제야말로 정말 떠나려는데, 두런두런 사람들의 기척이 들려왔다.

태산압정 초식을 펼쳐 삽시간에 사라져 버리려 하다 들려오는 말의 내용에 흠칫하여 외려 바위 아래로 몸을 숨겼다.

"문주님 말야, 어찌 보면 안됐지 않니?"

앳된 계집아이의 목소리였다.

"쳇, 할 수 없지. 은자가 바닥났으니깐. 책임은 모두 문주가 지는 게 당연해."

말을 받은 것은 역시 어려 보이는 남자 아이의 목소리였다.

"그래도… 은자에 팔려간다는 게 너무 안됐다."

계집아이의 말에 남자 아이는 코웃음을 쳤다.

"흥, 넌 모르고 있군. 은자는 사실 구실일 뿐이야. 진천뢰를 몇 개만 처분해도 은자는 얼마든지 들어오는데 뭐. 그보다는 장로들이 문주를 눈엣가시처럼 생각해 왔었기 때문이야. 진 대협이 실종되었다고 강호에 소문이 나니 이제야말로 소용없게 된 다리는 부술 때라고 본 거지 뭐."

"하긴… 문주님이 여태껏 그 자리에 있을 수 있었던 것은 모두 진 대협의 덕분이었으니까… 다들 문주님과 진 대협이 혼약을 할 것이라 생각했지. 그래서 아무도 감히 문주님을 함부로 대하지 못했는데……."

"쳇, 어디서 굴러들어 왔는지도 모르는 다른 놈팡이랑 눈이 맞았다고 하니 장로들이 내치는 것도 당연해. 그나마 문주를 옹호하는 장로들은 모두 그 박쥐섬인가 하는 곳으로 갔다가 마교 놈들에게 몽땅 잡혔다잖아."

남자 아이는 잠시 말을 멈추고 길게 한숨을 내쉬었다.

"사실 진 대협이 자주 올 때에도 다들 문주에게 무례하게 대할 정도였잖아. 그렇게 어린 꼬마 계집이 문주라는 사실을 승복할 수 없었던 거지. 그뿐 아니라 전대 문주님을 비롯해 많은 사람들이 지금의 문주로 인해 죽고 말았으니… 원한을 가진 사람이 부지기수, 지금까지 탈이 없었던 게 이상할 지경이지."

"그럼 문주님이 자꾸 강호로 떠돌았던 게 혹 목숨의 위협을 느껴서였던 거야?"

"음… 아마도 그럴걸? 진 대협 덕분에 강호의 노선배들과 친분이 있어서 문파 내보단 편하고 안전했을 테니까. 하여간 마침 내일 문주를 사 갈 사람이 온다니 마지막으로 잘 대해주자구."

"응."

"그래."

"근데… 여긴 어때?"

"아냐, 좀만 더 아래로 내려가면 사람들이 안 다니는 으슥한 곳이 있어. 그리로 가자."

계집아이와 남자 아이의 기척은 점점 멀어져 갔다.

유검은 팔짱을 끼고 있었다.

흐릿한 달빛을 올려다보고 있었는데, 무엇을 생각하는지 모호한 얼굴이었다.

"으으음……."

신음성과 함께 정신을 잃었던 매초설이 깨어나고 있었다.

스르릉—

유검은 돌연 허리춤의 한천검을 뽑아 들었다.

서슬 퍼런 검날을 그녀의 목에 가져다 대고 중얼거리듯 말했다.

"알고 싶은 게 있는데……."

평온하기 그지없는 음성이었으나 듣는 매초설은 자신도 모르게 전신을 부르르 떨었다. 소름이 돋아났다. 옷을 벗어 던질 때도 무감정했던 그녀의 눈빛이 형언하기 힘든 공포로 물들어갔다.

그녀의 눈에 비친 유검은 달빛을 등에 지고 있었기에 검은 그림자로만 보였다. 그 속에 차가운 두 눈만이 반짝이고 있었다.

하나 그녀가 공포로 물든 것은 그런 모습 때문이 아니었다.

전신을 스멀거리며 감도는 살기(殺氣) 때문이었다. 솜처럼 부드러운 듯했지만, 조금만 움직여도 바늘이 푹 솟아오를 것만 같은 정중동(靜中動)의 살기였다. 그리고 그 살기는 단순한 생명의 위협 그 이상이었다.

영혼이 산산이 흩어져 완전 소멸될지 모른다는 공포가 전신 세맥을 통해 스멀스멀 기어들어 왔던 것이다.

한참 후에야 매초설은 눈앞의 절대자가 자신이 뒤를 쫓던 유검임을 깨달았다.

다시 살펴보니 평온하기 그지없는 표정.

좀 전 느꼈던 살기는 마치 꿈속의 일인 듯 온데간데없이 사라지고 없었다.

그럼에도 매초설은 기이하게 떨리는 마음을 금치 못했다.

"무, 무엇을……."

더듬거리며 되묻는 그녀의 두 눈에 유검의 모습 위로 진삼원의 각진 얼굴이 겹쳐지고 있었다.

第九章

노성(怒性)의 유검

노성(怒性)의 유검

먼동이 터오고 있었다.

긴 세월 항상 그리해 왔듯 얼굴을 내민 태양은 요란한 황금 빛을 뿌려대고, 기봉들 사이로 파도치듯 흐르는 구름은 빛의 편린을 잡아채 산산이 부숴 버린다.

바위에 가부좌를 틀고 앉아 있는 유검의 두 눈에도 조각난 빛의 시체들이 불꽃처럼 춤을 추고 있었다.

유검은 천천히 눈을 감았다.

머리카락을 흩뜨리는 바람 속에서 음미하는 태양의 노랫소리는 항상 조용하면서도 새로운 생명력으로 가득 차 있었으나 오늘은 달랐다. 새파란 불길 같은 분노의 격류가 노랫소리와 함께 가슴속을 휘젓는 것이다.

하지만 그것이 격렬한 감정의 흥분으로 이어지진 않았다. 오히려 차갑게, 차갑게 가라앉아 전신의 경락을 따라 광기의 춤을 추는 생명의

가락 속으로 녹아 들어갔다.

어제저녁 매초설에게 들었던 이야기 조각들이 어지러이 머리 속을 떠돌아다녔으나 다시 눈을 뜨는 순간 모두 사라져 버렸다.

유검은 천천히 몸을 일으켰다.

하룻밤의 시간이 흐르는 동안 몸은 완전히 정상으로 돌아온 듯했다.

유검은 상쾌한 산중의 아침 공기를 길게 들이마셨다 내쉬었다.

"이미 짐작하고 있었으니 군이 지금 와서 화낼 이유는 없다. 창녀라고 수군거리는 소릴 들으며 자라왔다 한들, 원한과 증오의 눈길을 받으며 살아왔다 한들 그게 뭐 큰 대수라고……."

백설로 뒤덮인 연화봉(蓮華峰)의 정상을 올려다보고는 바위에서 내려왔다.

소나무 숲 사이로 성큼성큼 걸어 들어가며 유검은 소리쳤다.

"자, 올라가자!"

안쪽에서 다우의 날카로운 음성이 터져 나왔다.

"오지 마세요!"

유검은 늙은 소나무와 사람 크기의 바위 뒤로 돌아서며 말했다.

"아직도 고르지 못한 모양이군."

바닥에 보자기가 깔려 있었는데, 그 위로 많은 옷가지들이 어지러이 널려 있었다. 유검은 허리를 굽혀 그중 하나를 집어 들었다. 문주의 지위를 드러내는 푸른 낙뢰(落雷)의 문양이 가슴에 새겨진 붉은색 비단옷이었다.

"일단 이걸 입어야 한다면서? 그럼 면사만 고르면 될 텐데 무슨 시간이 그리 오래……."

옷자락을 집어 들고 고개를 들어 올린 유검은 고개를 갸웃거렸다.

"근데 옷은 왜 벗고 있는 거냐?"

다우는 옷자락으로 황급히 가슴 등을 가린 모습이었는데, 꽤나 화가 난 얼굴이었다.

"일단 저쪽으로 피해주실래요?"

다우는 정중하지만 차가운 얼음 같은 음성으로 말하며 손가락으로 소나무 뒤쪽을 가리켰다.

그녀의 오른팔이 들리자 유검의 눈길은 자연스레 살짝 드러난 그녀의 가슴 계곡으로 모여졌다.

"우린 이미 부부가 되기로 했는데, 굳이 가릴 필요가……."

정당한 요구임에도 대답 대신 수많은 암기들이 날아들었다. 그리고 귀청이 찢어질 듯한 소리들, 물론 해석은 되지 않았다.

유검은 작전상 일단 후퇴하지 않을 수 없었다.

바위 뒤편에 쪼그리고 앉아 한참을 기다리고 있으니 다우가 불렀다.

소나무를 돌아가 보니 다우는 결국 문주의 위를 드러내는 예복(禮服)을 입고 있었는데, 울상을 짓고 보자기 한쪽을 가리켰다.

그녀가 가리킨 방향의 보자기 위에는 다양한 색깔의 각종 면사들이 널려 있었다. 녹색, 검은색, 노란색, 초록색 등 색깔도 다양할 뿐 아니라 직사각형에 약간 마름진 꼴, 세모난 꼴로 형태도 가지각색이었다.

"모두 맘에 안 들어. 어떡하지?"

그렇게 말하며 초조한 얼굴로 발을 동동 굴렀다.

유검은 검은색 면사를 하나 집어 들며 물었다.

"이거면 어떠냐?"

다우는 발끈해 소리쳤다.

"말했잖아! 모두 맘에 안 든다고!"

유검은 어깨를 으쓱거릴 수밖에.

“나보고 어떡하란 거냐?”

“몰라!”

역시 귀청이 찢어질 듯한 소리, 다우 역시 흥분할 땐 보통 여인네와 다를 바 없다는 것을 확인하는 순간이었다.

유검은 검미를 찌푸리고 둘 정도 헤아릴 시간 동안 신중히 고민한 다음 대안을 내놓았다.

“좋아, 내가 마을로 내려가서 면사 종류는 몽땅 사가지고 오마. 그중에 틀림없이 네 맘에 드는 게 있을 거다.”

다우의 음성은 더욱 높아졌다.

“몰라서 그런 소릴 하는 거야? 시간이 없단 말야! 사람들이 기다리고 있다구!”

그리곤 울상을 짓곤 발을 동동 굴렀다.

“난 어떡해, 어떡해…….”

유검은 다우가 왜 그리 면사에 집착을 하는 것인지 이해가 가지 않았다.

이번에는 다섯 정도 헤아릴 정도로 깊이 생각을 한 다음 이성적으로 그녀를 설득해 보기로 했다.

“혹 내가 말하지 않았나? 네 수하들은 널 은자에 팔아버리려고 한다. 벽력문이 파산을 하게 되었는데, 네가 결혼해 주면 그 빚을 모두 갚아주겠다는 놈이 나타났다는 거야. 물론 유치한 구실에 불과한데, 어쨌든 널 몰아내려는 속셈이지. 그런 놈들에게 뭐 그리 잘 보일 게 있다고…….”

말은 끝까지 잇지 못했다.

다우는 그 자리에 쪼그리고 앉아 어깨를 들썩이며 울고 있었던 것이다.

유검은 그녀에게 가까이 다가가 조용히 안아주었다.

다우는 울먹이며 말했다.

"저도 알아요, 사람들이 절 좋아하지 않는다는 것 정도는."

유검은 이럴 때 괜히 맞장구치는 것이 어리석다는 정도는 알고 있었기에 가만히 듣고만 있었다.

"하지만… 하지만 마지막이잖아요. 전 사람들에게 얼굴을 드러낼 수 없었어요. 항상… 항상 면사를 쓸 수밖에 없었죠. 그러니까… 그러니까……."

유검은 뭔지는 몰라도 대략 이해는 갔다.

다우는 이미 알고 있었던 것이다.

어떻게 해결이 나든, 좋든 싫든 한평생 함께 살아온 이들과 이별할 수밖에 없다는 사실을.

그들이 자신을 미워하든 말든 낯익은 이들과 헤어져야 한다는 사실이 그녀의 눈물샘을 자극한 모양이었다.

유검은 그녀를 위로해 줄 말을 찾지 못했다.

한참 후에야 유검은 더듬더듬 말문을 열었다.

"내가… 어떡하면 좋겠니?"

그녀의 고개가 천천히 들렸다.

커다란 다우의 두 눈동자는 눈물에 젖어 있었다. 비 온 날 새벽의 수선화 같은 모습이었다. 그녀는 울먹이는 목소리로 염원을 담아 말했다.

"좋게… 헤어지고 싶어요."

유검은 검미를 찌푸렸다.

눈물에 젖은 그녀의 눈동자와 마주친 순간 잔잔한 애수의 그림자가 가슴속 밑바닥에 숨겨져 있던 분노의 물결 위로 드리워졌다.

유검은 한참 후에야 한숨을 토해내듯 고개를 끄덕였다.

“좋다.”

다우의 얼굴에 한줄기 조그만 미소가 떠올랐다.

*　　　*　　　*

유검이 검은 면사를 쓴 다우와 함께 소나무 숲에서 나왔을 때, 이십 대 중반으로 보이는 한 무사가 기다리고 있었다.

“저를 따라오시지요.”

이보다 더 형식적일 수 없다, 가 어떤 것인지 전형적으로 보여주는 포권지례와 말투였다.

유검은 그가 혹 이런 모습을 일부러 보여주기 위해 미리 피 말리는 연습을 해온 것이 아닌가 하는 의심이 들었다.

무사는 대답도 기다리지 않고 몸을 획 돌리더니 먼저 길을 걸어나갔다.

다우가 손을 꼭 잡아오자 유검은 걱정 말라는 듯 히죽 웃어 보였다. 물론 눈까지 웃지는 못했다.

둘은 침묵의 율법을 지키는 수행승마냥 아무런 대화 없이 무사의 뒤를 따라갔다.

소로(小路)를 따라 연화봉 중턱에 이르자 가파른 절벽 아래 벽력문의 입구가 보였다.

거대한 대문 위 황금색의 벽력문이란 편액이 있었고, 그곳으로 오르는 길은 백여덟 개의 계단으로 이루어져 있었다. 그리고 계단 초입에 이십여 명의 무사들이 이 열로 줄지어 서 있었다.

“문주님을 뵈옵니다!”

유검과 다우가 계단 아래에 이르자 이십여 명의 무사들은 일제히 창을 치켜세운 채 한쪽 무릎을 꿇으며 예를 표했다. 바로 곁에서 천둥이 치는 듯 우렁찬 목소리와 함께.

언뜻 보면 꽤나 문주에 대해 경의를 표하는 듯 보였다.

하지만 부복한 무사들은 창을 든 팔의 어깨에 힘을 꽉 준 모습이라든가, 일부러 가슴의 옷자락을 풀어헤쳐 근육을 드러내 보이고 있는 모습 등은 아무리 좋게 보아도 일문의 문주 앞에서 보이기에는 너무 흐트러지고 무례한 모습이었다.

악의로 해석하자면 한껏 위세를 떨쳐 상대에게 겁을 주려는 것처럼 보였다.

유검은 고개 숙인 몇몇 무사들이 힐끔 다우를 윗눈질로 훔쳐보며 입가에 냉소를 띠는 것을 보고 자신의 해석이 그리 틀리지 않다고 판단했다.

다우가 불안한 얼굴로 자신을 뒤돌아보자 유검은 또다시 히죽 웃어 보였다. 설마 하니 좋게 끝내게 해주겠다고 약속했는데 이 정도에 흥분하겠느냐, 라는 의미가 담긴 미소였다.

물론 눈은 여전히 웃지 않았다.

다우는 무사들을 향해 다정한 목소리로 말했다.

"다들 오랜만이에요. 제가 너무 강호를 떠돌았죠? 급보를 받고서야 겨우 본 문을 찾다니… 참 문주의 자격이 없는 것 같아요. 정말로 미안해요."

뭐라 한마디라도 대꾸해 주는 무사는 아무도 없었다.

노골적인 무시.

유검은 다우의 어깨가 조금 처져 보인다고 생각했다.

그녀가 다시 자신의 눈치를 살피려 고개를 돌렸을 때 이번에는 웃지 못했다. 그래서 아무 말 없이 절벽 아래 파도치는 운무의 절경으로 고개를 돌렸다.

다우는 짧게 한숨을 내쉬며 무사들에게 물었다.

"장로들께… 연락을 드렸나요? 환영사를 해준다고 하셨는데……."

역시 그녀의 물음에 대답하는 무사는 아무도 없었다.

검은색 면사 아래 가려진 다우의 두 뺨이 붉게 달아올랐다.

유검은 지금 여기서 일어난 일은 보지도 듣지도 못한 양 여전히 팔짱을 낀 채 절벽 아래로 무심한 눈길을 던지고 있었다.

기묘한 엇박자에 맞춰 턱 끝을 끄덕끄덕거리고 있었다. 속으로 뭔가 음악을 떠올리며 거기에 빠져든 듯했다.

듣고도 못 들은 척하기엔 힘들다. 알고도 못 본 척하기도 힘들다.

그래서 내면으로 의식을 집중시켰는데 내면에서 뭔가 꿈틀거리는 것이 전신을 돌아다녔다. 하얀 빛살의 무리들이었다. 이 녀석들은 희한하게도 태양의 노랫소리와 바람의 장단에 맞춰 춤을 추는 것 같았다.

다우는 머뭇거리다 변명하듯 말했다.

"전… 필요없다고 했는데, 장로들께서 환영사를 해준다고 잠시 기다리라고 하지 뭐예요. 우습죠? 문주가 강호에서 돌아온다고 환영사를 해준다니……. 근데 준비할 것이 많은지 좀 늦어지네요. 호호……."

다우는 스스로의 말이 얼마나 어색한지 알고 있는 듯 곧 시무룩한 얼굴이 되었다. 가느다란 손가락으로 치맛자락을 만지작거렸다.

유검은 검미를 찌푸렸다. 내면에서 일어나는 재미난 변화, 하얀 빛살들의 재롱에 의식을 집중시켰음에도 귀는 열려 있어 다우의 말이 또렷하게 모두 들려왔던 것이다.

달리 말해 온전히 한곳에 집중을 못한 것이며, 의식의 많은 부분이 역시 다우에게 신경을 쓰고 있다는 증거였다.

유검은 못마땅한 얼굴로 말했다.

"호호라니… 언제부터 그렇게 웃기 시작했지?"

"…예?"

"넌 헤헤 하고 웃었잖아. 수하들 앞이라고 일부러 의젓한 웃음을 짓다니, 못됐어."

다우는 당혹해하며 대꾸를 하지 못했다.

유검이 농담 삼아 우스갯소리로 한 것인지, 아니면 화가 나 비꼬는 것인지 알 수가 없었던 것이다.

"농담이다. 별로 안 우스웠나 보군."

유검은 그렇게 말하며 무심한 눈길을 다시 절벽 아래로 돌렸는데, 얼굴은 여전히 화가 났는지 아닌지 모호한 표정이었다.

다우는 머뭇거리다 조심스레 물었다.

"저… 일단 올라갈래요? 아무래도 장로들께서 좀 늦어지는 듯하니……."

이때 이 열로 선 무사들 중 맨 앞에 부복해 있던 삼십 대 중반의 한 무사가 벌떡 일어나 좌중을 향해 호통 치듯 소리쳤다.

"호(胡) 장로께선 우리들에게 명하셨다! 그 누구도 허락없이 들어서는 안 된다고! 명을 지키지 못한 자는 당장 내가 그의 목을 치리라!"

"명을 받듭니다!"

부복한 무사들은 커다란 음성으로 일제히 그렇게 외쳤다. 미리 약속이라도 한 듯 하나 된 행동들이었다.

다우의 조그만 어깨가 부르르 떨렸다.

그녀는 애써 억울함을 참는 듯 떨리는 목소리로 그 무사를 향해 말했다.

"전 당신들의 문주예요. 그런 저의 앞길을 막을 셈인가요?"

무사는 딱딱한 음성으로 말했다.

"저희들이 어찌 감히 문주님의 앞길을 가로막겠습니까? 다만 외인(外
人)은 호 장로님의 명 없이는 들여보내지 못합니다."

말과 함께 유검을 쏘아보았다.

다우는 입술을 질끈 깨물며 다시 말했다.

"제가 모시고 가는데도요?"

"물론 저희들이 어찌 감히 막겠습니까? 막지 못합니다. 문주님께서
모시고 오신 귀인이신데요. 다만 호 장로님의 명을 지키지 못했으니
목숨으로 그 죄를 갚을 뿐입니다."

말하자면 문주 대접은 해주겠다. 하지만 우리가 명을 받고 따르는
이는 오로지 호 장로이지 당신은 아니다. 그런 의미를 노골적으로 드
러낸 것이다.

유검은 여전히 팔짱을 끼고 눈길을 절벽 아래로 둔 채 혼잣말처럼
중얼거렸다.

"싸구려 목숨이군."

쿵—!

무사들은 일제히 창으로 바닥을 두들기며 살기 띤 눈으로 유검을 쏘
아보았다.

입술은 굳게 닫혀 어떤 말도 내놓지 않았으나 내심 찢어 죽이겠노라
고 고함 지르는 것이 틀림없었다.

삼십 대 중반의 무사가 두 눈을 부릅뜬 채 유검을 향해 뭐라 입을 열
려는 순간,

둥—! 둥—! 둥—!

입구에서 북소리가 들려왔다.

무사들은 모두 흠칫하더니 부복한 자세에서 벌떡 일어나 입구로 몸을 돌렸다. 그들은 가슴의 옷자락을 여미어 모습을 바로 하더니 한쪽 무릎을 꿇으며 소리쳤다.

"호 장로님과 여섯 분의 장로님을 뵈옵니다!"

조금 전보다 더 우렁차고 경건한 목소리였다.

유검은 조그맣게 중얼거렸다.

"언제 죽을지 모르는 늙은이들이니 지금 실컷 봐두겠단 거로군."

"제발……."

다우가 허벅지를 꼬집으며 애원 어린 목소리를 내자,

"넌 내가 금강불괴란 걸 잊은 모양이구나. 꼬집어도 안 아파."

그렇게 대꾸했다.

유검은 미간을 찌푸렸다.

그렇게 대꾸해 주고 나니 생각 밖으로 마음이 아팠던 것이다.

곧 한숨을 내쉬며 미안한 말투로 말했다.

"휴… 알았다. 앞으로 아무 소리 하지 않으마. 좋게 끝내야 하니까."

다우는 면사를 살짝 들어 올려 미소 띤 입 모습을 보여주며 정감 어린 목소리로 말했다.

"고마워요, 오라버니……."

일부러 자신들을 기다리게 한 것이 분명한, 말상의 노인 하나가 여섯 명의 늙은이와 함께 계단을 천천히 내려와 일정 예식을 갖춰 지루하기 짝이 없는 환영사를 하는 모습을 지켜보다 유검은 다시 눈길을 돌렸다.

저 멀리 기봉들 사이로 펼쳐진 안개의 바다를 감상하는데 문득 뺨을 스치는 바람이 더없이 부드러움을 느꼈다.

유검은 무의식적인 충동에 손을 들어 올렸다.

이상하게도 저 멀리 흐르는 구름이 바로 손에 잡힐 듯한 느낌 때문이었다.

마음이 이는 순간 하얀 빛살로 이뤄진 손이 무한히 뻗어 나가는 듯했다.

마치 일검을 찔러 넣듯 그렇게 손을 뻗는 순간 갑자기 세상의 흐름이 멈춘 듯 정적이 흘렀다.

"……?"

귓가로 왱왱 모깃소리처럼 들려오던 장로의 환영 인사가 갑자기 멈추자 유검은 낯선 느낌에 주위를 돌아보았다. 장로들은 물론 줄지어 서 있던 무사들까지 모두 자신을 이상한 눈길로 쳐다보고 있었다.

"내 얼굴에 뭐가 묻었나?"

퉁명스레 묻자 다우는 당혹스러워하며 고개를 저었다.

"아, 아니에요."

호 장로는 고개를 갸웃거렸다.

자신이 왜 연설을 멈추고 유검에게로 시선을 돌렸는지 스스로 까닭을 알지 못했던 것이다.

다른 중인들 역시 마찬가지였다.

호 장로는 단순한 우연에 불과하다 판단을 내리고 카랑카랑한 목소리로 재차 연설을 이어 나갔다.

"오악(五岳:泰山(태산), 華山(화산), 衡山(형산), 恒山(항산), 嵩山(숭산))을 보고 온 사람은 평범한 산은 눈에 들지 않는다 하며, 황산(黃山)을 보고 돌아온 사람은 그 오악도 눈에 차지 않는다는 합니다. 본 벽력문은 황산에 자리하여 중원 천하를 굽어보니……."

지루한 연설은 한참 후에야 끝이 났다.

"…이에 무사히 강호 유람을 마치고 귀인과 함께 귀문(歸門)하심을 앙축(仰祝)드리옵니다."

장로의 말이 끝나자 이십여 명의 문도들이 함께 소리쳤다.

"앙축드리옵니다!"

모두 은은히 내공을 끌어올렸는지, 함께 외치는 그 소리는 천군만마가 지축을 울리듯 우렁찼다. 사뭇 장엄한 광경이었으며 누가 보더라도 진심으로 환영해 마지않는 듯했다.

물론 유검은 그러한 모습을 믿지 않았다. 아니, 어쩌면 진심으로 환영한 것인지 모른다는 생각도 들었다. 그동안 속앓이를 해오던 문주를 은자에 팔아치울 기쁜 날이니까.

다우는 감격 어린 어조로 말했다.

"고마워요. 저를 이렇게……."

다우의 말은 이어지지 못했다.

호 장로가 먼저 할 말을 다 했다는 듯 몸을 돌려 버렸던 것이다.

여섯 장로들 역시 뒤따라 신형을 돌렸다.

부복한 무사들도 일제히 신형을 일으켜 세우더니 호 장로의 뒤를 따라 계단을 오르기 시작했다.

철저히 따돌림을 받은 다우는 홀로 멍하니 서 있었다.

"올라가요."

다우는 유검에게 힘없이 그렇게 말하고는 그들의 뒤를 따라 계단을 오르기 시작했다.

유검은 계단을 오르는 중인들을 올려다보며 내심 코웃음을 쳤다.

"어젯밤 매초설이 한 말이 맞군. 미리 다우를 괴롭힐 계획을 세워뒀

다더니……."

유검은 눈살을 찌푸렸다.

"그런데도 나는 그냥 두고 보아야 하나?"

사실 그렇게 화낼 만한 일은 아니었다.

이들의 계획은 유치한 격장지계에 불과했다. 다우가 아무 미련 없이 문주의 위를 내놓고 다른 사람에게 시집가게 만들 마음을 먹게 하기 위한.

머리 속으로 그렇게 냉정히 판단을 내리면서도 감정상 기분 나쁜 것은 어쩔 도리가 없었다.

사실 엄밀히 따지자면 남의 문파 일이다. 자신이 끼어들 명분은 없다. 아무리 황당한 모략에 의한 일일지라도 어쨌든 문중의 큰일이니 외인인 자신을 들여보내 주는 것도 크게 선심을 쓴 것이다. 이 마당에 감 내놔라 배 내놔라 할 처지는 못 되는 것이다.

유검은 다우의 뒤를 따라 계단을 올라가다 문득 고개가 갸웃거려졌다.

'그래서?

가파른 절벽 아래 세워진 벽력문 내는 꽤 넓은 편이었다.

중인들은 중앙에 세워진 전각으로 들어섰다.

문 내 잡일을 도맡아 하는 하위무사들과 각종 화약과 암기를 만들어 내는 대장장이들이 미리 대전 안에서 기다리고 있었다.

유검이 뒤따라 들어가려 하니 지키고 서 있던 두 명의 문지기가 창을 내려 입구를 가로막았다.

"외인(外人)은 들어가지 못합니다."

유검은 천천히 팔짱을 끼었다.

"외인은 못 들어간다라… 그럼 내가 외인이 안 되면 되는군."

"외인은 외인이오."

유검은 히죽 웃으며 말했다.

"아니, 한 가지 방법이 있지. 벽력문이 사라지면 굳이 외인을 구분할 필요가 없어질 테니까."

문지기들의 안색이 창백해졌다.

"다, 당신은……!"

이때 호 장로의 카랑카랑한 목소리가 울려 퍼졌다.

"안으로 들여 모셔라!"

문지기들은 흠칫하며 입구를 가로막고 있던 창을 들어 올렸다.

"들어가시오."

유검은 안으로 들어서며 입맛을 다셨다.

"아쉽군."

그 말을 들은 문지기가 발끈해 소리쳤다.

"그 말은 내제 무슨 의미요!"

유검은 뒷말을 흘렸다.

"글쎄… 네 녀석이 생각하는 바가 그렇게 틀리진 않을 것이다. 똑똑한 녀석."

안으로 들어서니 전각 안을 가로질러 맞은편에 다우가 검은 면사를 쓴 채 태사의에 앉아 있었다.

태사의 속에 푹 파묻힌 그녀의 몸집은 유독 왜소해 보였다.

유검은 스스로 불청객임을 감안하여 더 이상 들어가지 않고 입구 근처 벽에 기대어섰다.

다우의 시선이 자신에게로 향해 있음을 느끼고 유검은 고개를 끄덕여 주었다.

"그래, 그래. 일단은 좋게, 좋게……."

호 장로는 문도들에게 일장 연설을 하고 있었다.

문주의 잘못으로 인해 문파 내 빚이 눈덩이 굴리듯 쌓여져 갔다는 것을 장황하게 이야기했다.

그리고 감격 어린 목소리로 마침 문주가 시집와 준다면 그 빚을 모두 갚아주겠노라는 은인이 나왔다는 이야기를 했다.

유검은 지루했다.

경극 무대에서조차 상영되지도 못할 황당한 모략을 무척이나 진지하게 이야기하고, 또 그것을 신중히 듣는 좌중 무리들을 보자니 가소롭기 그지없었다.

도열한 수하들의 중간에 매초설의 모습이 보였다.

그녀는 원망 어린 눈길로 자신을 힐끔거리고 있었다.

유검은 주문을 외우듯 중얼거렸다.

"어디까지나 좋게, 좋게……."

이때 밖에서 문지기가 들어오더니 감격 어린 목소리로 우렁차게 외쳤다.

"장 대인의 사자가 도착하셨습니다!"

호 장로의 얼굴에 노골적인 기쁨이 떠올랐다.

"어서 안으로 모셔라!"

좌우로 풍악이 울려지면서 백발의 사내가 뚜벅뚜벅 전각 안으로 걸어 들어왔다.

"우하하하하핫! 그동안 별고없으셨습니까?"

스스로의 내공을 자랑하듯 앙천광소를 터뜨리며 좌중을 향해 포권

지레를 취해 보였다.

그는 태사의에 앉은 다우를 보고 감탄사를 터뜨렸다.

"문주께서 아미 당도해 계셨구려. 이미 귀 문주의 미색(美色)은 익히 들은 바……."

내공을 담은 그의 안력은 다우가 쓰고 있는 검은 면사를 단숨에 꿰뚫어 보았다. 그녀의 얼굴이 낯이 익음을 깨닫는 순간 그는 자신도 모르게 말끝을 흐리고 말았다.

"그 소음력의 소녀……?"

그의 고개가 천천히 뒤를 향했다. 두 눈은 누군가에 대한 경계심으로 긴장되어 갔다.

그는 결국 입구 벽에 팔짱을 낀 채 서 있는 유검과 눈이 마주치고 말았다.

유검은 히죽 웃으며 말했다.

"또 만났구려."

백발의 사내는 황산으로 오는 도중 주부에서 만난 괴인이었다. 한 여인의 심장에 비수를 꽂은 채 도망쳤던.

아마도 틀림없이 색마로 이름을 떨친 노괴일 것이라 짐작했던 바로 그였던 것이다.

전각 안에 잠시 정적이 흘렀다.

백발의 사내는 멍하니 유검을 바라보다 갑자기 펄쩍 뛰어 뒤로 물러서며 고함을 질렀다.

"네가 왜 여기 있는가! 왜?"

그의 얼굴은 흉신악귀처럼 잔뜩 일그러졌다.

유검은 투덜거렸다.

"나한테 물어봤자……."

호 장로가 그에게 다가가 차분히 말했다.

"혹 저자와 은원 관계가 있으십니까? 저자는 유검이라고 하는데, 사문인 무당파에서 파문당했으며 무림맹에서 공적으로 지목당한 놈입니다. 천하에 커다란 소란은 모조리 일으켰으니 대인께서 원한을 가지셨다 해도 이상할 것은 없지요."

유검이란 말에 백발의 사내는 흠칫했다.

호 장로는 짐짓 인자한 미소를 지어 보이며 부드럽게 말했다.

"저자를 두려워할 것 없습니다. 헤헤… 장 대인께서 곧 도착하실 테니……."

유검은 그의 말로 한 가지 의문이 풀렸다.

자신의 무공에 대해서는 소문을 들은 듯한데도 별반 거리낌없이 안으로 들여보낸 데는 호 장로 나름대로 계산이 되어 있었던 모양.

그리고 그 계산의 핵심에 장 대인이란 자가 있는 것 같았다.

그 장 대인이란 세 글자는 위력이 대단하여 백발의 사내로 하여금 대번에 표정을 확 펴게 만들었다.

백발의 사내는 기쁨을 참을 수 없는지 또다시 앙천광소를 터뜨렸다.

"우하하하핫! 참으로 불쌍한 놈! 살 길이 천하에 널렸는데, 굳이 죽을 길로 들어서다니!"

그의 안색이 또다시 변했다.

이번에는 차가운 얼굴로 냉소하며 말했다.

"흥, 곧 나의 사부께서 오실 것이다. 그때면 네놈은 뼛골만 앙상하게 남아 죽지도 살지도 못한 채 영원히 지옥 속을 헤매게 될 것이다! 우하하하핫!"

옆에서 호 장로도 같이 히죽히죽 웃었다.

유검은 한심하다는 표정으로 둘의 변죽을 지켜보다 다우에게로 시선을 돌렸다.

그녀의 고개가 천천히 좌우로 저어지는 것을 보고 유검은 길게 한숨을 내쉬었다.

"그래, 그래. 좋게, 좋게지……."

창—!

말이 끝나기도 전에 유검의 손에 한천검이 들려졌다.

앙천광소를 터뜨리던 백발의 사내는 얼굴이 대번에 굳어졌다.

호 장로가 더듬거리며 말했다.

"너, 너는… 설마 하니 지금 손을 쓸 셈이냐?"

그의 말에 유검은 마음이 편해졌다.

애당초 자신과 문제가 생겨 싸우게 될 것임을 알고 있었다는 말투가 아닌가?

'어떻게 시비 거나 걱정했는데 쓸데없는 기우였군.'

위이잉—!

한천검이 허공을 갈랐다.

유검이 단지 횡으로 검을 그은 것뿐이지만, 바람을 가르는 소리는 기이하게도 듣는 이로 하여금 심령을 울리게 만들었다.

백발의 사내는 물론 호 장로를 비롯한 대다수의 사람들 안색이 딱딱하게 굳어졌다.

호 장로는 냉소하며 말했다.

"자네, 뭔가 착각하고 있지는 않은가? 여기가 벽력문이란 사실을 잊은 것 같군. 천하에 화기를 다루는 데 있어 으뜸가는 곳이란 사실을……."

위이잉―

한천검이 위에서 아래로 내리그어졌다.

이번에는 단지 바람을 가르는 소리만이 아니었다. 갑자기 와장창 하는 소리와 함께 다우가 앉은 태사의 좌우로 걸어놓은 벽사등롱들이 일제히 떨어졌다. 또한 전각 좌우로 걸어놓았던 십여 폭의 산수화들이 산산조각나서 허공을 떠돌았다.

분명 검기가 발출되거나 어떤 힘이 가해진 것은 아니었다. 심지어 검풍(劍風)조차 일지 않았다. 그런데도 절로 벽사등롱이 떨어지고 화폭들이 산산조각난 것이다.

호 장로는 마음이 떨려와 더 이상 말을 잇지 못하고 마른침을 꿀꺽 삼켰다.

어쩌면 뭔가 단단히 잘못 생각하고 있었던 것은 아닐까 하는 의심이 덜컥 일었다.

이때 밖에서 문지기가 커다랗게 외쳤다.

“장 대인께서 도착하셨습니다!”

그 말을 듣는 순간 호 장로의 안색이 활짝 펴졌다.

딱딱하게 굳어 철덩이가 되어 있던 백발사내의 얼굴도 흐물흐물 풀어졌다.

백발사내는 냉소하며 유검에게 물었다.

“사부의 내력이 어찌 되시는지 아느냐?”

“너의?”

“그럼 네놈의 사부를 묻겠느냐?”

“네 녀석이 멍청하면 그렇게 물을 수도 있겠지.”

유검의 말투는 점점 거칠어져 갔다.

스스로 생각하기에 그다지 분노가 이는 것 같지는 않은데 입이 험해지는 것이다.

'뭐, 강호에 살다 보면 그게 당연한 거야.'

또다시 요란한 풍악 소리가 울려 퍼지고 네 명의 거한이 하나의 가마를 메고 안으로 들어섰다. 그 가마 위에는 어린 계집아이들과 황금색 장포를 입고 있는 한 노인이 올라타 있었다.

호 장로를 비롯하여 여섯 명의 장로들은 일제히 허리를 깊숙이 숙이며 공손히 포권지례를 취해 보였다.

"어서 오십시오, 장 대인!"

장로들은 다우가 문주의 자격으로 태사의에 앉아 있는데도 철저히 무시하고 있었다.

벽력문의 문도들은 내심 눈살을 찌푸렸다. 아무리 귀인이라 하나 외부인에게 저렇게 낮은 자세를 취하다니 보기에 껄끄러웠던 것이다.

백발사내는 그에게 공손히 인사한 후 유검을 향해 냉소를 지으며 말했다.

"흥, 강호에 떠도는 노래를 아느냐? 이마라 불리웠던 그 전설적인……."

노인이 버럭 호통을 질렀다.

"이놈—!"

백발사내는 자신이 입 밖으로 내어서는 안 될 이야기를 내뱉었음을 깨달았다.

백발의 사내는 안색이 창백해졌다.

유검을 본 순간부터 지금까지 정서가 안정되지 않고 지극히 흥분된 상태였던 것이다.

"전에 말씀드린 그자가 저기……."

백발의 사내는 변명하듯 유검을 가리켰다.

노인은 그의 손길을 따라 고개를 돌렸다.

유검은 그와 얼굴이 마주치자 고개를 까닥여 보였다.

"반갑구려."

그는 주루 안에서 싸웠던 바로 그 변태노인, 청안신마였다.

'낯익은 사람을 계속 만나다니… 꼭 누가 장난치는 것 같군.'

내심 그렇게 투덜거리는데, 청안신마는 의아한 표정을 짓고 있었다.

"그댄 뉘시오? 첨 뵙는 듯하오만……."

유검은 눈살을 찌푸리며 그가 입고 있는 옷을 가리켰다.

"그 황금색 장포는 분명히……."

"아, 오는 길에 누가 입고 있는 것을 보았는데, 꽤 좋아 보여서 하나 맞췄지요. 그런데 입고 보니 영 불편하군요. 허허허."

그러면서 청안신마는 걸치고 있던 옷을 벗어버렸다.

유검은 가마 위에 놓여져 있는 두 마리의 뱀이 똬리를 틀고 앉은 그림이 그려진 깃발을 가리켰다.

"그건 분명히 그대의 신물……."

"아, 이것도 오는 길에 주운 것이외다. 흉물인 듯하니 이것도 버려야겠소."

그러면서 깃발을 내던졌다.

백발의 사내가 어리둥절한 얼굴로 청안신마에게 말했다.

"사, 사부, 대체 왜 그러십니까? 대체……."

청안신마는 버럭 호통 쳤다.

"닥쳐라! 나는 북경의 거부 장 대인이다! 왜 나를 보고 사부라 부르느냐?"

그러면서 힐끔 유검의 눈치를 살폈다.

팔짱을 낀 채 반달로 변해 있는 유검의 눈과 마주치자 청안신마는 어색하게 웃었다.

"안… 통하나?"

말이 끝나기도 전에 그는 양손으로 어린 계집아이를 낚아채더니 유검을 향해 냅다 던졌다.

그와 함께 신형을 입구를 향해 날렸다. 비호처럼 빠른 몸놀림이었다.

유검은 한천검을 입에 물고 양손을 뻗어 날아오는 두 계집아이를 받아 들었다. 신형을 회전시키며 몇 걸음 물러나 얌전히 두 어린 계집아이들을 내려놓았다.

그 후 즉시 한천검을 바닥에 꽂았다.

그러자 엉뚱하게도 청안신마가 막 지나치려는 입구의 바닥이 바둑판처럼 갈라지더니 날카로운 돌창이 마구 솟아올랐다.

"제기랄, 이건 또 뭐야!"

청안신마는 허공에서 신형을 회전시키며 수십여 개의 장영(掌影)을 만들어내었다.

퍼퍽—! 퍼퍼퍼퍽!

전신 사방에서 날아드는 돌창은 모두 막아내었으나 입구를 통과하지 못하고 그 자리에 내려서야만 했다.

유검은 호 장로를 향해 말했다.

"말하건대… 이 일은 너희 문파와는 상관이 없는 일이다."

실제는 다우에게 한 말.

유검은 말과 함께 한천검을 쭉 뻗었다.

허공을 격하고 청안신마의 왼쪽 어깨에서 피분수가 솟구쳤다. 다친 곳을 또다시 찔린 것이다.

청안신마는 주춤 물러서며 황당한 얼굴로 소리쳤다.

"이, 이건 또 뭐야!"

상처의 고통 따윈 그 황당함에 비하면 아무것도 아니었다.

전날 싸울 때는 비록 허깨비 같기는 했지만 그래도 유검의 공격을 이해는 할 수 있었다. 너무 빨리 움직인다는 사실을 믿기는 힘들었지만.

그런데 지금의 공격은 그의 상식 밖이었다.

유검과의 거리는 사 장여.

뭔가 검기가 발출되든가, 하다못해 검풍이라도 있어야 했다. 그런데 아무것도 없었다. 유검이 그냥 허공을 격하고 찌르니 마치 검이 축지법을 쓴 것처럼 자신은 이미 상처를 입고 있는 것이다.

유검은 눈살을 찌푸렸다.

"이거 어렵군. 중간에서 조금 휘는 것 같아."

청안신마는 내심 치를 떨었으나 더 이상 황당함에만 젖어 있지는 않았다. 유검이 또다시 검을 뻗는 기미를 보이기 전에 이미 잽싸게 신형을 날린 것이다. 이번에는 천장을 향해서였다.

유검은 서둘지 않았다. 천천히 검을 들어 달아나는 그를 향해 휘두르려는 순간,

"멈춰라!"

들려오는 소리에 고개 돌려보니 호 장로가 다우의 가슴에 비수를 대고 위협적인 얼굴로 자신을 쏘아보고 있었다. 마치 충성스런 개가 주인을 위해 으르렁 이빨을 드러내는 모습처럼 보였다.

픽─!

기묘한 소리와 함께 청안신마는 천장을 뚫고 사라졌다.

백발의 사내도 힐끔 유검을 흘러본 뒤 그 뒤를 이어 신형을 날렸다.

가마를 들고 온 거한들도 주춤 뒤로 물러서더니 도망쳐 버렸다.

유검은 한숨을 쉬며 다우에게 물었다.

"저자들은 너를 지인(知人)으로 생각하지 않는다. 그래도 좋게 끝내고 싶으냐?"

호 장로가 날카롭게 소리쳤다.

"이년의 시체를 보고 싶지 않다면 어서 그 검으로 네 심장을 찔러라!"

유검은 그의 말은 한 귀로 흘리며 다우의 대답만을 기다렸다.

다우는 길게 탄식하며 말했다.

"호 장로님, 어릴 적 당신께선 절 무척이나 귀여워해 주셨어요. 그런데 지금은 왜 절 그리도 미워하시나요?"

호 장로는 흠칫하더니 매섭게 소리쳤다.

"네년은 몰라서 묻느냐? 네년 때문에 나의 두 손자는 목숨을 잃고 말았다! 그런데 어찌 네년을 증오하지 않을 수 있겠느냐! 갈보보다 더 더러운 네년 때문에……!"

다우의 조그만 어깨가 부르르 떨렸다.

"그랬군요. 그래서……."

그녀의 고개가 천천히 숙여졌다.

"죄송해요……. 정말로… 정말로 죄송해요."

목소리는 울음소리에 가까웠다. 무릎 위에 올려진 그녀의 두 주먹 위로 눈물이 뚝뚝 떨어져 내렸다.

호 장로는 버럭 소리 질렀다.

"가증스러운 년! 운다고 네년을 곱게 볼 것 같으냐!"

순간 대전 안의 공기가 싸늘하게 얼어붙었다. 기이한 침묵이 쇳덩어리보다 무겁게 가라앉았다.

뚜벅— 뚜벅—

발걸음 소리만이 대전 안에 울려 퍼졌다.

유검이 대전 중앙을 가로질러 천천히 태사의로 걸어가기 시작한 것이다.

중인들은 긴장된 얼굴로 유검을 지켜보았다.

호 장로는 떨리는 목소리로 소리쳤다.

"머, 멈춰라! 진정 이년의 시체를 보고픈 게냐!"

유검은 멈춰 서서 그에게 물었다.

"묻겠는데, 혹 당신의 가족은 아직 남아 있소?"

이때 매초설이 소리쳤다.

"아직 세 명의 아들과 시집간 두 명의 딸이 있어요! 손자, 손녀도 십여 명이나 있습니다!"

유검은 빙긋 웃으며 고개를 끄덕였다.

"잘됐구려. 정말로 잘됐어."

그리고는 다시 그를 향해 걸어가기 시작했다.

호 장로는 부르르 전신을 떨었다.

"그, 그게 무슨 의미냐! 머, 멈추란 소리가 들리지 않느냐? 안 멈춘다면 이년을 당장 죽이고 말 테다!"

유검은 그의 위협은 전혀 아랑곳하지 않고 천천히 걸어갔고, 다우의 심장을 겨누고 있는 호 장로의 비수는 부르르 떨리기만 할 뿐 찔러 들어가지는 못했다.

"오라버니……."

다우의 입에서 흘러나오는 조그만 목소리에 유검은 멈칫했다.

"미안해요. 제가 한 짓을 알고는 있었지만, 여태까지 차마 돌이켜 생각해 볼 수도 없었답니다."

그리고는 다시 고개를 떨구었다.

"미안… 해요."

유검은 순간 가슴이 꽉 막혀왔다.

가장 우려하던 일이 벌어졌음을 깨달았다.

다우가 스스로 겁탈당했다 믿는 그 상처보다 더 큰 아픔은 덧없이 목숨을 잃었던 문도들에 대한 죄책감.

지금 자신을 향해 미안하다고 말하는 것은 무엇을 의미함인가? 왜 미안하다고 말하는가?

좋게 헤어지고 싶다는 그 말속에는 사별도 포함되는 것이란 사실을 이제야 떠올린 것이다.

"넌 절대 내게 미안하다고 말해서는 안 된다."

순간 유검의 신형이 퍽 사라졌다.

다우의 심장을 겨누고 있던 비수는 이미 유검의 손에 들려 있었다.

호 장로는 갑자기 나타난 유검에 화들짝 놀라 뒤로 몇 걸음 물러섰다.

다우가 조용히 말했다.

"오라버니… 약속해 주세요. 제 일을 그냥 지켜만 보겠다고……."

"못해."

"전… 사실을 확인해 보고 싶어요. 오라버니의 말씀이 맞는지 아닌지."

말과 함께 다우는 얼굴을 가린 검은 면사를 천천히 들어 올렸다.

지켜보던 중인들이 당황해하며 모두 황급히 고개를 숙였다.

호 장로 역시 황급히 고개를 돌리며 차갑게 소리쳤다.

"암캐 같은 년! 또다시 네년의 욕정을 채우려 드는 게냐? 이 많은 사람들은 모두 정혈이 빨려 죽을 테고!"

순간 유검의 눈에서 불길이 튀었다.

그의 전신에서 노호와 같은 기세가 뿜어져 나와 대전 안을 맹렬히 휩쓸었다.

호 장로를 비롯한 모든 중인들은 바람에 흔들리는 사시나무처럼 벌벌 떨었다. 단순히 살기에 의해 두려움을 느끼는 것과는 달랐다. 심령이 쩍쩍 갈라지는 듯했다.

다우가 유검의 손을 부드럽게 잡아 쥐어서야 대전 안을 강하게 압박하던 무형의 기세가 수그러들었다.

다우는 좌중을 향해 애원하듯 말했다.

"절 봐주세요. 한 사람이라도… 절 향해 덮쳐 온다면 제 스스로 목숨을 끊겠습니다."

유검이 버럭 소리를 질렀다.

"말도 안 되는 소리 하지 마라!"

"이건 오라버니의 말씀에 대한 믿음의 표시예요. 천금의 가치를 지녔으니 충분히 제 목숨을 맡길 만하답니다."

"터무니없는 소리! 내 말은 모두 개방구 같은 소리야! 천금은커녕 동전 한 닢의 가치도 없어!"

"전… 믿어요."

유검은 와락 그녀의 얼굴을 자신의 가슴에 파묻었다.

"넌 대체 알고 있는 게냐? 네가 스스로 목숨을 끊는다면… 끊는다면……"

도무지 말이 이어지지 않았다.

"넌… 과거의 일이 사실이든 아니든 신경 쓰지 마라. 네 책임이 아니지 않느냐? 휴… 너, 모르니? 난 낙양을 부숴 버린 적도 있단다. 그때 아마도 꽤 많은 사람들이 죽었을 게다. 그런데도 나는 이렇게 뻔뻔스럽게 살아가지 않느냐?"

호 장로가 냉소쳤다.

"홍, 허풍이 꽤나 세군."

한천검을 쥔 손아귀에 불끈 힘이 들어갔다.

애써 자제하며 다시 다우에게 말했다.

"다우야, 난 네가 알고 있는 것처럼 좋은 사람이 못 된다. 네가 만약 목숨을 끊는다면 난 비록 한평생 죄책감에 시달릴지라도……."

유검의 차가운 살기가 담긴 눈빛이 대전 안을 훑었다.

그리고 얼음이 쩍쩍 갈라지는 듯한 음성이 뒤를 이었다.

"여기 있는 모든 사람들을 모조리 죽여 버릴 테다."

말과 함께 한천검을 횡으로 그었다.

순간 대전의 벽이 금이 가기 시작했다.

와르르 하는 소리와 함께 천상이 무너져 내렸다. 중인들은 무너지는 천장을 피해 우왕좌왕거렸다.

유검은 결코 허언이 아님을 보여준 것이다. 일검에 모두를 베어버릴 수 있음을.

"오라버니……."

다우의 다정한 음성에 유검은 갑자기 말이 막혔다. 솟구치던 분노의 불길은 가라앉고 말았다.

그녀가 손바닥으로 부드럽게 가슴을 밀치자 유검은 저항하지 못하고 한 걸음 뒤로 물러섰다.

다우는 태사의에서 일어나 고개 돌리고 있는 호 장로를 향해 애원어린 목소리로 말했다.

"호 장로님, 절 봐주세요. 이상한 생각이 드시나요?"

음성에 기이한 마력이 있어 호 장로는 자신도 모르게 다우를 향해 고개를 돌렸다.

"흥, 넌……!"

순간 호 장로는 넋을 잃은 얼굴이 되고 말았다.

픽―!

유검의 발길질에 호 장로는 얼굴을 얻어맞고 뒤로 데굴데굴 굴렀다. 움직이지 않는 것을 보면 기절한 듯했다.

"오라버니―!"

다우의 부르짖음에 유검은 어깨를 으쓱거리며 말했다.

"음… 가끔 내 발은 이래. 이유없이 사람을 차더라."

차갑게 쏘아보는 다우의 눈빛에 유검은 힘없이 말했다.

"좋아, 좋아, 난 뒤로 물러나 있으마. 이제부턴 일체 간섭하지 않겠다."

그리고는 정말로 태사의 뒤로 물러나 버렸다.

다우는 중인들을 향해 입을 열었다.

"이미 언약한 대로 문주의 자리는 물러나겠어요."

그리고 머뭇거리다 다시 입을 열었다.

"제발 절 봐주세요. 전… 항상 면사로 얼굴을 감춘 채 여러분을 대하는 게 참으로 미안하고… 힘들었답니다. 절 미워하지 말아달라고는 하지 않겠어요. 하지만… 하지만……."

하지만 중인들은 다우의 말을 귀담아듣지 않고 있었다. 무너지는 천장을 피해 우왕좌왕하다 밖으로 우르르 도망치고 있었던 것이다.

다우는 실망하지 않았다. 대략 십여 명 정도는 남아 있었던 것이다.

그들은 똑바로 다우의 얼굴을 보고 있었다. 눈 하나 깜빡이지 않았고, 넋을 잃은 표정도 아니었다.

다우는 그런 그들을 멍하니 바라보다 털썩 쓰러지듯 태사의에 주저앉았다.

두 손바닥으로 얼굴을 가린 채 고개를 푹 숙이고 흐느껴 울다 다시 벌떡 일어났다.

바로 유검의 품속으로 달려들며 소리 내어 엉엉 울었다.

"사실은, 저… 무서웠어요. 정말로 무서웠어요. 날 향해 뛰어들까봐… 정말로……."

유검은 떨고 있는 그녀를 두 팔로 꼭 껴안아주었다.

"그래, 그래, 나도 무서웠단다. 정말로 무서웠어."

그 말은 진심이었다.

다우의 어깨 너머로 십여 명 남은 중인들 중 매초설이 조용히 고개를 끄덕이는 모습이 보였다.

유검은 그녀를 향해 미소를 지었다.

그녀의 전음 소리가 들려왔다.

―예전 소음정을 획득한 경위에 대해서는 의문이 많습니다. 후일 반드시 밝혀주십시오. 또 부탁컨대 실종된 본 문 장로들의 행적도 부디… 그리고 이번 일은 만일을 대비해 마련한 것이지만, 실제로… 아무런 일도 없었을 거라 믿습니다.

그런 건 믿는 것으로 족하다. 굳이 목숨까지 걸고 확인해 볼 이유는 없는 것이다.

그녀는 중인들 사이를 누비며 마혈과 일시지간 맹인(盲人)으로 만드는 담경(膽經)의 목창혈(目窓穴) 등을 풀어주었다.

사람들은 몸이 움직이고 시력이 돌아오자 눈을 껌뻑껌뻑거리며 주위를 두리번거리다 유검의 품에 파묻혀 흐느껴 우는 다우의 모습을 보고 만면에 미소를 띠었다.

─이번 일의 지원자들입니다. 문주님을 좋아하고 아끼는 문도들도 많음을 기억해 주십시오.

말을 마친 매초설은 중인들과 함께 조용히 밖으로 나갔다.

유검은 그런 그들의 모습에 한없이 감격하여 자신도 모르게 소리쳤다.

"당연히……!"

"응?"

"당연히… 넌 나의 마누라란 말이지."

유검은 그렇게 얼버무리며 한 손으로 그녀의 가냘픈 허리를 꼭 껴안았다. 그리고 그녀의 면사를 살며시 들어 올려 입술을 맞췄다.

다우는 두 눈이 살며시 감겼다. 그녀의 두 팔이 유검의 목을 껴안는다.

유검은 몽롱한 가운데 그녀의 입술을 탐닉하다 뺨을 거쳐 귓불을 삼켰다. 그녀의 귀에 대고 뭐라 소곤거린 듯한데 스스로도 무슨 말인지 알아들을 수 없었다.

다우의 몸은 유검의 인도에 의해 천천히 바닥으로 쓰러져 갔다.

유검의 손이 그녀의 옷자락 사이로 파고들었다.

더할 나위 없이 부드러운 가슴의 감촉에 유검은 그녀 안으로 녹아들어 가는 듯했다.

다우는 그동안의 악몽을 모두 떨쳐 버린 듯 유검의 손길을 거부하지 않았다. 이제야말로 마음과 육체의 문을 모두 열 준비가 된 듯했다.

유검의 손길이 드디어 치맛자락 안으로 침범하는 순간,

"에취—!"

터져 나오는 다우의 재채기.

다우는 훌쩍거리며 어색하게 웃었다.

"먼지가……."

천장이 무너진 탓에 대전 안은 먼지가 풀풀 날리고 있었던 것이다.

유검은 입맛을 다시며 말했다.

"음, 여긴 분위기가 좀 아니지?"

다우는 혀를 낼름거리며 맞장구쳤다.

"좀… 그렇지?"

유검은 좀 더 정취가 좋은 곳을 찾아야겠다고 마음먹었다. 기괴한 소나무와 기암괴석들 속에 운무가 흐르고……

'음, 바닥이 아무래도 바위거나 풀밭이면 좀… 그렇군.'

대전 중앙 청안신마가 던져 놓고 간 황금색 장포가 눈에 띄었다. 그리고 그가 신물로 삼는 깃발도 발견했는데, 제법 두꺼운 천으로 되어 있어 깔개로 삼기에는 아주 적당해 보였다.

유검은 히죽 웃었다.

"좋은 걸 찾았군."

*　　　　*　　　　*

유검은 황금색 장포와 깃발을 챙긴 후 다우를 데리고 전각 밖으로 나왔다.

벽력문의 문도들이 저 멀리 둘러서서 자신을 지켜보고 있었다. 하나

같이 불안한 얼굴들이었다.

유검은 웃으며 그들을 향해 손을 흔들어 보였다.

사람들은 화들짝 놀라더니 뒤도 안 돌아보고 도망치기 시작했다.

"이런, 제대로 의사가 전달되지 않은 것 같군."

다우는 멈춰 서서 아쉬운 눈길로 주위를 둘러보았다.

어릴 적부터 자라온 곳으로, 비극이 일어난 장소이기도 했으며 또한 많은 사람들과 함께 생활해 온 곳이다. 좋았던 기억은 별로 없지만 그래도 이젠 더 이상 보기 힘들 것이라 생각하니 아쉬운 마음 금할 길 없었다.

유검은 뭔가 생각해 보더니 다우를 데리고 전각들 사이 연무장으로 쓰이는 중앙 공터로 갔다.

한천검을 들어 유검은 가파른 절벽을 가리켰다.

뭘 하나 싶어 지켜보던 다우의 두 눈이 동그래졌다.

판관필을 휘두르듯 검을 위아래로 그으니 맞은편 절벽에서 우스스 돌 가루가 흘러내렸다. 그와 함께 일곱 개의 글자가 절벽의 가파른 면에 새겨지는 것이다.

글의 내용을 확인한 순간 다우의 두 볼이 빨갛게 달아올랐다.

─애혈천년벽중홍(愛血千年壁中紅).
나의 사랑 절벽 속에 천 년을 붉으리.

너무도 노골적인 사랑의 시구였다.

저런 걸 절벽에다 새기다니!

다우는 발을 동동 굴렀다.

"저런 걸 사람들이 보면 뭐라고 하겠어요? 틀림없이 흉볼 거란 말이에요. 저런 걸… 저런 걸……."

당장 지워달라고 소리치려는데 돌연 마음이 크게 울렁거렸다. 다리
에 힘이 풀리고 정신이 아득해졌다. 반발적으로 가슴 저 밑바닥에서
주체할 수 없는 열정이 솟구쳐 올랐다.

뭐라 말하기 힘든 감동이 전신을 휘감은 것이다.

여태껏 유검을 좋아해 왔지만 이렇게 견딜 수 없어 몸서리가 쳐질
정도로 감동을 받기는 처음이었다. 왜 그런지 그 이유는 알 수 없었다.

다우는 두 손으로 유검의 가슴팍 옷자락을 꽉 움켜쥐었다. 잡지 않
고서는 쓰러져 버릴 것 같았다.

"난… 난……."

말은 흐려져 흐느낌으로 변해 버렸다.

고개를 푹 숙인 그녀의 두 눈에서는 끊임없이 눈물이 흘러내렸다.

그녀가 뜻밖에도 커다란 반응을 보이자 유검은 어리둥절했다.

물론 기념이 될 만한 구절을 새긴 것이긴 하지만, 그보다 진실로 보
여주고 싶었던 것은 새로이 깨닫게 된 횡소천군 일초였다.

아직은 화후가 부족하며 제대로 심득한 것은 아니지만 분명 자신에
게는 무척이나 뜻깊은 일초였기에 그녀와 기쁨을 함께 나누고 싶었던
것이다.

그리고 정말로 존재하는지, 아니면 단순한 환상에 불과한지 모호하
기 그지없는 하얀 빛살의 존재에 대해서도.

그녀의 머리카락에서는 수선화의 향기가 났다.

유검은 그녀의 향기를 깊숙이 들이마시며 뭐든 아무래도 상관없다고
생각했다. 중요한 것은 다우가 감격하고 기뻐한다는 사실 그 자체니까.

유검은 두 팔로 그녀의 어깨를 감싼 채 푸른 하늘 위로 떠가는 구름

을 바라보았다.

가을로 접어드는 산중의 오후, 바람은 쌀쌀하지만 햇살은 제법 따가웠다.

눈이 부셨다.

문득 팔 안에 느껴지는 자그만 존재의 온기를 자각했다. 이상하게도 가슴이 뭉클거렸다.

아마도 강한 햇살 때문이리라, 괜스레 눈물이 찔끔 흘러나온 것은.

유검은 투덜거렸다.

'근데… 언제쯤 울음을 그칠까? 이래서야 분위기 좋은 곳으로 가잔 말을 못 꺼내잖아.'

찌이익―

이때 가슴팍 옷자락이 찢어져 나갔다.

얼마나 세게 움켜쥐고 있었는지 다우의 양손에 찢겨진 천 조각이 들려 있었다.

유검은 검미를 찌푸리며 투덜거렸다.

"가지고 있는 옷은 이것뿐인데……."

다우는 입술을 삐죽거렸다.

"쳇, 물어주면 되잖아요. 아니, 제가 바느질로 기워 드릴게요."

"여기서?"

"아뇨."

다우는 두 뺨을 빨갛게 물들이며 들릴 듯 말 듯 조그만 소리로 속삭였다.

"조용한 곳에서……."

첫 경험

기암절벽이 사방을 에워싸고 어느 별천지 선경에나 있을 법한 기묘하기 이를 데 없는 소나무들이 서 있는 사이로 상서로운 구름의 무리들이 시시각각 움직이며 가지가지 오묘한 형상을 구현해 내고 있었다.

황산은 과연 천하제일기산(天下第一奇山)이라 불릴 만했다.

유검은 주위의 정경에 취해 멍하니 바라보았다.

다우와 함께 정신없이 사람 없는 곳을 찾아 들어왔기에 여기가 어딘지는 알 수 없었다. 정취가 지극히 아름다워 청안신마가 신물로 삼는 깃발을 풀밭에 펼쳐 놓고 그 위로 황금색 장포를 재차 깔았다.

그리고…

유검의 눈길이 아래로 향했다.

두 눈을 감고 날이 추운지 가늘게 떨고 있는 다우의 모습이 들어왔다.

배꼽 부위까지 옷을 풀어 내렸기에 심장이 두근거리는 가슴의 곡선
이 그대로 드러나 있었다.

유검은 마른침을 삼키며 물었다.

"불편하진 않아? 등이 배기면 말해."

다우는 두 눈을 꼭 감은 채 입을 열지 않고 고개만 살래살래 저었다.

그녀가 고개를 저을 때마다 머리카락에선 역시나 수선화 향기가 났
다.

유검은 다시 마른침을 꿀꺽 삼킨 후 애써 부드럽게 입을 열었다.

"걱정하지 마라. 난 이 방면에 있어선 제법 고명한 솜씨를 지녔거든.
그러니까… 아무것도 걱정하지 않아도 돼."

내심 뒷말을 이었다.

'실제 경험은 처음이다만……'

내리간 다우의 긴 속눈썹이 살짝 들렸다.

그녀의 눈동자와 마주친 순간 유검은 어두운 밤하늘 무수한 별들이
갑자기 영롱한 빛을 쏟아내기 시작하는 듯한 환상이 일었다.

심장이 두근거리고 입 안이 자꾸만 타 들어와 견딜 수가 없었다.

유검은 충동이 일어 정신없이 그녀에게 입을 맞추었다.

감로수(甘露水)와 같이 달콤하고 향기로운 액체가 입 안을 감돌았다.
그게 무엇인지 알 수 없었다.

그녀가 일부러 입 안에 영약을 숨겨놓았나 하는 엉뚱한 생각이 들었
다.

유검은 기녀원에 간 적도 있고, 기녀와 입을 맞춘 적도 있지만 그건
단지 입술을 부딪친 것에 불과했다.

심령이 교차되며 한없이 서로를 갈구하는 이런 상태의 깊은 입맞춤

은 처음인 것이다.

점차 정신은 몽롱해져 갔다.

자신이 지금 땅 위에 누워 있는지, 아니면 아득한 우주 공간에 둥실 떠 있는지 분간하기 힘들 정도였다.

약간 정신이 들었을 때 유검은 자신이 그녀의 치맛자락 속으로 머리를 집어넣고 있는 상태임을 깨달았다.

'쩝, 이게 무슨 꼴이람?'

하지만 곧게 뻗은 그녀의 허벅지에 눈이 팔리고 말았다.

두 다리의 곡선은 천 년의 풍우에 거울처럼 깎여진 절벽처럼 매끈했으며 바람 한 점 없는 호수의 수면처럼 고요하기 이를 데 없었다.

하지만 입술을 맞추는 순간 폭풍이 이는 듯 꿈틀거렸다.

유검은 흥분된 마음을 가라앉히려 내심 중얼거렸다.

'어차피 그래 봤자 사람의 몸에 불과하다. 게다가 나는 그동안 제법 다우의 다리를 많이 보아왔지 않은가? 지금에 와서 괜스레 탄복할 필요는 없다.'

그렇게 애써 생각을 돌려도 절로 이는 경외심을 억누를 수가 없었다. 그 경외심은 익숙한 가운데 한없이 새롭게 이는 신비로운 감정에서 비롯되었다.

유검은 치맛자락에서 고개를 빼내었다.

눈 아래 반나체가 되어 있는 다우를 멍하니 내려다보며 유검은 자기 변명을 그만뒀다.

눈앞의 존재가 평소 보아오던 보통의 여인과 다르다는 사실을 인정했다. 자신에게 있어 그녀는 여신이었으며, 존재 자체가 분명 기적에 가깝다는 사실에 순순히 승복한 것이다.

굴복한 순간 한없는 평화가 밀려왔다.

가슴의 계곡에 얼굴을 파묻으니 그녀의 두근거리는 심장 소리가 들려왔다.

태초의 평화…….

유검은 문득 느꼈다.

서로 말은 하지 않았지만 어설프고 서투르기 짝이 없는 자신의 감정이 고스란히 그녀에게 전해지고 있음을.

그리고 그녀의 전신은 세포 하나하나 모두 자신의 말에 반응하고 있었다.

순간 수많은 감정의 밀어들이 밀물처럼 몰려와 전신을 덮쳤다.

말로 형언할 수 없는 감격 속에 유검은 그녀가 무엇을 말하는지 똑똑히 알아들을 수 있었다. 자신이 느끼고 있는 기적을 똑같이 공유하고 있다는 것을.

참으로 경이로운 경험이었다.

고요함 가운데 은밀히 오간 서로의 정감은 서서히 타올라 열정으로 변해갔으며, 격렬한 움직임으로 이어졌다.

거친 손길에 그녀를 가리고 있던 마지막 천 조각이 떨어져 나갔다.

유검은 그녀에게 한없이 몰입됨을 느꼈다. 둘이되 애초에 하나였던 쌍둥이처럼 여겨졌다.

끝을 알 수 없는 무저갱으로 빠져드는 기분 속에 유검은 그녀를 깊이 안았다.

"아……!"

다우의 가냘픈 신음 소리가 들려오자 유검은 흠칫했다.

"아파?"

“…말야.”

소리가 너무 작아 들리지 않았다.

“응?”

“…거기가 아니란 말야.”

“아……!”

유검은 잠시 멍하니 있었다. 당혹스럽기도 하고 부끄럽기도 했다. 무엇보다 대체 어떻게 해야 할지 막막한 기분에 사로잡혀 손끝 하나 움직일 수가 없었다.

이때 가슴이 간질간질한 느낌이 들었다.

순간 짜릿한 희열이 머리끝까지 솟구쳐 올랐다.

다우가 부드럽게 입술로 가슴을 애무해 온 것임을 뒤늦게 알았다.

유검은 뭔가 형언하기 힘든 감정을 느꼈다.

딱딱하게 굳어져 수동적으로 몸을 내맡기기만 했던 다우가 처음으로 먼저 움직여 온 것이다.

혼자의 감정이 아니라 서로 간에 원히던 일임을 확인하는 순간이었다. 그것을 깨닫는 순간 이상하게도 모든 게 편해졌다.

다우는 유검의 가슴에 얼굴을 묻은 채 들릴 듯 말 듯 조그만 소리로 속삭였다.

“난 괜찮아. 그러니까 다시…….”

유검은 그녀가 지극히 너무도 사랑스러워 견딜 수가 없었다. 가슴이 떨려와 버럭 고함이라도 지르고 싶은 심정이었다.

그녀의 조그만 두 어깨를 꽉 끌어안았다.

여기가 어딘지, 심지어 자신이 존재하는지 어떤지조차 잊어버렸다. 모든 의식은 오로지 다우에게로 집중되어 갔던 것이다.

그렇게 재차 하나가 되기를 시도하는 순간 유검은 뭔가 이상함을 느꼈다.

구름 속을 헤엄치는 듯한 부드러움 대신 느껴지는 것은 딱딱함과 부자연스러움.

'다우가 왜 안 움직이지?'

유검은 곧 그 이유를 깨닫고 곤혹스러워졌다.

마음이 그녀에게로 한없이 모아진 탓에 절로 태산압정의 초식이 발휘되어 버린 것이다.

'젠장, 이건 아니잖아!'

마음을 흩어버리니 재차 세상이 흐르기 시작했다.

다우는 부드러운 손길로 유검의 두 뺨을 감싸 쥐며 걱정스럽게 물었다.

"어디 안 좋아?"

"아, 아니야."

유검은 재차 시도했지만 또다시 실패를 반복할 뿐이었다.

애써 그녀를 의식하지 않고 합일을 시도해 보기도 했지만, 마음이 절로 모아지지 않기에는 다우가 너무도 사랑스러웠다.

결정적인 순간 유검은 태산압정 초식의 심대한 부작용을 발견하게 된 것이다.

비록 손아귀에 무한의 권능을 쥐고 한순간 속에 영원을 보는 능력을 지녔건만…

기적의 순간은 오히려 멀어져 버렸다.

유검은 멍하니 그녀의 청초하기 짝이 없는 얼굴만 바라보았다.

이렇게 사랑하는데, 이렇게도 안고 싶은데…….

“휴……..”

유검은 길게 한숨을 내쉬며 몸을 일으켜 앉았다.

눈을 감은 채 뭔가 달리 방도를 찾고 있는데 다우가 등 뒤에서 부드럽게 안아왔다.

뭉클한 가슴의 감촉을 제대로 느끼기도 전에 더 다정한 음성이 들려왔다.

“괜찮아. 사실 난 말야, 지금만으로도 너무 행복한걸?”

왼쪽 어깨 너머에서 다우가 얼굴을 쑥 내밀었다.

웃고 있는 그녀의 눈동자를 본 순간 유검은 같이 웃을 수밖에 없었다.

유검은 결심했다.

'이 모든 것은 태산압정의 화후가 부족해서 그렇다. 반드시 해결 방안을 찾고 말리라!'

후두득—

빗방울이 떨어지기 시작했다.

산중의 비는 예측하기 힘든 법이지만 갑작스럽기는 마찬가지였다.

유검은 다우와 함께 옷가지를 챙겨 서둘러 고목 아래로 비를 피했다.

“젠장, 웬 비가……!”

옷을 챙겨 입으려고 보니 본래 입고 있던 옷가지는 어디로 갔는지 보이지 않았다.

다우는 또다시 부끄럼이 일었는지 자신의 옷가지를 챙겨 고목 뒤로 돌아가 있었다.

유검은 그녀를 향해 소리쳐 물었다.

“혹 거기 내 옷은 없어?”

“없어!”

유검은 할 수 없이 유치찬란한 황금색 장포를 주섬주섬 겉에다 걸쳐 입었다.

다 입은 순간 돌연 귓가에 전음 소리가 들려왔다.

―천안신협 아니십니까?

갑작스런 전음 소리에 유검은 흠칫하여 이목을 모았다.

비를 피한 고목 위 나뭇가지에 희미한 인기척이 느껴졌다.

유검의 얼굴이 일그러졌다.

‘설마 하니… 모두 보고 있었다는?’

―황금색 장포, 신물… 지금은 변용하신 모양이군요. 아, 그 연세에 그 정도면 대단한 것입니다. 결코 실망하실 필요는 없습니다.

친절하게도 짐작을 확인시켜 주는 전음 소리였다.

‘…내 나이에 그 정도면 대단한 것이라고?’

유검은 바닥에 놓인 한천검을 주워 들었다.

하지만 이어지는 그의 전음 소리를 듣고 손을 쓰는 것을 잠시 미뤘다.

―전 일월교 휘하 오산인(五散人) 중 한 명인 무영환마라 합니다. 대선배님께 모습조차 보이지 않음에 무례함을 아나 취화(聚花)의 취미를 방해하지 않고 싶음이 있고, 또한 무림맹의 추적을 받던 중 형색이 초라해진 탓에 더 큰 무례를 범할까 싶어 이렇게…….

어떻게 해야 상대의 비위를 거슬리지 않을까 고심이 역력한 말투였다.

유검은 그가 자신을 터무니없게도 청안신마로 오인하고 있음을 알았다. 일단 마교에 관련해서 하나의 정보라도 얻고 싶었기에 굳이 부인하지 않았다.

"용건은?"

딱딱한 유검의 말에 무영환마는 움찔하며 다시 전음을 펼쳤다.

―본론을 말씀드리자면 본 교에 왕림해 주십사 하는 것입니다.

"마교로?"

―솔직히 말씀드리겠습니다. 애당초 제가 여기 온 목적은 바로 노선배님을 만나뵙기 위해서입니다. 강호에 나타나셨다는 정보를 본 교에서 입수했기에 교주님의 명을 받아 모든 예의를 갖춰 찾아오려 했습니다. 하지만 도중 무림맹의 촉수에 걸려들어 할 수 없이 이렇게 저 혼자 외람되이 노선배님을 찾아 황산을 헤매 다녔습니다. 물론 개인적으로 만나뵙게 되어 무한한 영광이라 생각되오나…….

아부의 말은 더 이상 들을 필요 없었다.

'마교? 날 초청?'

마교에서 누군가 외부 인사를 초청하는 것은 극히 드물다. 하필 이 시기에 청안신마를 초청하려 함은 무언가 마교 내에 커다란 변화가 일었기 때문이다.

아마도 신무룡의 야심 때문일지도 모르고 또한…

'혹?'

유검은 딱딱한 음성으로 그에게 말했다.

"귀 교의 위치는?"

―죄송합니다. 그것만은 말씀드릴 수 없습니다.

"좋아, 그럼 어디서 만날까?"

―지금 저를 따라오시면…….

“안 돼. 내게 할 일이 있다.”

―그렇다면······.

무영환마는 머뭇거리다 말했다.

―한 달 후 장백산 아래 휘영촌(輝靈村) 등룡객잔(騰龍客棧)에서 만나뵙겠습니다. 마을 내 객잔은 하나뿐이라 찾기는 쉬우실 겁니다.

유검은 고개를 끄덕이며 말했다.

“좋다. 이젠 자릴 좀 피해주면 좋겠군. 내겐 할 일이 있으니까. 그리고······.”

슈욱―

유검은 나뭇가지 위를 향해 한천검을 휘둘렀다.

“으윽······.”

나뭇가지 위에서 신음 소리가 흘러나왔다.

“예의를 벗어났으면 보답은 받아야지.”

―새끼손가락 하나로 용서를 받다니, 참으로 감사할 따름이옵니다. 소문대로 그 냉혹하심은 변치 않으셨군요.

설마 하니 마교의 사자인 자신을 상대로 손을 쓰리라고는 생각지 않았던 모양인지 목소리가 떨려 나왔다.

하지만 무영환마는 혹시나 자신이 잘못 본 게 아닌가 하는 의혹을 이 한 수로 접어두었다.

중간 나뭇가지는 전혀 건드리지 않은 채 자신의 새끼손가락을 베다니! 과연 청안신마의 무공이 듣던 것 이상이라 여길 뿐이었다.

유검은 그의 인기척이 멀리 사라져 감을 느꼈다.

‘의외의 곳에서 단서를 얻을지 모르겠군.’

지나가는 비였는지 소나기는 멈춰 있었다.

부시럭거리는 소리와 함께 다우가 옷가지를 차려입고 고목 뒤에서 걸어나왔다.

"누구 있어? 뭘 중얼거리는 것 같던데……."

그녀를 다시 보자 또다시 아쉬움이 밀려왔다.

유검은 시침을 떼고 고개를 저으며 말했다.

"아니, 아무도 없어. 근데……."

유검은 진지한 얼굴로 무척이나 신중한 태도로 부탁을 했다.

"네가 날 좀 도와줘야겠다."

"응? 뭘?"

"태산압정 초식을 완벽하게 연마해야겠는데, 네 도움이 반드시 필요하다."

다우는 싱긋 웃었다.

좀 전의 일로 의기소침하는가 싶었는데, 오히려 무공 연마에 의욕을 불태우다니… 게다가 자신의 도움이 필요하다니 더없이 기뻤다.

다우는 기쁘게 히락했다.

"알았어, 도와줄게."

유검은 주먹을 꽉 쥐고 의욕이 가득 담긴 음성으로 힘차게 소리쳤다.

"좋아, 가자!"

"응? 어디로 말야?"

"산 아래 마을 객잔으로!"

"…왜? 무공을 익히러 간댔잖아."

"바보. 그러니까 객잔으로 가는 거다."

둘은 산 아래로 내려가기 시작했다.

다우는 대체 무슨 말인지 이해할 수 없어 고개만 갸웃거렸고, 유검은 여전히 진지한 얼굴로 무공 연마의 의지를 불태우는 모습이었다.

소나기를 퍼부었던 먹구름은 하늘 저편으로 물러나 버렸고, 초가을의 푸른 하늘은 화창하기 그지없었다.

창공에는 한 조각 구름이 홀로 떠 있었다.

구름은 수많은 빛살이 되어 사방으로 흩어졌다.

사방을 맴돌며 우왕좌왕하더니 곧 유검이 향한 방향으로 사라져 버렸다.

『무상검』 제8권으로…